Dの遺言

柴田哲孝

祥伝社文庫

目次

プロローグ

昭和二〇年九月三〇日——。

初秋とはいえ、残暑の厳しい日曜日の午後だった。

無風だった。縁側の軒先には硝子（ガラス）の風鈴が下がっていたが、まるで死んだように鳴らなかった。

第一六代『日本銀行』総裁の渋沢敬三（しぶさわけいぞう）は、久し振りに休みを取った。自宅の居間のお気に入りの場所に座り、庭の草木をぼんやりと眺めていた。

煙草（たばこ）を燻（くゆ）らせながら、思う。この二カ月の間に、日本には本当にいろいろなことが起きた。

八月一五日、終戦——。

八月一七日、鈴木貫太郎（すずきかんたろう）内閣の総辞職を受けて東久邇宮稔彦（ひがしくにのみやなるひこ）内閣が発足——。

八月二七日、連合国軍の第一陣が厚木基地に到着。続く三〇日、ダグラス・マッカーサー連合国軍最高司令官が到着――。

九月二日、東京湾のミズーリ号艦上で降伏文書の調印。同日、ＧＨＱ（連合国軍総司令部）の指令第一号として軍需生産の全面停止が発令――。

九月一一日、東條英機ら戦犯三九人に逮捕命令――。

静寂を破るように、居間の柱時計が午後三時の鐘を打った。その時報が止むのを待っていたかのように、今度は廊下で電話のベルがけたたましく鳴り響いた。

日曜日の午後だというのに、誰だろう……。

家人も書生も、誰もいない。渋沢は燻らしていた煙草を消して座椅子から立ち、廊下に出て、自分で受話器を取った。

――やあ、渋沢さん。山際です。休みの日に申し訳ない――。

大蔵次官の山際正道からの電話だった。

「ああ、山際君ですか。日曜日に、どうかしましたか」

渋沢が訊いた。

――はい、実はいましがた、ＥＳＳのクレーマー大佐から電話がありまして――。

〝クレーマー大佐〟とは、ＧＨＱのＥＳＳ（経済科学局）局長のレイモンド・Ｃ・クレーマー大佐のことである。

「クレーマー大佐が、何といってきたのですか」

——はい、それが今日の午後八時から、日銀の監査をやると。首脳部を全員集めておけといっておるのですが——。

日本がいくら敗戦国とはいえ、仮にも日銀は一国の中央銀行である。その日銀の監査を日曜日の夜にやるというのは、いかにも乱暴な話だった。

だが、終戦から一カ月半。いまの日本は総理大臣ですら米軍には逆らえない立場である。この時点でGHQ高官の命令は、絶対的なものだった。

「仕方ありませんな。これから新木君（新木栄吉副総裁）にもいって、すぐに銀行の方に向かいましょう。クレーマー大佐には、そう伝えてください……」

——急なことで、すみません——。

「いやいや、君が悪いわけではありませんよ……」

渋沢はそういって、電話を切った。

二時間後——。

渋沢は専用の公用車を呼び、日本橋の日銀本店に向かった。三井銀行口から、中に入る。

日曜日ということもあり、日銀の中は静かだった。数人の宿直員と、警備員、電気式の地下金庫のドアを操作する技師が一人しかいない。総裁室に入ると、間もなく新木副総裁も駆けつけた。

「いったい、何事ですか……」

新木は、見るからに慌てた様子だった。

「わからん。クレーマー大佐が、監査をやるといってきたらしい」

渋沢も、それ以上のことは何もわからなかった。ともかく新木と手分けして、理事全員に電話を掛けて呼び出した。

午後六時——。

相田岩夫、柳田誠二郎などの理事が次々と集まりだした。大蔵省の山際次官も駆けつけた。皆、一様に不安を隠せない様子だった。

「なぜ、クレーマーが監査をやるのか……」

「業務監査なのか、会計監査なのか……」

「だいたいESSの局長に、日銀の監査権などあるのか……」

「わからん……」

その時、急に辺りが騒がしくなってきた。誰からともなく顔を見合わせ、窓から外を見た。異様な光景が、目に飛び込んできた。

日銀の周囲に、アメリカ軍のジープが集まりはじめていた。目の前の路上に停まると、着剣した銃を持った兵士が次々とジープから飛び降りた。そして瞬く間に、日銀の周囲を包囲した。

いったい、何が始まるのか……。

しばらくすると、部屋のドアがノックされた。

「入りたまえ」

宿直の行員が、ドアを開けた。

「ESSのクレーマー大佐が、お見えです……」

その行員を押しのけるように、軍服を着たクレーマー大佐が銃を持った護衛兵数人を連れて部屋に入ってきた。

「これから監査を始める。全員、部屋を出ろ！」

渋沢たち役員は兵士に急き立てられ、部屋を出た。戦争は終わったというのに、まるで俘虜のような扱いだった。

さらに地下金庫の電気技師を一人残し、他の宿直員を全員、家に帰すように命令された。それでは会計書類を準備できないし、監査にも対応できない。何か、おかしい。

渋沢は、この時すでに気付いていた。これは、監査などではない……。

思ったとおりだった。クレーマー大佐は役員全員と通訳に案内させ、日銀本館の各部屋を回った。そして最後にエレベーターに乗り込み、地下金庫室に下りていった。

重さ二五トン、厚さ九〇センチの鉄の金庫室の扉の前に立ち再度、命令した。

「この金庫の扉を、開けろ！」

だが、渋沢は断った。

「この金庫の扉は、開かない。開けるのは、無理だ」

本当だった。金庫の扉は、明日の月曜日まで開けることができない。

「なぜだ。そのために、金庫室の電気技師に残るようにいったんだぞ！」

クレーマーは明らかに焦り、苛立っていた。

これでやっとわかった。やはり監査などではない。クレーマーの〝目的〟は、この金庫の〝中身〟だ——。

「クレーマー大佐、開かないものは開かないんだ。あなたは先程、鍵を持った守衛を帰してしまったではないですか。この金庫の扉は電気だけでなく、鍵もないと開かないんですよ」

渋沢が、毅然といった。

クレーマー大佐は顔を赤くし、まるで金庫室の扉を壊してでも中に入ろうとしかねないほど怒っていた。だが、皮肉なことに、まだ戦前の昭和七年に設置された米国のヨーク社製の頑丈な扉は、同じ米軍のライフルや手榴弾程度ではびくともしない。

結局、クレーマー大佐は、地団駄を踏むほど悔しがりながら、この日は部下と共に引き上げていった。

翌一〇月一日、月曜日——。

渋沢は早朝に、日銀に登庁した。

空は、秋晴れだった。だが車が日銀に着くと、またしても異様な光景が目に飛び込んできた。昨夜と同じように、米軍のジープや装甲車が日銀の周囲を包囲している。

銀行に入ろうと思ったが、だめだった。三井銀行側も東京銀行側も、入口にはすべて着剣したアメリカ軍の歩哨が立ち、完全に封鎖されていた。これでは、どうにもならない。

次々と出勤してくる行員も、あまりの光景に、呆然としている。これでは監査ではなく、〝占拠〟ではないか。

結局、行員は誰一人として行内に入ることもできず、開店時間を過ぎた。

午前九時——。

クレーマー大佐の命令で、出勤してきた二〇〇〇人の行員と女子事務員は本館の正面入口前に集められた。さらに番兵に小突かれながら、総裁の渋沢を先頭に四列縦隊に整列させられた。この列は本館の建物に沿って延々と連なり、銀行集会所の前あたりまで続いた。

しばらくすると、渋沢と数人の役員だけが行内に入るように命令された。総裁室のドアの前にも、鉄兜を被り銃を持った番兵が二人立っていた。番兵がいるので部屋からは自由に出ることもできず、交換手がいないので電話も掛けられなかった。

一人で一時間ほど、部屋で待たされた。手持ち無沙汰だった。これから日銀はどうなるのだろうなどと考えているところに突然、クレーマー大佐がドアを開けた。

「部屋を出ろ。監査の続きをやる」

一方的に、まくし立てた。

渋沢と副総裁の新木、理事の相田と柳田らがホールに集められ、二日目の〝監査〟が始まった。

この日は前日の日曜日と違って鍵があったので、すべての部屋を見ることができた。それでもクレーマー大佐は丁寧に説明する渋沢や他の役員たちを常に急かしながら、苛立つように不機嫌だった。だが、地下室に下り、金庫室の前に立つと、なぜか一変して口元に笑みを浮かべた。

「金庫室の扉を開けろ」

クレーマー大佐が命じた。

今日は、鍵もある。月曜日の通常業務でも、いまは扉が開いている時間だ。開けないわけにはいかなかった。

渋沢は仕方なく、扉の鍵を解除した。巨大なハンドルを回し、重さ二五トン、厚さ九〇センチの鉄の扉が開いた。

「お前ら日本人は来るな。後ろに下がっていろ」

クレーマー大佐は、腹心の部下だけを連れて金庫室の中に消えた。

こうして一国の中央銀行の一日封鎖という異常事態を経て、ＧＨＱのＥＳＳによる日銀の監査は強行された。

クレーマー大佐が地下金庫室にいた時間は、数時間――。

その間、クレーマー大佐が金庫室で何をやっていたのかは歴史の謎だ。

だが、この監査を境とし、後に日銀の金庫室から莫大な量のダイヤモンドが紛失していたことが明らかになる。

第一章　消えたダイヤモンド

1

思想家フリードリヒ・ニーチェは、かつて次のように説いた。

〈――この世に事実などは存在しない。存在するのは、解釈だけである――〉

もしこの言葉が真理だとするならば、いま目の前にある三枚のアメリカの公文書――いずれもGHQ管理下における日銀金庫室のダイヤモンド明細書――をどのように解釈すべきなのだろう。

〈――一九四七年一一月二八日・総計三二万一三六六・六四カラット――〉

〈――一九四九年一二月一五日・総計二八万七三三三・九五カラット――〉

〈――一九五〇年一二月三一日・総計一六万一八四〇・四二カラット――〉

ＧＨＱが日銀を監査した記録の公文書なのだから、ここに記された数字は正確なものだろう。だとすれば戦後、日銀の金庫室に保管されていたダイヤモンドは一九四七年（昭和二二年）一一月から五〇年（昭和二五年）末に掛けての僅か三年間に、およそ半分が消えてしまったことになる。

消えたダイヤモンドの総量は、一五万九五二六・二二カラット――。

とんでもない量だ……。

ダイヤモンドの価格は、石の品質によって大きく異なる。その鑑定には、一般に『ＧＩＡ』（米国宝石学会）が規定した〝４Ｃ〟と呼ばれる規準が用いられる。これはカラット（Carat・重さ）、カット（Cut・輝き）、カラー（Color・色）、クラリティ（Clarity・透明度）の「四つのＣ」を意味する。さらに〝４Ｃ〟はそれぞれが何段階にも細分化され、最終的には同じ一カラット（〇・二グラム）のダイヤでも無限のランクが存在する。

現在、宝石として流通するダイヤモンドは一般的な〇・三カラットのカラー＝Ｍ・クラリティＳ12の最も安いものでカラット当たり一〇万円前後。カラー＝Ｄ・クラリティ＝ＩＦの上質のものならカラット当たり三五万円前後で取引きされている。石そのものが大きければ、さらに高値になる。仮に一カラット当たり五〇万円で計算すると、約一六万カラットのダイヤモンドが日銀から消えたとして、その価値は現在の金額にして八〇〇億円になる。

もうひとつ、奇妙なことがある。これだけ大量のダイヤモンドが占領下の日本の中央銀行の金庫室から消えていながら、GHQがその後もまったく日銀を追及した形跡がないことだ。つまりGHQ——もしくはアメリカ政府——は、ダイヤモンドが消えた理由とその行き先を知っていたということになる。

浅野迦羅守(あさのがらむ)は読んでいた資料を、古いオーク材のデスクの上に閉じた。

背中を伸ばし、冷めたコーヒーを口に含む。壁の時計に目をやると、時間はすでに午後四時を回っていた。

日本の学問の中枢(ちゅうすう)、『東京大学』の本郷(ほんごう)地区キャンパスも、夏休みのこの季節は静かだった。すでに毎年恒例となった〝高校生のためのオープンキャンパス〟や東大公認の〝キャンパスバスツアー〟などのイベントも、八月の前半にはほとんど終わっている。新学期まであと一週間となったいまは、学生たちの姿もあまり見かけない。研究室の北側の窓を開けていても、街路樹の幹に止まって鳴くセミの声が聞こえてくるだけだ。

この一年間に、迦羅守の周辺にいろいろなことが起きた。人生そのものが、大きく変わってしまったといってもいい。

だが、普段の生活はそれほど変化していない。小説家という本業は地道に続けているし、東大文学部の特任教授として週二回の講義も休んでいない。時間が空いた時にはこの東大法文二号館三階の研究室に引き籠(こも)り、山のような本や資料に埋もれながら静かな時間を過ごしている。

着る物もラコステのポロシャツにジーンズ、スニーカーとまったく変わらない。講義の時にはせいぜい、ジャケットを着るくらいだ。昼食の蕎麦屋も、以前と同じ店に通っている。

一生かかっても使いきれない黄金を手に入れて、ひとつだけわかったことがある。結局、金には、それ自体では人間の本質を変えてしまうほどの力はないということだ。もし人生を変えたいならば、そのためにどう金を使うべきなのか。ニーチェのいう「解釈の違い」だけだ。

迦羅守は資料のファイルとタブレットをブリーフケースに入れ、飲みかけのコーヒーカップを洗った。ドアに鍵を掛け、ポロシャツにスニーカーという気軽な服装のまま研究室を出た。

誰もいない薄暗い廊下を歩き、階段で一階に下りる。〝内田ゴシック〟とも呼ばれる法文二号館の古い建物を出て、正門から街路樹が続く広い並木道を安田講堂に向かって歩いていく。

しばらく歩いたところで、迦羅守はふと背後に人の気配を感じた。立ち止まり、振り返った。

だが、誰もいない。街路樹の葉が、風に揺れているだけだ。

最近はよく、そんなことがある。迦羅守は一度、大きく息を吸い、また歩き出した。

安田講堂の裏手の駐車場に行き、白いミニ・クーパーSクロスオーバーに乗った。このお気に入りの車も、今年の夏には三年目の車検を取った。見栄を張るために、メルセデスやフェラーリに乗ろうとは思わない。

東大キャンパスを出て夕刻の渋滞が始まった都心を抜け、神宮前のビルの中にあるトレーニングジムに寄った。ここで一時間ほど、汗を流した。

もしこの一年で生活に変わったことがあるとすれば、このトレーニングジムに通うようになったことくらいだろう。おかげで鈍っていた体が、学生時代に陸上競技をやっていたころにだいぶ戻ってきた。

トレーニングジムを出て、赤坂に向かった。

迦羅守の事務所——自宅でもある——は、赤坂二丁目のマンションの一室にある。ちょうどミッドタウンの裏手あたりで、シリア大使館が近い。迦羅守は裏通りから古い外国人向けのマンションの地下駐車場に入っていくと、いつもの場所にミニ・クロスオーバーを駐めた。

この事務所も、もう五年以上も変わっていない。

迦羅守はブリーフケースを持って車を降り、エレベーターに向かった。その時また、ふと立ち止まった。

誰かに、見られている……。

振り返った。だが、やはり誰もいなかった。気のせいか……。

迦羅守はエレベーターに乗り、五階の事務所に上がった。部屋に入り、明かりをつける。窓を開けると、黄昏の空にミッドタウンの光が聳えていた。

時間は午後六時半を過ぎていた。だが、約束の時間にはまだ早い。シャワーでも浴びようかと思っていたところに、ファックス用の固定電話が鳴った。

いま時、固定電話に電話が掛かってくることは珍しい。どうせマンションか墓所の分譲の勧誘だろうと思いながら、受話器を取った。

「はい、浅野事務所ですが……」

一瞬の沈黙の後で、聞き覚えのない男の声が聞こえてきた。

——あんた、浅野迦羅守だな——。

失礼なものの いい方だった。奇妙な訛がある。

「人の名前を訊く前に、自分から名告ったらどうだ」

だが、相手が電話口で笑ったような気配が伝わってきた。

——そんなことはどうでもいい。それよりも、〝友人〟としてひとつ、忠告しておきたい。〝ダイヤモンドの件〟からは手を引いた方がいい——。

「いま、何といった」

――だから〝ダイヤモンドから手を引け〟といったんだ。もし手を引かなければ、四人の内の誰かが死ぬことになる――。

「待て、お前は……」

だが、電話は一方的に切れた。

いったい、何なんだ……。

迦羅守は受話器を置き、通話記録の電話番号を確認した。

液晶に浮かび上がるデジタルの文字は〝非通知設定〟になっていた。

2

赤坂の街の一角に、都心とは思えない閑静な空間がある。

土壁の塀の東側に棟門が切られ、親柱に小さく『澤乃』と屋号が出ている。

門を潜って築山池泉の庭を横切ると、奥に古い総檜造りの屋敷がある。格子戸を開けて玉砂利を敷き詰めた広い玄関を入ると、戸に下げられた鈴が鳴った。

奥から藍の絣を着た仲居が出てきた。

「あら、迦羅守様。お久し振りでございます……」

料亭『澤乃』では、いまも老女将の藤子が〝迦羅守お坊ちゃま〟などと呼ぶ。だから誰も〝浅野〟という名字では呼ばない。

「今日は、藤子さんは」

迦羅守がそういって、框に上がった。

「奥におりますよ。呼びましょうか」

「いや、結構です。それより、もう誰か先に来てますか」

「はい、武田様という男の方がお一人……」

仲居が靴を仕舞い、廊下を先に歩く。

武田……。

〝ギャンブラー〟だ。

部屋に通され、仲居が襖を開けると、もうギャンブラーが座ってビールを飲んでいた。

「迦羅守、遅かったな」

ギャンブラーがビールの入ったグラスを目線まで掲げた。

「遅いとはいっても、まだ七時前だぞ」

迦羅守がそういって、ギャンブラーの正面に座った。

「あとは、誰が来るんだ」

他に、もう一人分の席が用意されている。

「正宗が来る。伊万里には、連絡が取れなかった」

〝四人の仲間〟の内の南部正宗は、珍しく東京にいた。会合の場所としてこの『澤乃』を指定したのも、正宗だった。だが、今回の〝計画〟に最も興味があるはずの小笠原伊万里が、どこにいるのかもわからない。

「あいつ、携帯の番号とメールアドレスを変えたようだな」

ギャンブラーがいった。

「そうらしい。ぼくにも教えないいんだ」

伊万里と連絡が取れなくなって、もう三週間になる。それまでは芝公園のプリンスホテルに〝住んでいた〟はずだが、ホテルに問い合わせると七月末でチェックアウトしたことがわかった。おそらく、また、海外旅行にでも出掛けたのだろう。

七時ちょうどに、正宗が部屋に入ってきた。この男はいつも、時間に正確だ。

「何だ、今日は三人なのか」

席を見て、やはり怪訝な顔をした。

「そうだ。伊万里と連絡がつかない」

同じことを説明した。

正宗も最近は伊万里の奔放な性格をわかってきたのか、それ以上は深く訊かなかった。

仲居を呼び、ビールを追加した。料理は黙っていても出てくる。

それほど話すこともないそれぞれの近況報告の後で、迦羅守が切り出した。

「さて、本題に入ろうか」

「何か、新しい事実でも出てきたのか」

ギャンブラーが訊いた。

「〝新しい事実〟というほどでもない。東大の図書館や国会図書館にある文献を、いろいろと漁っているだけだからね」

いまできることは、その程度だ。

「とにかく、何かわかったことがあるなら話してみてくれ」正宗がいった。「こちらの情報とリンクするかもしれない」

「例の、ダイヤモンドの〝量〟に関しての情報なんだ。国会図書館で、日銀のダイヤモンドに関連するアメリカの公文書を見つけてね……」

迦羅守はそう前置きをして、二人に説明した。

公文書が発行された日付は一九四七年一一月二八日、一九四九年一二月一五日、一九五〇年一二月三一日の合計三点。いずれも二〇〇九年に公開されたもので、タイトルは〈——日本中央銀行・貴金属明細——〉となっていた。SCAP（GHQ）のESS局長ウィリアム・フレデリック・マーカットのサインが入ったものだ。

「例の、〝M〟資金の金塊の時にもさんざん名前が出てきたマーカット少将だな」

ギャンブラーがいった。

「そうだ。そのマーカットだ」

マーカットはESSの第二代局長で、一九四七年二月以降、日銀の監督責任者となっている。

興味深いのはこの公文書の内容だ。タイトルのとおり、主に日銀の金庫に保管される円やドルの現金、金、銀、プラチナのインゴット、宝石類などの総量を報告したものだが、特にダイヤモンドのカラット数だけが著しく減少している。

一九四七年一一月に三二万一三六六・六四カラットあったダイヤモンドが二年後の一九四九年一二月には二八万七三三三・九五カラット。さらにその一年後の一九五〇年一二月には一六万一八四〇・四二カラットにまで減っている。つまり僅か三年で、約半分の一六万カラットが消えてしまったことになる。

「消えたダイヤモンドは、どこに行っちまったんだ」

正宗が苦笑いをしながら首を傾げる。

「わからない。一説によると戦後、戦時補償として被害国に分配されたという説もあるにはあるんだが……」

確かに日本の戦時補償は、天文学的な額にのぼる。その中にも、ダイヤモンドが返還されたという例は少なくない。

終戦翌年の一九四六年五月以来、GHQは日本から接収したダイヤの内から一二万七〇四八カラットをイギリス、オランダ、フランス、中国、フィリピンなどに返還したとする記録が残っている。もちろんこのダイヤは、すべて日銀から出たものだ。

「一六万カラットのダイヤモンドが消えたとすると、時価でだいたいいくらくらいになるのかな……」

ギャンブラーがビールのグラスを片手に、暗算を始めた。

「もう、計算したよ。カラット当たり五〇万円とすると、いまの相場で約八〇〇億円というところかな」

迦羅守がいった。

「まあ、それなりの金額ではあるな」

〝八〇〇億円〟と聞いても、二人ともあまり驚かなかった。

「ところで、その日銀の金庫にあったというダイヤモンドの出処はわかっているのか」

正宗がいった。

「ほとんどは、例の〝接収貴金属〟だと思う。戦時中の昭和一九年に、当時の軍需次官名による通達で買い上げられたダイヤモンドだよ……」

政府通達〈——一九機第二三五一号——〉、別名〝ダイヤモンド買い上げ実施に関する件〟ともいう。戦時中、砲身の研摩用などに使用する大量の工業用ダイヤモンドの必要性に迫られた軍需省の要請により、民間からの宝石類の供出を目的として立法化された通達である。昭和一九年八月一五日から一一月一四日までの三カ月間、さらに一カ月延長されて実施され、指輪や帯留、髪飾りなどのダイヤ入り貴金属を一カラット二〇〇〇円、二カラット二七〇〇円、三カラット三三〇〇円でなかば強制的に買い上げた。

「戦後、そのダイヤモンドが三二万カラット以上も日銀の金庫に眠っていたわけか……」

ギャンブラーがいった。

「いや、それがそうともいえないんだ」

「なぜだ」

「〝サンフランシスコ事件〟というのを聞いたことはないかな。GHQ・ESSのマレー大尉が、日銀から二一万ドル分ものダイヤモンドを盗み出してアメリカに持ち帰った事件だ……」

サンフランシスコ事件——。

別名、マレー大尉事件ともいう。

一九四七年二月三日、GHQ・ESSのエドワード・J・マレー大尉がアメリカに帰国した際に、サンフランシスコで計五二八個ものダイヤモンドを隠し持っていることが発覚し、FBIに拘束(こうそく)された事件だ。この時にマレー大尉が持っていたダイヤモンドは総額で二一万ドルにも及んだ。またマレー大尉は四六年四月にも一時帰国していたが、この時も大量のダイヤモンドを持ち帰っている。いずれにしてもこのダイヤはマレー大尉が日銀から盗み出したものの一部で、総計は一〇万カラットを超えるといわれている。

「当時のニューヨーク・タイムズに、この事件に関する記事が残っていた。これだ……」

迦羅守はそういって、タブレットに一九四七年二月七日付の新聞記事を表示し、二人に見せた。


〈——ＳＣＡＰの将校、ダイヤモンドを盗み逮捕——

ＳＣＡＰ・ＥＳＳのエドワード・Ｊ・マレー大尉が、日本で二二万ドル相当のダイヤモンドを盗んだ疑いでアメリカで逮捕された。彼は日本中央銀行の倉庫の門番だったが、「この五二八個のダイヤは倉庫から盗んだものではなく、正式にお土産としてもらったものだ」と主張している。しかし、「一九四五年の年末に他から手に入れたのだが、入手先はいえない」ともいっている。

マレー大尉は二月三日に軍艦に乗って凱旋帰国したが、不幸なことに甲板で躓いて転び、五二八個のダイヤを撒き散らしてしまった。そこになぜか税関吏とＦＢＩの局員が居合わせ、早速御用となった。

一九四七年二月七日・ニューヨーク・タイムズ——〉

「軍艦の甲板で転んでダイヤをばら撒いて、その場にＦＢＩの局員が居合わせたなんてまるでマンガだな」

ギャンブラーが笑った。

確かに、そうだ。任期を終えた進駐軍兵士の凱旋帰国の場に、ＦＢＩ——連邦警察——の局員が〝たまたま〟居合わせるわけがない。

「内通があったんだ。その内通者は、ＧＨＱのＧ２だったというのがいまでは定説になっている」

迦羅守が答えた。

「あのチャールズ・ウィロビーのＧ２か。例のキャノン機関を配下に置いていた……」

正宗が訊く。

「そうだ。そのＧ２だ。しかも内通者は、そのキャノン機関だったという噂もある」

一九四七年当時のＧＨＱは、けっして一枚岩ではなかった。リベラル派のコートニー・ホイットニー准将が局長を務めるＧＳ（民政局）と、反共保守派のチャールズ・ウィロビー少将が率いるＧ２（参謀第二部）の二極対立関係が鮮明になっていた。キャノン機関——〝Ｚ・ブランチ〟——はジャック・キャノン中佐が率いるＧ２の下部組織で、一九四七年の春ごろからウィロビーの手足として日本における非合法活動に従事していた。

日銀からダイヤを盗み出したマレー大尉はその後、日本に送還されて軍法会議に掛けられた。『ニューヨーク・タイムズ』には、その記事も残っている。

〈——マレー大尉、ヨコハマで軍法会議に掛けられる——

四月一五日、軍事法廷のテーブルの上で、五一九個のダイヤモンド、一三個のエメラルド、他の一七個の粒の揃（そろ）った宝石が光った。この宝石類の出処がどこであったのかは、謎だ。しかし日本中央銀行の倉庫から持ち出したものかどうかを証言するかどうかは別として、彼の有罪は動かないだろう。

マレー大尉は一九四六年四月にも一度、大量のダイヤモンドをサンフランシスコに持ち帰っており、今回が二度目だった。前回は持ち帰ったダイヤの内、四個を換金し、一三万ドルを受け取っていた。

一九四七年四月一五日・ニューヨーク・タイムズ——〉

「実はGHQの関係者が日銀からダイヤモンドを盗み出した事件は、マレー大尉のものだけではないんだ。同じ一九四七年に、カーネル・ヤング大佐という人物が本国帰還を命じられてサンフランシスコ空港に着いた時にも、八〇〇万ドル分のダイヤを持っていたとしてFBIに拘束された記録も残っているんだ」

このヤング大佐も、ESSの日銀金庫管理部のキャップだった。

「八〇〇万ドルのダイヤというと、いったい何カラットくらいになるんだ……」

正宗が呆れたように、溜息をついた。

「一九四七年というと、まだ三六〇円の固定レートが実施される前だから、一ドル五〇円から一〇〇円くらいかな。そうすると、四億円から八億円か。当時のダイヤモンドが一カラット五〇〇〇円とすると、やはり一〇万カラット以上にはなるだろう」

マレー大尉が持ち出した一〇万カラットとヤング大佐の一〇万カラット以上を合計すると、両方で二〇万カラット以上のダイヤモンドがGHQの将校によって日銀から盗まれたことになる。しかもFBIによって没収されたダイヤが、日本の国庫に正式に返還された記録は存在しない。

「つまり、三二万カラット以上もあった日銀のダイヤモンドが半分以下に減っちまったのは、そいつらに盗まれたからなのか」

ギャンブラーが、怒ったようにいった。

「いや、それが違うんだ」

「違うって、どういうことだ」

「考えてみてくれ。だとしたら、時系列がまったく合わなくなるんだ」

迦羅守が、説明した。

マレー大尉とヤング大佐が日銀の金庫室からダイヤモンドを盗み出したことが発覚したのが、一九四七年。実際に持ち出したのは、終戦間もない一九四五年の秋から四七年の春に掛けてだろう。

ところが米公文書――日本中央銀行・貴金属明細――に記されたダイヤモンドのカラット数は、それよりも後の一九四七年一一月から五〇年一二月までの記録だ。時間的な〝ずれ〟がある。つまり、この三年間に日銀のダイヤモンドが半分以下に減ってしまった理由は、マレー大尉やヤング大佐の事件とはまったく別にあるということになる。

「それならいったい、そもそも日銀の金庫にはどのくらいのダイヤモンドが眠っていたんだ……」

正宗が首を傾げる。

「正確には、誰もわからない。日銀に保管されていた貴金属は戦時中の〝金属類回収令〟で回収された〝接収貴金属〟の他に、軍部や特務機関がアジア諸国から持ち帰ったものや、没収された隠退蔵物資などいろいろなものがあったからね。しかし元衆議院議員の世耕弘一は、日銀のダイヤは当初〝六五万カラット位なければならない勘定である〟と手記に書き残しているんだ……」

世耕弘一はアメリカでマレー大尉事件が発覚した直後の一九四七年三月、衆議院決算委員会で、「日銀の地下倉庫に隠退蔵物資のダイヤモンドがあり、密かに売買されている」と告発した人物である。この発言が切っ掛けとなって、大規模な詐欺横領事件が発覚。後に自由党の党費に絡む政治問題に発展した。

「六五万カラットか……。その内の日銀に残っていたダイヤが一六万カラット弱だとすると、約五〇万カラットが消えちまったわけか……」

ギャンブラーが溜息をつき、苦笑いを浮かべた。

そうだ。五〇万カラットだ。カラット当たり五〇万円で計算したとしても、現在の価値で二五〇〇億円になる。

仲居が新しい料理を運んできた。

『澤乃』の名物の海老の糝薯に、向付けは真鯒の薄造りだった。この後は焼き物に、鱧の山椒焼きが出る。ここで酒を、ビールから日本酒の冷に換えた。

仲居が下がるのを待って、正宗が訊いた。

「話を少し前に戻してもかまわないか」

「ああ、かまわない」

やはりここの糝薯は美味い。

「迦羅守の説明の中で、マレー大尉やヤング大佐をFBIに〝売った〟のはG2だといったな」

「そうだ。それが定説になっているし、他には考えられない」

「だとしたら、G2のウィロビーの目的は、何だったんだ」

「ひとつはよくいわれるように、GHQの内部でG2と敵対していたGSの権威を失墜させるためだろう。しかし、ぼくは、もうひとつ直接的な目的があったと思っている」

「〝直接的な目的〟というと？」

迦羅守は少し考えた後で、こう説明した。

「G2のウィロビーは、ESS局長の失脚(しっきゃく)を狙ったんだと思う。そして狙いどおりに初代局長のクレーマー大佐は、その椅子を追われた……」

GHQの内部で日本の経済部門を管轄(かんかつ)するESSが発足したのは、終戦から一カ月後の一九四五年九月一五日だった。

初代局長はレイモンド・C・クレーマー大佐で、ニューディール派のGSの局長コートニー・ホイットニー准将のブレーンだった。クレーマー大佐は着任から僅か二週間後の九月三〇日、〝狙っていた〟日銀の査察に着手。ジープや装甲車、武装した兵士三〇人余りで日銀を急襲し、翌一〇月一日に地下金庫室に踏み込んだ。

「この査察の後にクレーマー大佐は、日銀の金庫室の鍵をもうひとつ作らせたんだ。その金庫の警備を第八軍第一騎兵師団の一個小隊にまかせ、完全に支配下に置いた。その時の金庫番のキャップが、マレー大尉でありヤング大佐だったんだ」

「つまり二人は、自由に日銀の金庫室に出入りできたわけか……」

「そうだ。もちろん、クレーマー大佐もだけどね」

何十キロもある金やプラチナのインゴットとは違い、ダイヤモンドをひと掴(つか)みポケットに隠して盗むのは、さぞかし簡単だったことだろう。

G2のウィロビー少将の思惑どおり、クレーマー大佐はマレー大尉とヤング大佐の事件の発覚を引責してESS局長の座から失脚した。いや、そもそもクレーマー大佐自身が日銀からかなりの額の貴金属を横領していたという証言もある。そしてクレーマー大佐の後、二代目のESS局長に就任したのがウィリアム・F・マーカット少将だった。

マーカット少将も基本的にはホイットニー准将と同じニューディール派だったが、なぜかウィロビー少将とも仲が良かった。ESSによる日本経済の運営を通じて、利害関係も一致していた。

「つまり、ウィロビーはマレー大尉事件を利用してクレーマー大佐を失脚させ、〝日銀を乗っ取った〟ことになる。まあ、戦後史が専門の歴史家たちは反論するだろうけれどもね」

事実、ウィロビーが退任して帰国する時に、日本から大量のダイヤモンドを持ち帰ったという証言もある。

「つまり、こう考えればいいわけか。戦後、日銀の地下金庫室には、六五万カラットのダイヤモンドが眠っていた。そのダイヤが、クレーマー大佐がESSの局長だった二年間に約半分の三二万カラットに減り、さらにマーカットが局長だった三年間にその半分の一六万カラットに減った……」

「いずれにしても、約五〇万カラットが消えたわけだろう」ギャンブラーがそういって、日本酒のグラスを空けた。「しかし、行き先がわかっているダイヤもある。マレー大尉が一〇万カラット、ヤング大佐が一〇万カラット、イギリスやオランダに返還された分が約一三万カラット。これだけで約三三万カラットだ。その上にウィロビーが持っていったり日本の保守の政治家たちが寄って集(たか)って使っちまった分を差し引くと、もうほとんど残らないじゃないか……」

確かに計算上は、そうなる。

「ところが一概に、そうともいえないんだ」

「どういうことだ」

「戦時中に交易営団が買い上げたダイヤは、すべて日銀にあったわけではないんだ。明らかになっているものでは、三井信託銀行の地下金庫室に保管されていた分がある。このダイヤは戦後、交易営団が金庫から持ち出して隠したんだが、その時には魔法瓶に九本分もあったそうだ。瓶の大きさがわからないので正確な量はわからないが、それでも数十万カラットはあっただろうね」

交易営団が隠蔽(いんぺい)したダイヤは昭和二〇年一〇月にＧＨＱのＣＩＣ（対敵諜報部）によって摘発され、日銀に帰属された。だが、その時点で、魔法瓶に九本分もあったダイヤは、僅か一六万六二三三カラットになっていた。

それだけではない。昭和一九年、海軍が栃木県那須の個人宅に埋め、後にＣＩＣによって摘発された二万カラットのダイヤ（黒磯事件）。戦時中に旧日本軍がフィリピン政府から略奪し、日本に持ち帰ったフィリピンダイヤ。第二次岸信介内閣で国家公安委員長となる青木正が、大蔵省の外資局長に頼まれて埼玉県北埼玉郡共和村の自宅車庫の地下に埋め、後に米軍に持ち去られたと証言した木箱一六個分のダイヤ。元特務機関員の児玉誉士夫が、大陸から持ち帰った莫大な量のダイヤ。戦後の日本には、ありとあらゆるダイヤモンドが飛び交い、それが日常的に日銀に帰属してはまた出ていった。その正確な記録は、まったく残されていない。

「それじゃあ、おれたちが探そうとしているダイヤモンドがいったい何カラット分あるのか、まったくわからないじゃないか」

ギャンブラーが、怒ったようにいった。

「まあ、結論からいえば、そういうことになるな」

迦羅守は思わず、〝お手上げ〟というポーズを取った。

「まあ、発見できたらのお楽しみというところだな」正宗が笑う。「それで、今後のおれたちの動きは、どうしたらいい」

「正宗には、ちょっと調べてもらいたいことがある。内容は、後でメールで送るよ。それからギャンブラー。例の暗号は、まだ解読できないのか」

「もう少し待ってくれ。冒頭の部分はすぐに解読できたんだが、本文の方のキーワードがまだ見つからない。キーワードさえわかれば、簡単なんだが……」

昨年の一〇月、迦羅守はギャンブラー、正宗、伊万里と共に、城ヶ島の獅子の岩の下から大量の金、銀、プラチナのインゴットを発見した。その金塊と一緒に、手書きの暗号文が記された一通の文書が見つかった。

文書の冒頭の部分は、すぐに解読できた。こう書かれていた。

〈——遺言
我々ノ子孫ニ告グ。失ナワレタダイヤモンドヲ探セ——〉

だが、その後に延々と続く長い本文の方は、まったく読むことができない。

「まあ、急ぐことはないだろう。のんびりやればいい。他には」

正宗がいった。

「こちらはこれまでどおり、戦後に日銀から消えたダイヤモンドに関する資料を探してみる。過去の国会の議事録などを洗ってみれば、何か出てくるかもしれない。それから、あとひとつ……」

迦羅守は途中までいいかけて、言葉を止めた。

「どうしたんだ」

「いや、大したことじゃないんだが……」

「いいから、いってみろよ」

迦羅守は少し考え、酒を口に含んで頷き、話した。

「最近、ちょっと奇妙なことが起きている。実はふとした瞬間に、誰かに見張られていたり尾けられているような気配を感じることがあるんだ……」

正宗とギャンブラーが、顔を見合わせた。

「錯覚じゃないのか」

「最初は、そう思った。しかし、そうではないらしい。今日、出掛けに、事務所に非通知設定の電話が掛かってきた。男の声で、〝ダイヤモンドから手を引け〟といわれた。もし手を引かなければ、〝四人の内の誰かが死ぬことになる〟と……」

「相手の声に聞き覚えは」

正宗が訊いた。

「ない。少し変な訛があったような気がするが……」

思い返してみると、外国人が日本語を話しているようなアクセントに聞こえた。

「しかし、ダイヤのことを知っていたわけだろう」ギャンブラーがいった。「いったい、誰が洩らしたんだ。おれじゃないぜ」

「おれも、誰にも話していない」

正宗が、迦羅守に視線を向けた。

「もちろん、ぼくもだ。ただ東大の図書館で日銀のダイヤモンド関係の資料ばかり検索していたので、もしコンピューターをハッキングされていたとしたら……」

会話が途切れ、三人の間に重い空気が広がった。お互いに顔色を窺いながら、金縛り(かなしば)に遭ったように言葉が出ない。ただ、静かにグラスを傾ける。

最初に沈黙を破ったのは正宗だった。

「もしくは、伊万里か……」

静かに、いった。

3

アメリカ合衆国カリフォルニア州ロサンゼルス——。

ウエストウッドの南側のウィルシュア・ブールバードとウェルワース・アベニュー、そしてグレンドン・アベニューに面したビルの谷間の一角に、それほど広くない緑地がある。鉄柵の門から敷地の中に入ると、手入れの行き届いた花壇や芝の中に、天使や女神の石像、大理石の墓石が点々と並んでいる。

九月のロサンゼルスの陽光は肌を焦がすように熱く、空は抜けるように青かった。

小笠原伊万里は白いバラの花束を持ち、ウェストウッド・ビレッジ・メモリアルパークの中の小道を歩いていた。

この墓地の中には女優のマリリン・モンローや俳優のジョージ・C・スコット、歌手のジャニス・ジョプリンなど多くの有名人が眠っている。だが、伊万里は、グレイブ・ハンティング（有名人の墓巡り）に来たわけではない。探しているのはただひとつ、自分の父親の墓だった。

伊万里は、記憶を辿った。この墓地を訪れるのは何年振りのことだろう。最後に来たのはまだ母が健在だったころのことだから、もう一五年ほど前になるはずだ。

父の墓は意外と簡単に見つかった。夏を過ぎて少し深くなった芝の中に、漢字で〈——小笠原正貴之墓・一九四七年〜一九九二年——〉と刻まれた墓石のプレートが埋め込まれていた。伊万里は墓石の前に跪き、白いバラの花束を供えた。

指を組み、目を閉じて、心の中で呟く。

——お父さん、お久し振りです。なかなか来られなくて、ごめんね——。

伊万里の父、小笠原正貴は、外務省に勤める外交官だった。だが、いまから二四年前の一九九二年の冬、ロサンゼルス総領事館に赴任中に急死した。死因は、交通事故だった。

伊万里はまだ、五歳だった。だが、その時のことを、いまも断片的にではあるが鮮明に覚えている。

ロサンゼルスの広い家で、まだ若かった母が狂ったように泣いていた。家に、何人も警察官が来ていろいろと調べていった。葬式は暗く寒い日で、火葬場で焼かれた〝お父さん〟の体は白く細かい灰になり、それを入れた小さな骨壺をこのお墓の石の下に埋めた。

それ以外の記憶は、曖昧だった。いまはもう、〝お父さん〟の顔も思い出すことはできない。昔の写真を見ても、それが〝お父さん〟だという実感もない。

〝お父さん〟がなぜ日本の小笠原家の墓ではなく、このロサンゼルスの墓地に埋葬されたのかもわからない。〝お父さん〟がキリスト教徒だったからなのか。それとも、〝お父さん〟が小笠原家に婿に入った養子だったからなのか――。

他にもいろいろ、不思議なことがある。そもそも〝お父さん〟は本当に、交通事故で死んだのだろうか――。

伊万里はこの半年間に、アメリカで〝お父さん〟についていろいろと調べてみた。市立図書館で古い『ロサンゼルス・タイムズ』の記事を探し出すと、〝お父さん〟の事故は轢き逃げであったことがわかった。しかも犯人は、その後も捕まっていない。

アメリカの弁護士資格を提示してロサンゼルス市警に協力を求めると、ここでも興味深い事実が判明した。〝お父さん〟を轢いた車のタイヤの痕は不自然で、〝わざとだった〟可能性もあるという。だからあの時、家に警察官がたくさんやってきたのだ。

〝お父さん〟は、誰かに殺されたのかもしれない。だが、まだ五歳の子供だった伊万里には、何もわからなかった。

伊万里は目を閉じたまま、心の中で話し掛ける。

――〝お父さん〟は、誰に、なぜ殺されたの――。

〝お父さん〟のことは、もう長いこと記憶の片隅に追いやってしまっていた。それが急にまた心の中で大きな存在となったのは、昨年の出来事が切っ掛けだった。

獅子に守られた莫大な金塊――。

金塊を発見するための指示書に隠されていた、〝清和源氏〟というキーワード――。

最後の指示書に書かれていた〝失われたダイヤモンド〟という言葉――。

〝お父さん〟が小笠原家に養子に来る前の名字は、〝細川〟で、熊本県の出身だった。調べてみると、〝お父さん〟もまた清和源氏直系の末裔であったことがわかった。

そして、ダイヤモンドだ。

〝お父さん〟は生前、少し青くて透明な、洋梨形のとても大きな宝石を持っていた。伊万里はそのキラキラと輝くガラス玉のような宝石が、欲しくて仕方がなかった。そこで、ある日そっと、〝お父さん〟の書斎の机の引出しから持ち出し、自分の宝箱の中に隠してしまった。

伊万里は麻の上着のポケットから、そのガラス玉のような石を出した。これを隠した直後に〝お父さん〟が死んでしまったので、返すことができなかった。そのまま、忘れていた。もしやと思い、子供のころの宝箱を探してみたら、まだそこに入っていた。

この青いガラス玉のような、洋梨形の宝石……。

でもこれは、ガラス玉などではなかった。ただの宝石でもなかった。アメリカで鑑定に出してみると、重さ約四・五グラム、約二二・五カラットのブルーダイヤモンドであることがわかった。

時価、一五〇万ドル……。

〝お父さん〟がなぜこんなものを持っていたのかはわからない。だが、このダイヤモンドに、〝お父さん〟の死の秘密が隠されているような気がしてならなかった。

その時、伊万里は、〝お父さん〟の墓石に奇妙な傷のようなものがあることに気がついた。

これは何だろう……。

ハンカチで汚れを拭うと、中から意外なものがあらわれた。

定規とコンパスをモチーフにした図案。中央に、アルファベットの〝G〟の文字。さらにその上にはピラミッドと、〝プロビデンスの目〟が描かれている。

そういうことだったのか……。

伊万里は、墓石の前から立った。そして、心の中で語りかける。

――〝お父さん〟、また来るね――。

誰もいない静かな小道を歩き、鉄の門から緑地の外に出た。

4

武田菊千代(きくちよ)は、酔っていた。

夜の六本木(ろっぽんぎ)の街を歩く小柄な体が、少しふらついている。

通称〝ギャンブラー〟――。

仲間のほとんどが、彼をそう呼ぶ。かなり親しい間柄でも、本名を知る者は少ない。

〝ギャンブラー〟の渾名(あだな)は、学生時代からのギャンブル好きに由来する。東京大学の理学部在学中には〝数学の天才〟と呼ばれ、特に確率論を応用できるギャンブルに夢中になった。例えばブラックジャックやポーカー、バカラなどのカードゲーム、もしくはルーレットなどがこれに当たる。

このような確率論の当てはまるギャンブルでは、海外のカジノや日本の闇カジノでもほとんど負けたことはない。この三〇年間の収支でもかなりプラスしているし、特に数年前に自分が経営していたIT関連の会社を倒産させてからは完全にギャンブルだけで生活してきた。

一方でパチンコやスロットマシーンなどの機械やコンピューターに支配されたギャンブルには興味はないし、絶対に手を出さない。競馬やドッグレース、人間が走る競輪やオートレースなどもそうだ。機械や生き物に確率論や哲学を語っても、正に〝馬の耳に念仏〟だからだ。

ギャンブラーは、自分のギャンブルに対する手腕には絶対的な自信を持っていた。ところが最近、その自信が少し揺らぎはじめていた。ここのところ〝勝てない〟のだ。

今日も行きつけの六本木の闇カジノに行き、バカラとブラックジャックで負けた。負けた金額は三〇万ほどなのでいまのギャンブラーにはたいしたことはなかったが、それにしても納得がいかなかった。まるですべての神に見離されたような――神の存在を信じてはいなかったが――負け方だった。

闇カジノは早目に引き上げ、その後でやはり行きつけのバーでウイスキーを何杯か引っ掛けた。気分は少しも晴れなかったが、その分だけ酔いは回った。それ以上は酒を飲む気にもならず、自分の部屋に歩いて戻る途中だった。

ふらふらと歩きながら、考える。

なぜ、勝てなくなったのだろう……。

理由はわからないが、勝てなくなったのは**あの**奇妙な暗号文に係わるようになってからのような気がした。

ギャンブラーは『六本木ヒルズレジデンス』のエントランスに入り、鍵でセキュリティを解除した。厚いカーペットの上を歩き、エレベーターでB棟の一〇階まで上がる。深夜ということもあり途中、誰にも会わなかった。

鍵を開け、部屋に入る。1LDK、五三平米ほどの小さな部屋だ。カーテンを開けると、窓の外に東京の夜景が広がった。

ギャンブラーは上着を脱ぎ、まだ真新しい白の革のソファーの上に体を投げ出した。眠気まじりの溜息が洩れた。

仲間と莫大な金塊を手に入れ、ギャンブラーがまずやったのはこのマンションの部屋を借りることだった。会社を潰したからといって、いつまでも親元にころがり込んでもいられない。

家賃は月五〇万円と少し。手狭だが、まあいまの自分には分相応だろう。

横になったまま、目を閉じた。いつものようにこのまま眠ってしまいそうになったのだが突然、ソファーの上に起き上がった。

だめだ。やはりあの暗号が、気になる……。

ギャンブラーはソファーから立って冷蔵庫の中のミネラルウォーターを飲み、そのペットボトルを手にしたまま部屋の片隅の小さなパソコンデスクの前に座った。デスクの上のＭａｃのコンピューターを起動させる。そして「源氏物語」とタイトルの入ったフォルダを開く。

〈――遺言

幻。我ラ志士度々是ノ地ヲ訪レ子ヤ孫ヲ集メ共ニ春告ゲル香嗅(カ)グ。失意忘レ俄(ニワカ)ナルワイタ吹カレリタルハ体軀(カラダ)ダイイチト労(イタワ)ルヤ是モ覧見テ　斉(サイシカラ)ンナドト思イ是ヲ猶探究シ努力セシ――〉

前年の秋、ギャンブラーは浅野迦羅守、南部正宗、小笠原伊万里の仲間たちと共に三浦(みうら)半島の先端の城(じょう)ヶ島(しま)で莫大な金塊を発見した。目標となった〝巨大ナ獅子〟の岩の下からは、金、銀、プラチナのインゴットと共に、旧日本軍の弾薬箱に入った一枚の文書が出てきた。その文書の冒頭の部分がこれである。

一応は、日本語の形態になっている。だが、最初に〈――遺言――〉と記されていても、まったく意味が通じない。暗号文であることは明らかだった。

ギャンブラーがまず着目したのは、一行目の冒頭にある〈――幻。――〉の部分だった。金塊を探した時の暗号文では、一文字だけでひとつの文章となるような記述は一度も出てきていない。これが初めてだ。

そこでギャンブラーは、この〈――幻。――〉の部分がその後の暗号を解くキーワードになっているのではないかと考えた。この部分が、何らかの方法で数字に変換できるのではないのか――。

これまでの金塊の隠し場所を示した暗号文はすべて、それとなく〝清和源氏〟に誘導する意図が見え隠れしていた。三番目の指示書には紫式部（むらさきしきぶ）の『源氏物語』の一節、〝少女（おとめ）〟の帖からの引用もあった。

〝源氏物語〟に気付きさえすれば、あとはそう難しくはなかった。調べてみると、やはり全五四帖の第四一帖に〝幻〟という巻名の帖が存在した。これでキーワードとなる数字が、〝41〟であることがわかった。

ギャンブラーはまず〝4〟と〝1〟を足し、〝5〟という数字を想定した。これをそれまでの暗号文の解読方法に準じて原文に当てはめてみた。すると、次のような文章になった。

〈――(我)ラ志士度々(是)ノ地ヲ訪レ(子)ヤ孫ヲ集メ(共)ニ春告ゲル(香)嗅グ。――〉

〈――我是子共香――〉

まったく意味をなしていない。原文よりも酷（ひど）くなってしまった。そこでギャンブラーはもう一度〝5〟を〝4〟と〝1〟の二つの数字に分け、これを交互に原文に当ててみた。すると、次のような文章が浮かび上がった。

〈――(我)ラ志士度(々)是(ノ)地ヲ訪レ(子)ヤ(孫)ヲ集メ共(ニ)春(告)ゲル香嗅(グ)。――〉

〈――我々ノ子孫ニ告グ失ナワレタダイヤモンドヲ探セ――〉

明確な、しかもきわめて重要なメッセージが浮かび上がってきた。

いってしまえば簡単だが、この冒頭の部分の暗号を解くだけでもかなりの時間が掛かった。だが、ここまではまだ順調だった。問題は暗号文の後半、おそらく〝本文〟と思われる部分だった。

〈――玉鬘（タマカズラ）。ソシテ年月隔（ヘダ）タリテモ是ノ忘レ難（ガタ）クシテ美シキ愛者ヲ思イ出ヅハ哀（アワ）レナリ、右近（ウコン）ハ夕顔（ユウガオ）ノ形見（カタミ）ナド失ウコトヲ悔メドモ是失意ヲ古参ノ女房ガ思イ是ノ気立テノ良イ者ハ幾ク末久シク右近ニ仕エテ側ニ居リ、右近ハ是ニ只々（タダタダ）大イニ感謝シテ其（ソ）ノ思イ蛇（ヘビ）ニ託ス。今ハ亡キ姫君トテコレヲ知レバ涙シ、ナレド救ウニ叶ワズ、アル夜ニ右近ノ夢枕ニ立ツ。（後略）――〉

このような奇妙な文章が延々と続く。

最初の〈――玉鬘。――〉の部分は、冒頭の〈――幻。――〉と同じように暗号文を解読するためのキーワードを表わしていることがわかる。調べてみると、やはり『源氏物語』の第二二帖に〝玉鬘〟という巻名が存在していることがわかった。ならばキーワードとなる数字は、〝22〟ということになる。

ギャンブラーは、これで解読できたと思った。ところが暗号文に〝22〟を当てはめてみても、分割して〝2〟を当てはめてみても、2と2を足して〝4〟を当てはめてみても、さらに〝2〟と〝4〟を交互に当てはめてみても暗号文はまったく解読できなかったのだ。

いったい、この暗号文はどうなっているんだ……。

ギャンブラーは酔った頭を振って覚醒させ、もう暗記するほど何度も読み返した文書の文字を目で追った。

――玉鬘。ソシテ年月隔タリテモ是ノ忘レ難クシテ美シキ愛者ヲ思イ出ヅハ哀レナリ、右近ハ夕顔ノ形見ナド失ウコトヲ悔メドモ是失意ヲ……――。

『源氏物語』の玉鬘の帖は、元々光源氏が詠んだ〈――恋ひわたる身はそれなれど玉かづらいかなる筋を尋ね来つらむ――〉に因んだ物語だ。玉鬘という美しい娘の半生を光源氏との恋を中心に描いたもので、暗号文には〝夕顔〟や〝右近〟なども登場し玉鬘の帖に沿った内容であるようにも読める。しかし例のごとく文章そのものはでたらめで、まったく意味を成していない。

もしくは、さらに熟読すればこの奇妙な文章の中から何かが伝わってくるのか……。

頭が痛くなる。

ギャンブラーは溜息をつき、グラスの水を飲んだ。

もしかしたらこの暗号文は、作成された時点で間違えていたのではないのか。手書きの暗号文なので、それも有り得ないことではない。もし字数が狂っていたら、この暗号文は永久に解読できない可能性もある。

その時、背後に気配のようなものを感じた。振り返った。目の前に、黒いタイツのようなものを着た〝人間〟が立っていた。

しまった、ドアの鍵を掛け忘れた……。

そう思った時には遅かった。首のあたりに、長い棒状のスタンガンを押し付けられた。

一瞬で意識が飛び、その場に崩れ落ちた。

5

浅野迦羅守は、今日も東大法文二号館三階の研究室にいた。

九月一四日、新学期が始まって二週目の水曜日の午後――。

午前中に特別講義を終え、キャンパス内の赤門の近くにある〝ベルトレ・ルージュ〟というカフェでパスタのランチを食べ、その後は自分の研究室で静かな時間を過ごしていた。台風が近付いているために窓の外でイチョウの街路樹の葉が騒つき、空はどんよりと曇っている。時間を忘れて資料を読むのに夢中になっていると、やがて大粒の雨が窓を濡らしはじめた。

いま迦羅守が読んでいるのは、世田谷区の『大宅壮一文庫』から見つけ出してきた『特集 文藝春秋』（三代日本の謎）の昭和三一年二月号である。この号に、戦後の隠退蔵物資等処理委員会の副委員長、世耕弘一の「一兆圓のダイヤの行方」という手記が寄稿されている。

例えば、このような記述がある。

〈――（前略）戦後、一時銀座や大阪などのさかり場の宝石商のウインドウに、数億円にのぼるダイヤモンドが陳列されていたが、あれはどこからきたのか。そして、それが国会で議論されると、急にどこかに姿をかくしたのも妙ではないか。又、其後、数千万円に上る宝石を持ってあるく行商人が、各所に出没するようになったのは何故であろうか、私には理解出来ない。一体、だれが悪徳行為をしているのか。それは今、ここで言明は出来ない。（後略）――〉

意味深長な文章だ。

戦中戦後の日本、そして日銀にあった（あるべき）ダイヤモンドについて最もよく知る人物である世耕弘一が、疑問を投げ掛けているのだ。

戦後、日本国内に流通していた数億円、数千万円というダイヤモンドは、いったいどこから来たのか――。

世耕は、〈――理解出来ない――〉とも書いている。だが、この手記は、この記述により重大な事実を示唆しようとしていたのではなかったのか。つまり、〝告発〟だ。

世耕がいいたかったことは、およそ察しがつく。日銀にあった数十万カラットのダイヤモンドを〝盗んだ〟奴は、クレーマー大佐やマレー大尉など、ＧＨＱの将兵だけではないということだ。

当然だ。日銀から盗み出されてアメリカに密輸されたダイヤモンドが、また日本に舞い戻ってきて市場に出回るわけがないからだ。誰か、日本の国内でも、クレーマー大佐やマレー大尉をスケープゴートにして日銀からダイヤモンドを横領していた者がいたのだ。日銀の莫大なダイヤを、いったい誰がくすねたのか。立場からして、可能な人間は限られている。

そのダイヤモンドが、世耕いわく〈――国会で議論されると――〉市場から消えてしまった。これも、興味深い証言だ。

そうなれば、日銀からダイヤモンドを横領した人間はさらに絞り込むことができる。国会での追及を怖れるのは、国会議員かその周辺の人間だ。

しかも世耕は、その悪徳行為をした人間を〈――ここで言明は出来ない――〉と何かを仄(ほの)めかすように書いている。つまり昭和三一年二月の時点で、その犯人は権力のトップに君臨していたか、もしくはそれに近い人間であると示唆しているようにも思える。

面白い……。

いったい誰が日銀のダイヤモンドをくすねたんだ?

さらに世耕はそのヒントを示すように、昭和二七年七月に国会で調査した証人のリストをこの手記の中に公表している。

松屋(まつや)本店店長・金子角太郎(かねこかくたろう)
鑑定人・喜多村喜之助(きたむらきのすけ)

元軍需省軍需官・私市信夫
元軍需省機械局長・橋井眞
閉鎖機関交易営団清算人・黒瀬勘一
元皇后宮大夫・廣幡忠隆
元宮内庁次長・宇佐美毅
鑑定人・久米武夫
外務省欧米局長・土屋隼
大蔵省理財局長・石田正
大蔵省管財局長・阪田泰二
以上、一一人である。
肩書はダイヤモンド鑑定人から百貨店の店長、元軍需省関係者、交易営団関係者、外務省から大蔵省の局長クラスまで様々だ。それだけ当時の衆議院の調査団が、ダイヤモンドの出処を特定するのに迷っていたということだろうか。つまり市場に出回っていたダイヤモンドは、日銀のものだけではなかったと理解するべきなのか――。
さらに興味深いのは、証人の中に二人の宮内庁関係者が含まれていることだ。特に皇后宮大夫は、後の皇后宮職（皇后の家政機関）の責任者である。いったい、どういうことなのか。

手記を読み進むうちに、その理由が理解できた。

〈――（前略）更に大きな問題を残したのは、供出した時の傳票、諸帳簿が焼失、或は散逸し、監督官庁にも公文書が保存されていないこと、営団買入れ分中に皇室よりの御下渡品大粒のダイヤ五個が行方不明であることであった。――〉

戦時中、交易営団が買い上げたダイヤモンドの中に、皇室が供出したものも含まれていた。もちろんこれは、記録にも残っている。だが、その大粒のダイヤ五個が、戦後も行方不明になっているというのはどういうことなのか……。

皇室から供出されたダイヤに関連して、世耕はこうも書いている。

〈――あまり数の少いと思う、五〇カラットのダイヤも行方がいまだにわかっていない。皇室から出たダイヤもそうである――〉

五〇カラットのダイヤモンド……。

供出されたダイヤの中には、そんなものも含まれていたのか。いったい、ひと粒でいくらくらいになるのだろう。

一般にダイヤモンドの価格は、粒が大きいほどカラットあたりの価格も高額になる。計算には〝二乗・ザ・スクエア方式〟という独特の方式が用いられ、ダイヤの重さの二乗に価格が比例するといわれている。仮に一カラットが五〇万円で計算すると……。

〈――50（カラット）×50×50（万円）＝125000（万円）――〉

つまり五〇カラットのダイヤモンドは、その品質にもよるが、一粒でおよそ一二億五〇〇〇万円ということになる――。

とんでもない金額だ。

この〝五〇カラット以上のダイヤモンド〟についてもう一人、証言している者がいる。松井英一（まついえいいち）というダイヤモンド鑑定人である。彼は国会の証人リストにも載る久米武夫と共に、昭和二一年四月ごろから一〇月ごろに掛けて、日銀に保管されていたダイヤモンドの鑑定と整理を行なった。

松井は当時の記憶について、自らの手記に次のように書き残している。

〈――（前略）日本銀行の地下二階の大金庫の前に大きなテーブルを出して、管理人のマレー大佐（クレーマー大佐、もしくはマレー大尉の間違いか）と各将校立会いのもとに、われわれがそこに並んでおって、そのテーブルの上にハトロン封筒の中から大佐みずから封印を切ってダイヤモンドをがらがらと出し、次ぎ次ぎと開いて山のごとく積んだわけです。一斗マス一パイくらいあったでしょうか。（後略）――〉

〝一斗マス一パイ〟（約一八リットル）というのは、ダイヤモンドの量としてはとてつもないものだ。松井はこの時のことを〈――宝石を扱っている者としては感無量といいますか、おそらくあとにも先にも見ることのできない光景でした――〉と述懐し、〈――そのときに全部で二十五、六万カラットあった――〉と証言する。

迦羅守はその光景を、想像する。いまこの研究室のデスクの上に一八リットルものダイヤモンドを山積みにしたら、いったいどんなだろう。感無量どころか、気が遠くなるに違いない。

さらに松井は、同じ手記の中に次のような一文を書き残している。

〈――この中で一番大きいダイヤモンドは南方から買い付けたもので、五二・七カラット、色は薄い黄色の少しく変形ものでありました――〉

松井のいうこの五二・七カラットのイエローダイヤモンドが、世耕の手記に記された

〈――五〇カラットのダイヤ――〉と同じものかどうかはわからない。いずれにしても日銀にあった五〇カラット以上のダイヤは、すべて消えて行方不明になっている。

マレー大尉が日銀から一〇万カラット以上のダイヤモンドを盗み出した〝サンフランシスコ事件〟の後の昭和二三年七月ごろ、松井英一と久米武夫ら四人の日本人鑑定人は再び横浜の米軍司令部に呼び出された。そこで一〇カラット以上の見事なダイヤモンドをいくつか見せられ、担当の将校から「これらのダイヤに見覚えがないか……」と訊かれたという。

この時のダイヤモンドは、〝サンフランシスコ事件〟の証拠品である。実際に松井は〈――マレー大佐の所持していたダイヤモンド――〉と認識していたし、その軍法会議が一九四七年（昭和二二年）四月から横浜の軍事法廷で始まっていた。

松井はその時に見たダイヤモンドについても、こう書き残している。

〈――私が交易営団で再鑑定しているとき見かけた珍らしいダイヤモンドが、その中にあったのです。――〉

松井は戦時中に交易営団が供出ダイヤを買い付けていた時にも、再鑑定調査を担当していた。その時に特に大きなもの、珍しいものがあると、ダイヤモンドの直径と高さ、カラット数、色やカットの状態などの品質を克明にメモしていた。そのメモと照合すると、その中のひとつがほぼ完全に一致したのだ。

一カラットや二カラットの小さなものならともかく、一〇カラット以上の天然ダイヤモンドで、形もカラット数も品質も同じなどというものはまず絶対に有り得ない。

迦羅守は思う。

もし松井英一や、他のダイヤモンド鑑定人が残したメモが、どこかに残っていてくれれば……。

松井はそのメモを、おそらく〝サンフランシスコ事件〟の軍法会議の検事に提出しているはずだ。もしそうだとしたら、アメリカの公文書館か何かにその他の裁判資料と共に残っている可能性はある。

迦羅守は資料を閉じ、愛用のＭａｃを起動させた。南部正宗宛に、短いメールを一通作成した。

〈——正宗さま。

ビーンズの追加注文に関して。

例のサンフランシスコの件で、横浜の商品が入手できないだろうか。その中に、ビーンズのリストがあるはずだ。よろしく。

浅野迦羅守――〉

文中の〝ビーンズ〟は、〝ダイヤモンド〟を意味する。正宗はこれだけで、こちらの意図を理解するはずだ。ダイヤモンドの件が外部に洩れている兆候がある以上、メール一通にも気を遣わなくてはならない。

迦羅守はもう一度用件を読み返し、メールを送信した。

迦羅守は椅子から立ち、お気に入りのコーヒーカップにコーヒーを淹れた。そのカップを手にしてデスクに戻り、イチョウの葉の騒めきと雨音に耳を傾けながらゆっくりと味わう。

まだコーヒーを飲み終わらないうちに、正宗からの返信が着信した。

〈――迦羅守様。承知しました。

南部正宗――〉

たったそれだけだ。

正宗は、不思議な男だ。そして、頼りになる男でもある。あいつがいまどこで何をしているのかはわからないが、〝承知した〟というのだから何か当てがあるのだろう。

どこからか、かすかな物音が聞こえた。雨音ではない。風の音でもない……。

迦羅守は耳を澄ました。誰かの、足音だ。廊下の方から聞こえてくる。

台風の午後のこんな時間に、いったい誰だろう……。

足音が、迦羅守の研究室の前で止まった。ドアノブを回す音。だが、鍵は掛けてあるはずだ。

気配が、止まった。迦羅守は手に汗を握り、息を殺して待った。しばらくすると、ドアがノックされた。

「迦羅守……いないの……」

聞き覚えのある声だった。迦羅守は椅子を立ち、ドアに向かった。ドアチェーンを掛けたまま、ドアを開けた。

「伊万里……日本に戻ってたのか……」

廊下に、陽に焼けてタンクトップを着た小笠原伊万里が立っていた。

「今朝、羽田に着いたの……」

伊万里が右手に持った傘から、床に雨水が滴っている。

「一人なのか」

迦羅守は少し開けたドアの隙間から、伊万里の背後の廊下を見渡した。

「もちろん一人よ。迦羅守、早くここを開けてよ……」

迦羅守は一度ドアを閉め、ドアチェーンを外した。伊万里が部屋に入ってきた。

「会いたかったわ……」

ドアを閉じると伊万里が抱きつき、唇を合わせた。

6

迦羅守は来客用のカップにもう一杯コーヒーを淹れ、古い英国製の応接セットに座る伊万里の前に置いた。

「長い間、どこに行ってたんだ」

迦羅守も自分のカップを手に、伊万里の向かいのソファーに座る。

「イタリアとフランス、ニューカレドニア、それにアメリカかな……」

伊万里が両手でカップを持ち、コーヒーをすする。

久し振りに会う伊万里は、日本人のように見えなかった。いや、確かに伊万里のはずなのに、本人には見えないといった方が正確かもしれない。

「お前、浮気しただろう」

迦羅守がコーヒーを飲みながら、睨む。

「少しだけね。でも、あなたが思っているほど悪いことはしてなかったわ……」

伊万里が上目遣いに、迦羅守の顔色を探る。

「なぜ、携帯の番号やメールアドレスを変えたんだ」

迦羅守が訊いた。伊万里が一瞬、考える素振りを見せた。

「奇妙な電話があったり、脅迫メールが来たりしたからよ……。ブロックしても、また違うアドレスからメールが来るし……。例のダイヤモンドのことで、もし手を引かなければ、誰かが死ぬっていわれたの……」

なるほど、一応の事情は呑み込めた。おそらく、伊万里のいっていることは事実なのだろう。だが……。

「ぼくのところにも同じような脅迫電話が来たよ。でも、なぜ新しい携帯の番号やメールアドレスを、ぼくたちに教えなかったんだ」

伊万里がまた、少し考える。

「脅迫電話が来た時、怖くてｉＰｈｏｎｅをお風呂に投げ込んじゃったの。アドレス帳のバックアップ取っておかなかったから、みんなに連絡できなかったの。本当よ……」

迦羅守は思わず笑ってしまった。最後に〝本当よ〟と念を押すところが、いかにも伊万里らしい。

「まあ、いいだろう。後でぼくにアドレスと番号を教えておいてくれ」

「信じてないんでしょう……。でも、いったい誰がダイヤモンドの件で脅迫なんかしてきたのかしら……」

「君の方がわかっていると思ったんだけどな」

迦羅守がそういって、伊万里の反応を見た。

「ほら、やっぱり信じてないんだ」伊万里が溜息を洩らした。「それならなぜ、私が日本に帰国してすぐにここに来たと思ってるの」

「さて、どうしてかな。ぼくに会いたくて仕方がなかったからか」

伊万里が笑った。

「もちろん、それもあるわ」

「他にも理由があるのか」

「そう。見せたいものがあったの。これよ……」

伊万里がそういって、エルメスのハンドバッグの中から小さな御守りの袋のようなものを出した。テーブルの上にハンカチを広げる。その上で袋の紐(ひも)を緩(ゆる)めてさかさにすると、洋梨形の青いガラス玉のようなものがころがった。

「これは……」

いや、ガラス玉ではない。宝石だ。

「ダイヤモンドよ」

「ダイヤだって!」

「そう、このダイヤをあなたに見てもらいたかったのよ。迦羅守なら、何かわかると思ったから……」

迦羅守はダイヤモンドを手に取った。いわれてみれば確かに、ダイヤモンドだ。だが、ダイヤにしてはあまりにも大きすぎる……。

「〝本物〟なのか」

「もちろん〝本物〟よ。アメリカの弁護士の友人の紹介で、信頼できる宝石商に鑑定してもらったの。そうしたら、二二・五カラットの上質なブルーダイヤモンドだとわかったのよ……」

二二・五カラットの、ブルーダイヤモンド……。

たったいま、何かで読んだような気がした。そうだ、松井英一という鑑定人の手記に出てきた、南方から買い付けたという巨大なイエローダイヤモンドだ。手記に〈――色は薄い黄色の少しく変形もの――〉と書いてあった。色と大きさは異なるが、カットなどはこのダイヤと特徴がよく似ている。

「何を考えてるの」

伊万里が訊いた。

「いや、戦時中に交易営団が買い上げたダイヤの中に、これとよく似たものがあったんだ。それが戦後のどさくさで、行方不明になってるんだ……」

「同じもの？」

「いや、違うと思う。そのダイヤはイエローダイヤモンドで、五二・七カラットもあった。このダイヤよりも、かなり大きいんだ……」

だからといって、けっしてこのダイヤが小さいわけではないのだが。

迦羅守はダイヤモンドをテーブルの上に戻した。

「ところでなぜ、伊万里がこんなものを持っているんだ」

「亡くなった実の父のものよ。それと、例のギャンブラーが解読した暗号文があったでしょう。〝失ナワレタダイヤモンドヲ探セ〟っていう、例のあれよ。それで、このダイヤのことを思い出したのよ……」

伊万里の話は、御伽噺のようだった。

生前、父の小笠原正貴は、洋梨形の少し青い綺麗なガラス玉を持っていた。ロサンゼルスの大きな家に住んでいて、その広い書斎のデスクの引出しにいつもそのガラス玉が入っていた。

まだ幼かった伊万里が父の書斎に遊びに行くと、父は必ずその青いガラス玉を見せてくれた。父の膝の上に乗り、ガラス玉で遊んだ。伊万里はそのガラス玉が大のお気に入りで、欲しくて仕方がなかった。

ある日、父の留守中に書斎に入ると、デスクの引出しの鍵が開いていた。伊万里はそっと、その中から洋梨形のガラス玉を持ち出した。少し遊んだら、またデスクの引出しに戻しておくつもりだった。

だが、数日後――翌日か、翌々日だったかもしれない――父が交通事故で死んだ。以来、伊万里は自分で自分の記憶を閉ざしたかのように、その美しいガラス玉のことを忘れていた。

「それを、思い出したの。あのガラス玉は、もしかしたらダイヤモンドだったんじゃないかって。〝失ナワレタダイヤモンド〟って、あの洋梨形のガラス玉のことじゃないかって思ったのよ。それで記憶を辿って、そのガラス玉を探したら、子供のころの宝箱の中から出てきたの……」

「それを鑑定してみたら〝本物〟のダイヤモンドだったというわけか」

「そういうこと。鑑定士に訊いたら、時価一五〇万ドルくらいだろうといってたわ……」

一五〇万ドル……約一億五〇〇〇万円……。

ダイヤモンド一粒の価格としては、とんでもない金額だ。

「このダイヤモンドについて、何が知りたいんだ」

迦羅守が訊いた。

「いろいろなことよ。このダイヤモンドは、いったい何なのか……。なぜ、私の父が持っていたのか……。そして、例の暗号文の〝失ナワレタダイヤモンド〟というのは、このダイヤのことだったのか……」

なるほど。少なくとも伊万里のいっていることは、嘘ではないようだ。

「わかった。できる限り、調べてみよう。その前にまず、いくつか訊きたいことがある。君のお父さんは、いったい何者なんだ」

いままで伊万里の実の父親について、あまり詳しいことを訊いたことはなかった。

「私の父は、外務省の外交官よ。一九九二年に亡くなった時は、ロサンゼルス総領事館にいたの」

「その時の年齢は？」

「父は一九四七年生まれだから、四五歳になったばかりだったと思う……」

一九四七年生まれか。戦中戦後の日銀周辺でダイヤモンドのどさくさが起きていたころにはまだ生まれていなかった。だとすれば、先代か――。

「君のお父さんは、小笠原家に養子に入ったといっていたね」

「そうよ……」

「養子に入る前の元々の名字は、何ていったんだ」

「〝細川〟よ。熊本の、細川家。本家ではないけれど」

熊本の細川家か……。

名門だ。しかも浅野家や小笠原家、南部家や武田家と同じ清和源氏の直系だ。

「しかし熊本の細川家なら、このくらいのダイヤモンドがあってもおかしくないんじゃないかな……」

第一六代当主の細川護立は細川家伝来の美術品や歴史資料、蒐集品などを収蔵、展示するために、一九五〇年に東京の文京区に『永青文庫』という美術館を設立したほどだ。現在、永青文庫の理事長は一八代当主、元内閣総理大臣の細川護熙が務め、その収蔵品は『熊本県立美術館』が「永青文庫展示室」を設けて展示している。

「私は、違うと思うの……」

伊万里が首を傾げた。

「どうして違うと思うんだ」

「だって父の家系は〝細川〟といっても末端だったし、そんなに大した家柄じゃなかったわ。父は兄一人姉一人の三人兄弟の末弟で、伯父が小さな家を継いだはずだけど。だいたいそんなに名家でお金持ちだったら、小笠原家に養子に来たりはしないでしょう……」

確かに、伊万里がいうのももっともだ。

迦羅守はソファーから立ち、コーヒーをもう一杯、淹れた。頭を使うとカフェインが欲しくなるのは、よくない習慣だ。台風が近付いてきたのか、外は雨と風が強くなってきている。

「ところで君のお祖父さん、お父さんの方の先代は何をやっている人だったんだ」

迦羅守がソファーに戻り、訊いた。

「軍人さん。戦時中は陸軍にいたと聞いたけど……」

「戦後は？」

「よくわからない。東京で仕事をしていたらしいけど……。私が生まれる何年も前に死んじゃったから……」

伊万里はなぜか、あまりいいたくないことがあるようだった。そんな時はいつも迦羅守の目を見なくなるので、すぐにわかる。

「伊万里、何か隠してるだろう。いえないことでもあるのか」

迦羅守に痛い所でも突かれたように、伊万里が視線を上げた。

「どうして」

「顔に書いてあるぞ。何かを隠されたら、わかることもわからない」

図星だったようだ。伊万里の表情が見る間に崩れはじめた。いまにも泣き出しそうな顔だ。

「別に隠そうと思ったわけじゃないんだけど、いうのが怖かったの……」

「いいから、話してみろよ」

伊万里が頷く。

「祖父の死のことは、家族の誰もが話したがらないの……。母も、伯母さんたちも、まるで祖父について話すのがタブーみたいに……。それから、死んだ父のことも……」

「お父さんに、何かあったのか」

迦羅守が訊いた。

「そう、父は殺されたかもしれないの……。アメリカのロス市警で調べてみたら、父が死んだ交通事故は轢き逃げだった。犯人も捕まっていないの……」

伊万里は話しながら、テーブルの上の洋梨形のブルーダイヤモンドを見つめている。

「君は、お父さんが殺されたのはこのダイヤモンドのせいだと思ってるんだね」

伊万里が、頷く。

「そう。父も、もしかしたら祖父も。そして、次は私も……」

伊万里は、怯(おび)えているように見えた。だが、それだけでは、このダイヤモンドについて調べる手懸(てがか)りがあまりにも少なすぎる。

「他に何かないのか。もしお父さんがこのダイヤのために殺されたのだとしたら、君がそう思う根拠は?」

迦羅守が訊いた。伊万里が首を傾げて考え、溜息をつく。

「ひとつ、あるわ。ただ、〝根拠〟というようなことではないけれど……」

「どんなことだ」

「先日、ロサンゼルスにある父のお墓にお参りしたの。ウェストウッドの、マリリン・モンローやジャニス・ジョプリンが埋葬されている墓地……」

「ウェストウッド・ビレッジ・メモリアルパークか」

観光名所としても有名な墓だ。

「その父の墓石に、奇妙なマークが彫ってあったの。定規とコンパス、真中にアルファベットの〝G〟。その上にピラミッドのようなものと、〝プロビデンスの目〟が描かれていたの……」

「君のお父さんは、〝フリーメイソン〟だったのか」

だが、おかしい。本来、フリーメイソンのシンボルマークは定規とコンパス、その中に〝G〟が描かれているだけだ。ピラミッドやプロビデンスの目――神の全能の目――が一緒に彫られていたということは、正式なシンボルマークではないかもしれない。

だが、伊万里は首を傾げる。

「父がフリーメイソンだなんて、聞いたことはなかった。キリスト教徒だったことすら知らなかったわ。それに、父の墓石に最初からそのシンボルマークが彫られていたのかどうか、その記憶もないの……」

これでますます、難しくなった。

「それで、ぼくは何をすればいいのかな。そのダイヤモンドの謎を解き明かす。それだけなのか」

「もうひとつ、お願いがあるの。このダイヤモンド、預かっておいてほしいの……」

「どうしてだ。君は三菱銀行本店に、貸金庫を契約していただろう。そこに預けておけばいい」

「怖いわ」

「どうして」

「あの貸金庫のことは知ってる人が多いわ。出し入れする時に、誰かに待ち伏せされて襲われるのは嫌だし……」

そういえば、そんなことがあった。あの貸金庫に保管してあった暗号文を持ち出した時に、外で待ち伏せされてダミーの封筒を奪われた。

「わかった。とりあえずその金庫に入れておこう」

迦羅守の研究室には、おそらく戦前に設置されたと思われる大きな金庫がある。古い〝竹内金庫〟(竹内という会社が製造した金庫)なので鉄板も厚く、ダイヤルや鍵も現代のものより遥かに頑丈だ。

「お願い。そうして……」

伊万里がダイヤモンドを御守り袋の中に戻し、迦羅守に渡した。迦羅守はそれを受け取ってソファーを立ち、黒い鋼鉄の大きな金庫に仕舞った。どうやらこれが、伊万里の「迦羅守を信用している……」という忠誠の意思表示でもあるらしい。

「さて、台風が酷くならないうちにここを出よう。今夜、泊まる場所は」

迦羅守が金庫のダイヤルを回して鍵をロックし、立った。

「あなたの部屋の、あなたのベッド……。もちろん、美味しいディナーの後で……」

伊万里が、意味深な笑みを浮かべる。まあ、それも悪くない。

「その前に、寄りたい所があるんだ。付き合ってくれないか」

「いいわよ。どこに寄るの？」

伊万里もバーキンを肩に掛け、ソファーから立った。

「一昨日から、ギャンブラーと連絡が取れないんだ。電話にも出ないし、メールにも返信がない。だから奴の六本木ヒルズの部屋に寄っていく」

「ギャンブラー、何かあったのかしら……」

「さあ、わからない。生きているならいいんだけどね」

迦羅守がいった。

7

夕刻の東京は、土砂降りの雨になった。

忙しなく動くワイパーの向こうで、前の車のテールランプが赤く滲んでいる。

大粒の雨が、ミニ・クロスオーバーの屋根をドラムのように叩き続ける。

「例の暗号は、まだ解読できないの」

伊万里の声も、いまにも雨音に掻き消されてしまいそうだ。

「まだだ。今回の暗号に関しては、ギャンブラーもかなり手こずっている……」

渋滞がはじまった。雨で、前がよく見えない。

「珍しいわね。あのギャンブラーが……」

伊万里もギャンブラーの能力を十分に理解している。

「今度ばかりは、これまでとは違うようだ。ギャンブラーは、暗号を作った人間がどこかで間違えたんじゃないかといっている」

「そうだとしたら、解読できないかもしれないということね……」

「その可能性もある。もしそうだとしたら、他の方法を考えなくてはならないかもしれないな」

その場合には、伊万里の持ち込んだ洋梨形のブルーダイヤモンドが、何らかの手懸りになるかもしれない。

六本木六丁目の交差点を左折して地下駐車場〝Ｐ９〟の入口を下りていくと、雨と風の音が止んだ。ＬＥＤライトの冷たい光に照らされた地下駐車場の空間に、濡れたタイヤがスリップする音だけが響く。

レンジローバーとメルセデスの間の空いたスペースに、ミニ・クロスオーバーを駐めた。車を降り、ドアをロックした。

「さあ、行こう」

迦羅守がエントランスに向かって歩き出す。

「待って。ヒルズのレジデンスはセキュリティが厳しいはずよ。中に入れるの」

伊万里が歩きながら訊いた。

「だいじょうぶだ。合鍵を持っている」

「あら、あなたたち、〝そういう仲〟だったの。怪しいとは思ってたけど……」

「まさか。奴が酔っぱらうとよく鍵を無くすので、家が近いぼくが合鍵を持っていてくれと頼まれただけだ」

エントランスの入口の前に立ち、ギャンブラーの部屋番号を押して呼び出した。何度かやってみたが、やはり応答はない。仕方なく、ギャンブラーから預かった合鍵でセキュリティを解除した。

「入ろう」

広いエントランスを横切り、レジデンスB棟に向かう。ぶ厚いカーペットが敷かれたビルの中は、無人のように静かだった。この建物の中に入ってしまうと外が台風なのかどうかだけでなく、昼間なのか夜なのかすらわからない。

エレベーターの前に立ちボタンを押す。数秒待つと、エレベーターが到着したことを知らせる小さなベルが鳴り、ドアが静かに開いた。

中に入り、一〇階のボタンを押す。ドアが閉まり、加速Gを体感できるほどの速度でゴンドラが上昇していく。

「このマンションに住んでいる人は、変わってるわ……」

伊万里が上昇していくランプを見つめながら、呟く。

「どうしてさ」

「だって私なら、怖くて住んでいられないもの……」

伊万里がいった。

一〇階まで一気に昇り、エレベーターが止まった。降りる。一〇階に来てもまだ、ここが地上なのか地下なのかという感覚すらない。確かに伊万里がいうように、少なくとも人間が生活する空間としては不自然なような気がした。

厚いカーペットが敷かれた長く薄暗い廊下を歩き、ギャンブラーの部屋の前に立った。

「ここなの」

「そうだ。ここだ」

「あの人に、似合わないわ……」

「まあ、そういうな。本人は親元から離れられて喜んでいるんだから」

チャイムを押した。

しばらく待ったが、応答はない。

「やはり留守みたいだな……」

迦羅守が首を傾げる。

「そうね。旅にでも出ているのかも。でも私が何カ月もいなくても心配してくれないのに、なぜギャンブラーと二日間連絡が取れないくらいでこんなに心配するの？」

「それは君とギャンブラーの、人間としての資質の差の問題だ」

「また難しいことといって騙そうとするんだから……」

迦羅守は何げなく、ドアノブに手を掛けてみた。ロックが動いた。鍵が、掛かっていない……。

「どうしたの」

伊万里が訊いた。

「鍵が掛かってないんだ」

「それじゃあ、中にいるの？」

「わからない……」

嫌な予感がした。

ドアを引いた。チェーンロックも、掛かっていない。

もう一度、チャイムを鳴らしてみた。部屋の奥で鳴っているのが聞こえる。だが、やはり応答はない。

「どうするの……。警察を呼んだ方がいいんじゃない……」

伊万里が一歩、後ずさった。

「いや、入ってみよう」

迦羅守が部屋の中に入った。伊万里も恐るおそる、ドアの中に体を滑り込ませた。

ドアを、閉めた。玄関に見覚えのあるギャンブラーの靴が一足、脱ぎ捨てられたように引っ繰り返っていた。他に、クロックスのサンダルが一足。それだけだ。

「やっぱり、ギャンブラーは部屋の中にいるのよ……。どうしよう……」

迦羅守は自分の唇に人さし指をあて、伊万里に静かにするように促した。

靴を脱ぎ、上がる。迦羅守は何度か、この部屋に来たことがある。1LDK、五〇平米と少しのそれほど広くはない部屋だ。

玄関を上がって、左へ。すぐ右側に、バスルームのドアがある。開けて明かりをつけてみたが、誰もいない。

「おーい、ギャンブラー……。迦羅守だ……。いないのか……」

声を掛けるが、返事はない。

左手に二つ、シューズボックスと納戸の小さなドアが並ぶ。向かいに、トイレのドア。

開けてみたが、誰もいない。

正面に、リビングのドアがある。奥へと、進む。伊万里が迦羅守の手を摑んで、ついてくる。

ドアを開けた。リビングに、明かりはついていない。壁を探り、スイッチを押した。

照明が、ついた。

「きゃー！」

伊万里が、悲鳴を上げた。

ソファーの向こうのデスクの前に、ギャンブラーが倒れていた。

8

九月中旬のこの季節、アメリカのワシントンD.C.はまだサマータイムだった。

午前五時――。

南部正宗は、滞在中に事務所がわりに使っている『ザ・リッツ・カールトン』の一室にいた。

寝心地の好いベッドを出て、窓辺に立つ。カーテンを開けると、もう夜が明けはじめていた。

眼下に、巨大なロータリーと〝フォギーボトム〟（ポトマック川河畔の地区名・霧の多い低地の意味）の街並が広がっている。その名のとおり、今朝もビルとビルの谷間に霧が生き物のように這っていた。

昨夜から、ほとんど眠っていない。だが、眠らないことには慣れている。それでも腹は減っていたが、〝朝食〟にはいくら何でも早すぎた。

熱いシャワーを浴び、ガウンに着換えた。短い髪をタオルで拭いながら、Ｍａｃを開くと、メールが一本入っていた。

差し出し人は〝バンビ〟――。

正宗の〝協力者〟の一人だ。

〈――Mr.ナンブ

ご注文の〝ビーンズのリスト〟らしき資料を、発見しました。どうやら本体は、他の資料と共にノーフォークに存在するようです。ワシントンには、あったとしてもマイクロフィルムの一部でしょう。

どうしますか。ノーフォークにいらっしゃいますか。

〝バンビ〟――〉

正宗はメールを読み、頷いた。
やはり、ノーフォークだったか……。
ワシントンからノーフォークまでは、リッチモンドを経由して三〇〇キロと少し。車で約三時間半。これから〝朝食〟をゆっくりとすませてから出ても、午前中には現地に入れるだろう。
正宗はメールに返信した。

〈——ミス・バンビへ。
これからノーフォークへ向かう。〇時ちょうどに、〝フリーメイソン・アビー・レストラン〟に席を予約しておいてくれ。シーフードでも食べよう。
マサムネ——〉

送信すると、十数秒後には返信がきた。

〈——ボス、了解しました——〉

正宗は思わず口元に笑みを浮かべた。いかにも、〝バンビ〟らしい。

カウンターに向かい、冷蔵庫の中のミネラルウォーターを一本、開けた。ボトルから直接飲みながら、ソファーに座る。急に、眠気が襲ってきた。

一時間ばかり、眠っておくか……。

そう思った次の瞬間、ソファーにもたれたまま眠りに落ちた。

9

浅野迦羅守は、ゆっくりとリビングの奥へと進んだ。

ソファーの向こうに倒れていたのは、やはりギャンブラーだった。

「君は来ない方がいい……」

とても伊万里には見せられない。

「わかってる……。私、ここで待ってるから……」

伊万里がドアの向こうに、泣きそうな顔で立っている。

迦羅守はさらに奥へと進んだ。異様な臭気が鼻を突いた。

ギャンブラーの姿は、悲惨だった。両手両足をガムテープで固定されている。両目と口も、同じガムテープで塞(ふさ)がれていた。

可哀想(かわいそう)に、これでは身動きが取れなかっただろう……。

迦羅守は倒れているギャンブラーの前で体を屈め、ガムテープだらけの顔を覗き込んだ。

「生きてるのか」

ギャンブラーが苦しそうに、頭を動かして頷く。

「いま楽にしてやる」

迦羅守はギャンブラーの口を塞いでいるガムテープを剝がした。痛くないように気を配ったつもりだが、テープに抜けた無精髭と縮れたもみあげが沢山ついてきた。

「……い……痛え……」

ギャンブラーの自由になった口から、声が洩れた。

「我慢しろ。それにしても、酷い臭いだな……」

「仕方ないだろう……。〝大〟の方は我慢したんだが、酒を飲んでたんで〝小〟の方は無理だったんだ……」

やはり、伊万里に見せなかったことは正解だった。

「いつからこんなことになってたんだ」

迦羅守が訊いた。

「たぶん……一昨日の夜からだ……」

ちょうど、連絡が取れなくなったころからだ。つまりギャンブラーは、丸二日近くここに転がっていたことになる。

「目のガムテープを剝がすぞ」

「ま、待ってくれ。そんなことしたら、眉も睫毛も抜けちまうよ。自分で剝がすから、先に手を自由にしてくれ……」

ギャンブラーのいうのも、もっともだ。迦羅守だって、他人にはやらせないだろう。

「わかった。そうしよう」

迦羅守はギャンブラーの両手に巻きつけられていたガムテープを剝がした。後ろ手に縛られていた両手が自由になると、ギャンブラーがやっと体を動かし、上半身を起こした。両足のガムテープも外した。

「悪いけど、しばらく外で待っていてくれないか。シャワーを浴びて、着換えるよ」

ギャンブラーが、目を覆っているガムテープを剝がしながらいった。


シャワーを浴びてソファーに座ったギャンブラーは、いつになくすっきりとした顔をしていた。

どうやら自分で剝がしても、両側の眉は助からなかったらしい。まあ、自己責任の結果として仕方ないだろう。

「いったい、誰にやられたんだ」

迦羅守が訊いた。

「それが、わからないんだ……。酔って帰ってきて、例の暗号文の解読に夢中になっていたら、後ろに黒いタイツのようなものを着た奴が立っていて……」

次の瞬間、首にスタンガンを押しつけられて意識が飛んだ。しばらくして意識が戻った時には、手足をガムテープで巻かれて身動きできなくなっていたらしい。

「何か、盗られたものは」

「買ったばかりのパソコンをやられた。その中に例の暗号文のデータが全部、入ってたんだ……」

何てことだ。全身の力が抜けた。

「でも、セキュリティは掛けてあったんでしょう。パスワードがわからなければ、中は見られないわ……」

伊万里がいった。

「パソコンは、起動中だったんだぜ。それに、パスワードも教えちゃった……」

ギャンブラーが肩をすぼめて、溜息をついた。

「どうして教えちゃったのよ……」

「だってしょうがないだろう。相手はスタンガンを持っていて、おれは縛られてたんだからさ……」

だが、そんなことをいい合っていても埒が明かない。

「起きてしまったことは仕方がない」迦羅守がいった。「パソコンを盗まれたからといって、例の暗号がすぐに解読されるわけじゃない。ギャンブラーが手こずっていたんだから、向こうも簡単にはいかないだろう」

「つまり、どちらが早く解読できるか競争だということか」

「そうだ。それよりも問題なのは、その賊の正体だ。心当たりはないのか。相手は当然、ダイヤモンドの件を知っていてここを襲ったんだろうからな」

そうでなければ、パソコンだけ盗んでいくわけがない。

「それがまったく、心当たりがないんだ……。全身、真っ黒で、顔は目出し帽のようなものを被っていたから人相もわからなかったしね……」

ギャンブラーが、首を傾げる。

「男か女かくらいはわかるだろう。どっちだった」

「男だった、と思う……」

迦羅守と伊万里が、顔を見合わせた。

「思う、とは」

「声は、男だったような気がするんだ。だけど体にぴったりしたタイツのようなものを着ていて、体形は何となく女のようにも見えた……」

「どっちだかわからないの？」

伊万里が驚いたように訊いた。

「わからない……いや、男だ……。たぶん、男だと思う……」

「他に特徴は」

「そうだな……」ギャンブラーがまた、首を傾げて考える。「奇妙な訛があったような気がした。外国人が、日本語を話しているような……」

外国人……。

迦羅守は何日か前に、事務所の固定電話に電話を掛けてきた男——確かに〝男〟だったと思うが——の声を頭の中で再生した。あの話し声にも、外国人のような訛があったような気がした。

「それより、もっと大事なことがあるのを忘れてないか」

ギャンブラーが、二人の顔を見た。

「〝大事なこと〟って、何だ」

迦羅守がいった。

「おれは丸二日近く何も食べてないんだぜ。何か、食いに行こうよ……」

ギャンブラーがいった。

ギャンブラーは黙々と、目を白黒させながら、テーブルいっぱいに並べられたドイツソーセージやアイスバインを口に詰め込んでいる。

それをミュンヘンから直送のヴァイスビアで腹に流し込む。

六本木ヒルズ内のドイツレストラン『フランツィスカーナーＢａｒ＆Ｇｒｉｌｌ』に良い席が空いていたのは、好運だった。ギャンブラーの空腹はほとんど飢餓状態に近く、ヒルズの外に出て店を探す余裕はなかったからだ。無精髭と眉はなくなってしまったが、どうやらこの男のタフな精神と胃袋は壊れていないらしい。

「それにしても、誰がやったのかしら……」

フォークの先で皿の上のザワークラウトとソーセージを玩びながら、伊万里が呟く。

「わからないな。でもその賊は、少なくともギャンブラーを殺す気まではなかったようだね」

迦羅守が店の名物のフランクフルトソーセージをナイフで切り、口に運ぶ。

「どうしてわかるの」

伊万里が訊いた。

「顔のガムテープが、目と口だけに貼られていたからさ。もし殺す気なら、鼻の穴も塞ぐだろう……」

迦羅守がいうとギャンブラーのフォークを持つ手が一瞬、止まった。だが、また黙々と食べはじめた。

「確かに、そうかもしれないわね。理由はわからないけど……」伊万里がいった。「でも、ギャンブラーの部屋に侵入できたということは、同じ六本木ヒルズの住人の可能性もあるわね。それに、マンション内の防犯カメラに姿が映っているかもしれないわ。だとすれば……」

「警察にでも通報するのか」

「無理ね……」

そうだ。無理に決まっている。

もし警察が捜査して犯人が捕まれば、ダイヤモンドの一件も知られることになる。それ以前に、例の金塊の一件もだ。自分たちだって、それほど綺麗な身ではない。

「これからどうするの。あの暗号文が知られちゃったら……」

伊万里がいった。

「ギャンブラーがいったとおり、これからは競争だ。一刻も早くあの暗号を解読する必要があるということだな」

だが、聞いているのかいないのか。ギャンブラーは無言でソーセージを食っている。

「それと、私たちの身の安全の確保ね。このままだと、また誰かが襲われるかもしれないわ……」

「それについては、考えがある」

「どうするの」

「正宗に頼もう。それが一番、確実だ」

迦羅守は食事の手を止め、ｉＰｈｏｎｅで正宗に短いメールを一本、送信した。

10

ポケットの中で、ｉＰｈｏｎｅが振動した。

正宗はフォードのレンタカーのステアリングを片手で握りながら、指紋認証でｉＰｈｏｎｅを開いた。

車はちょうど、フリーウェイ３９５号線でワシントン郊外からスプリングフィールドに向かっている途中だった。クルーズコントロールで時速五〇マイルを保(たも)ちながら、メールを確認した。メールは、浅野迦羅守からだった。

〈——報告。
ギャンブラーが何者かに襲われた。幸い命に別状なし。この件で今後の対策について至急、相談したし。——〉

ギャンブラーが襲われた？

つまり、先日のミーティングで話に出た〝ダイヤモンドから手を引け〟と脅迫してきた何者かが〝動いた〟ということなのか。だが、ギャンブラーは生きている。つまり不幸中の幸いということなのだろうが、いまひとつ要領を得ない。

正宗は車を走らせながら、簡単なメール文を作成した。

〈――迦羅守様。

現在、アメリカを旅行中。来週には土産を持って、日本に帰国する――〉

メールを返信し、運転を続けた。

全米を網羅するフリーウェイ――インターステート・ハイウェイ――は、アメリカの大動脈だ。大都市の市街地なら片側五車線。郊外でも四車線から三車線。交通量の少ない地方でも片側二車線の広大な道路網がインターチェンジを介して州境を越え、北米全土を繋いでいる。その間に、信号は一切存在しない。しかも、〝フリー〟の名が付くように全線が無料だ。

制限速度の五〇マイルで、フリーウェイは淡々と流れる。すでに州境を越え、イリノイ州に入っていた。この先、道はスプリングフィールドでフリーウェイ95号線に入り、リッチモンドからバージニア州のノーフォークへと向かう。

正宗は距離と時間を計算した。フリーウェイは事故や渋滞もなく、順調に流れている。この分ならば予定よりも少し早く現地に着きそうだ。

約束の時間の三〇分前に、ノーフォークの市街地に入った。

ノーフォークは、バージニア州のチェサピーク湾の湾口に位置する世界最大の軍港の町だ。アメリカ統合戦力軍、アメリカ艦隊総軍、アメリカ海兵隊総軍、さらにＮＡＴＯの変革連合軍がここに司令部を置く。さらに空母ジョージ・Ｈ・Ｗ・ブッシュ、ミサイル巡洋艦ノルマンディー、同アンツィオ、空母ハリー・Ｓ・トルーマンなど多くの軍艦がノーフォークを母港としている。

軍港として発展してきたノーフォークには、軍人が多い。また独立戦争以来、あらゆる意味で米英関係の入口としての役割を果たしてきたことから、全米のフリーメイソンの隠れた本拠地としても知られている。この町の象徴として親しまれる『マッカーサー記念館』の主、ダグラス・マッカーサーも、かつてフリーメイソンのメンバーの一人だった。

この日も海沿いの道を走ると、戦艦ノルマンディーがその巨体を休めるように軍港に碇泊していた。

正宗は市街地から軍港、さらに市街地にかけて、車でゆっくりと流した。後方に尾行車がいないことと周囲の〝安全〟を確認し、〇時五分前に待ち合わせのレストランのパーキングスペースに車を駐めた。

『フリーメイソン・アビー・レストラン』は、ノーフォークの〝フリーメイソン・ストリート〟にある市内で最も有名なレストランだ。古い修道院を改築した煉瓦造りの建物で、典型的なアメリカ料理やシーフードを楽しめる。客はもちろんフリーメイソンの会員だけでなく、地元の人間や、世界各国からこの地を訪れる観光客にも人気がある。

入口でボーイ長に〝ミス・ラウズマン〟の名前で予約を確認すると、奥の窓際の席に通された。〝バンビ〟は、すでにテーブルに着き、眼鏡を掛けてＭａｃノートプロのディスプレイを見つめていた。

「ハイ、セイラ。元気だったか」

正宗に気が付くと〝バンビ〟は眼鏡を外して微笑み、Ｍａｃを閉じた。

「ボス、お久し振りです」

席から立ち、正宗の差し出した手を握った。

コードネーム〝バンビ〟――本名セイラ・ラウズマン――。

正宗の信頼できる協力者の一人だ。だが、彼女は、正宗の本当の素性を知らない。

セイラの本業は、地元紙『バージニア・ポスト』などに記事を書くフリーのジャーナリストだ。現在、三七歳。また、マッカーサー記念館の中にある『ＮＡＲＡ（米国立公文書館）ノーフォーク別館』のコーディネーターという肩書も持っている。

正宗はメニューのシーフードの中からアビー・クラブ・ケーキを、セイラはスモーク・ゴーダとヒレ肉のペンネを注文した。

「よくボスがこのレストランを指定しましたね。フリーメイソンは、あまり好きではなかったはずだけど……」

料理を待つ間に、セイラが小声でいった。

「別に、フリーメイソンを嫌っている訳じゃないさ。彼らは基本的には友好的かつ寛容な慈善家だ。このレストランもただの観光名所にすぎない」

もちろんこちらが、彼らの〝絶対的な秘密〟に立ち入らなければの話だが。

正宗が続けた。

「ところでよくあの〝ビーンズのリスト〟が見つかったな」

「ええ、昨夜遅くまで、コンピューターで〝ARC〟（アーカイブ・リサーチ・カタログ）とにらめっこしていたんです。そうしたら偶然、それらしいものを見つけて……」

現在、アメリカ国立公文書館の所蔵する公文書はいわゆる〝紙〟の書類、マイクロフィルム、写真、動画、電子メディア（CDなど）を含め、二〇〇六年に集計された時点で四〇億点以上にも達する。これら所蔵品はすべて作成時の記録グループごとに分類され、コレクション番号によって管理されている。現在、公文書はワシントンD.C.の本部には納まりきらず、全米三三カ所の分館、地域資料館、大統領図書館などに分割して所蔵されている。解禁資料に関しては一般公開されているが、二〇一六年現在もオンラインで閲覧（えつらん）できるものは全公文書のごく一部にすぎない。

　所蔵資料は、その内容に関しても多岐（たき）に及んでいる。基本的にはアメリカの建国以来の公文書が建前だが、中には太平洋戦争後の日本統治に関連する書類、国際条約、エリア51やロズウェル事件などＵＦＯ関係の資料、広島と長崎に落とされた原子爆弾に関連する写真や技術資料なども含まれる。特に日本統治時代のＧＨＱ将校のメモランダムなどの紙資料は、ノーフォークのマッカーサー記念館に多いことも以前から知られていた。

「例の〝サンフランシスコ事件〟のファイルの中になかったとしたら、いったいどこに紛（まぎ）れ込んでたんだ」

　正宗が訊いた。

「私も最初、そう思っていたの。もしくは、日本統治時代のヨコハマの軍事法廷関係のメモランダムの束に紛れ込んでいるか……」

　料理が運ばれてきた。セイラが話を中断する。

　このレストランの料理は、最高だ。味も、量も申し分ない。一度でもこの店の料理を味わえば、誰もがフリーメイソンに対する認識を新たにするだろう。

「それで……例の資料はどこのファイルに紛れ込んでいたんだ」

正宗がフォークで料理を口に運びながらいった。

「それが〝Y・ブランチ〟という戦後の日本の特務機関のファイルの中に紛れてたんです。例の日本の国有鉄道の総裁が暗殺された〝シモヤマ・ケース〟を調べていた時にも名前が出た、特務機関です」

Y・ブランチだって?――。

何年か前に正宗は浅野迦羅守が執筆中の小説のために、下山（しもやま）事件に関する資料をアメリカ国立公文書館で探したことがあった。その時にコーディネーターを頼んだのが、セイラ・ラウズマンだった。以来、セイラは、正宗を日本のマスコミ関係の人間だと思い込んでいる。

「内容は?」

正宗が訊いた。

「まだ確認していません。オンラインでは閲覧できない資料なので。ただタイトルが〝ダイヤモンドリスト・E・マツイ〟となっているので、おそらく間違いはないと思いますけど……」

E・マツイ――。

大戦中に日本の交易営団が供出ダイヤを買い付けていた時の鑑定人、松井英一か。松井はマレー大尉事件の後もGHQに呼び出され、横浜の軍事法廷に証人として出廷し協力している。

だが、なぜ軍事法廷の〝証拠〟であったはずのダイヤモンドのリストが、〝Y・ブランチ〟――亜細亜(アジア)産業――と関係があるのか――。

「ボス、何を考えてるんですか」

セイラにいわれて、我に返った。

「いや、何でもない……」

正宗はまた思い出したように、料理を口に運びはじめた。

「それよりも早く食事をすませて、マッカーサー記念館に行きましょう。〝現物〟を確認してみないと、何もわかりませんよ」

セイラがいった。

食事を終え、市内の中心部にあるマッカーサー記念館に向かった。

ここに来るのは、何年振りだろう。六本の巨大な柱で支えられた、白亜の建物。その前に立って青空を見上げるダグラス・マッカーサー元帥(げんすい)の銅像。良くも悪くも、ここはアメリカの軍の権威の象徴的な場所だ。

建物の前には、マッカーサーが乗っていたクライスラー・クラウン・インペリアルや愛用のコーンパイプ目当ての観光客が列を作っていた。だが、別館の公文書館は、静かだった。所定の事務手続きをすませ、広い閲覧室に入る。セイラがまず、備えつけのコンピューターの端末に資料の整理番号を打ち込み、問題の〝ビーンズのリスト〟が入っているファイルの保管場所を確認する。

「あった、これだわ……」

ファイルは資料倉庫の奥の棚で、忘れ去られたように埃を被っていた。

閲覧室に戻り、〈――Y・branch――〉とタイトルの入ったファイルを開く。

〝Y・ブランチ〟とは〝八板機関〟、G2（GHQ・参謀第二部）配下の〝Z・ブランチ〟（キャノン機関）の下請機関で、別名〝亜細亜産業〟の名でも知られている。整理番号からすると、二〇〇八年に一般公開されたファイルのようだ。

だが、中身を見て驚いた。戦後七〇年以上が経った現在でも公開できない資料が数多くあるのか、添付されていたはずの文書の大半が抜き取られていた。入っていたのは〝Y・ブランチ〟があった日本橋室町の通称〝ライカビル〟の写真や住所、一部のメンバーの名前とプロフィールなどのデータくらいだった。ほとんどが、すでに日本でも知られているものだ。

問題の〝ビーンズのリスト〟は、大き目の茶封筒に入れられてファイルに挟まれていた。おそらく昭和十年代に日本で作られたと思われるノートが一冊と、英語でタイプされたタイプ用紙が四枚。ノートの表紙には万年筆で〈――交易営団　松井英一――〉と書かれている。

間違いない。これだ。

ノートを、開く。各ページにはやはり万年筆による細かい文字でダイヤモンドのカラット数やカラー、その他の特徴などがびっしりと書き込まれていた。中にはダイヤモンドをデッサンしたのか、挿絵のような図も入っている。英文のタイプは、ノートの内容の英訳のようだ。

だが正宗には、なぜこの資料が〝Y・ブランチ〟のファイルに入っていたのかがわからなかった。

「この資料、コピーを取れるかな」

正宗がセイラに訊いた。

「はい、だいじょうぶです。一般公開されている文書は、すべてコピーを取ることが許可されていますから」

セイラが資料を持って、閲覧室を出ていった。

コピーを待つ間に、ファイルの中の他の資料を確認した。ほとんどがメモランダムの類（たぐい）で、大した文書は入っていない。だが、何げなく〝Y・ブランチ〟のメンバーのプロフィールを眺めていた時に、その中に興味深い人物の名前を見つけた。

塩月興輝（しおづきこうき）——。

この名前は知っている。確か小笠原伊万里の義理の祖父だったはずだ。彼女の義理の祖父が亜細亜産業の人間だったことは聞いていたし、ここに名前があることは想定の範囲内だ。興味深いのは、その内容だった。

〈——Ｋｏｋｉ・Ｓｈｉｏｚｕｋｉ
一九一二年、満州のハルピン生まれ。戦後は日本に帰国し、Ｙ・ブランチの一員としてＳＣＡＰ（連合国最高司令官総司令部）のＣＩＣ（対敵諜報部）協力者として活動
——〉

伊万里の義理の祖父は、満州の生まれだったのか。戦後に日本に戻り、〝Ｙ・ブランチ〟——亜細亜産業——の一員となった。だが、最も目を引かれたのは、プロフィールの最後に打たれていた二文字のアルファベットだった。

〈——ＦＭ——〉

何だろう？
正宗は、首を傾げた。だが、それほど考えるまでもなく意味がわかった。

〝FM〟、つまり、フリーメイソンか——。

同じアルファベットのマークは、他の何人かのメンバーのプロフィールの最後にも打たれていた。例えば、〝Y・ブランチ〟総帥の八板玄士——。

漠然とではあるが、何かが見えてきたような気がした。

11

九月に入ってから、雨の日が多い。

台風が度々接近、上陸して、今年は例年になく日照時間が少なくなっている。特に台風一六号が上陸、再上陸を繰り返した一七日から二〇日の間は西日本を中心に大荒れになり、場所によっては一日に四〇〇ミリを超す豪雨を降らせた。

三浦半島の海はこの日も鉛色に沈み、波間にウサギが跳ぶように荒れていた。厚い雲に被われた空には何羽かのカモメが、強い風に押し流されるように漂っている。

浅野迦羅守はレインコートに叩き付ける横殴りの雨の中を歩いていた。小網代湾に面したシーボニアマリーナのハーバーには、陸に引き上げられた豪華クルーザーやヨットが整然と並び、台風をやり過ごすために静かに船体を休めている。振り返れば古い四棟の高層マンション群が、暗く高い空に聳えていた。

迦羅守は片手をレインコートのポケットに入れ、もう一方の手でフードを押さえながら雨と風の中を歩く。海辺に出て、ポケットからニコンの双眼鏡を出し、小網代湾を眺めた。いつもは静かな海だが、今日はこの悪天候の中に出航している船はいない。

双眼鏡を下ろし、踵(きびす)を返した。また雨と風の中を歩き、マンション群の方に向かう。しばらくしてその中の一棟——C棟——に姿を消した。

廊下でレインコートの雨を払い、一階の部屋に入る。鉄の重いドアを閉じると、ラジオのスイッチを切ったように雨と風の音が止んだ。

２ＬＤＫ、約六一平米のそれほど広くない部屋だ。一九七一年に建てられたマンションだが、室内をリフォームして一年も経っていないために新築のような匂いが残っている。

長靴を脱ぎ、框に上がる。同じ棟の他の部屋に比べて床が不自然に高いのは、その下に莫大な量の金、銀、プラチナのインゴットが敷き詰められているからだ。

リビングに入ると、ソファーに座ったギャンブラーが買ったばかりのＭａｃノートのディスプレイから目を離さずにいった。

「迦羅守、外の様子はどうだった……」

伊万里はヘッドホンを被り、目を閉じて長椅子に横になっている。起きているのか寝ているのかもわからない。

「外には誰も歩いていないよ。船も、出ていない。台風も今夜いっぱいで少しは静かになりそうだな」

迦羅守がそういって、難しい顔をして考え込むギャンブラーの前に座った。

このマンションは前年の秋に城ヶ島で大量の金、銀、プラチナのインゴットを発見した後で、四人共有の〝基地〟として購入したものだ。同時に三二フィートのクルーザーを手に入れ、ここのマリーナに繋留してある。そのクルーザーと車を使い、大量のインゴットを少しずつこの部屋に運び込んだ。

ともかくこのマンションは、誰にも知られていない。登記は正宗がバハマに持っているペーパーカンパニーの法人名義になっているし、シェルターとしてはいま考えうる限り最も安全な場所だ。それに明日か明後日には、正宗がアメリカから帰国する。

「ところでどうだ。暗号の方は」

迦羅守が訊いた。

「まったく、ダメだな……。手に負えないよ……」

ギャンブラーが溜息をつき、両手を組んで背中を伸ばした。

「ちょっと、見せてみろよ」

だがギャンブラーは、見ていたコンピューターを閉じてしまった。

「いや、それは困る。これは、おれの〝仕事〟なんだ」

ギャンブラーは、少し意地になっているようだ。

「まあ、そういうなよ。ぼくの役割を助けてもらったこともあったし、お互いさまだろう。同じチームなんだから……」

迦羅守はギャンブラーからＭａｃを取り上げ、ディスプレイを開いた。

〈――玉鬘。ソシテ年月隔タリテモ是ノ忘レ難クシテ美シキ愛者ヲ思イ出ヅハ哀レナリ、右近ハ夕顔ノ形見ナド失ウコトヲ悔メドモ是失意ヲ古参ノ女房ガ思イ是ノ気立テノ良イ者ハ幾ク末久シク右近ニ仕エテ側ニ居リ、右近ハ是ニ只々大イニ感謝シテ其ノ思イ蛇ニ託ス。今ハ亡キ姫君トテコレヲ知レバ涙シ、ナレド救ウニ叶(カナ)ワズ、アル夜ニ右近ノ夢枕ニ立ツ。母君ノ御行方知ラムト廟(ビョウ)ニ参リテ神仏ニ祈リ更ニ昼夜泣キ恋テ御形見ニ立テマツラメテ悲シキウチニアヤシキ道ニ添エタテマツリテ若君ダニコソ、母君ノヲハシケム方ヲ化(バ)カシテ問イタマハバ是身ニウシロメタカルベシト知リナガラ、率テ下リナント許シタマウベカザル。御サマヲ舟ニ乗セテ湖ニ漕ギ出ヅルホドニ思ヘバイトアハレニオボエ向カッテ母ノ御元ヘ行クカト問イタマフニツケ是ヘ舟路ユユシト諫(イサ)メケリ。オモシロキ所々見ツツ大イニヲハセマシカバ、蛇ノ路ヲ見セタテマツルヲ我ラハ下ラザマシ。母祀(マツ)レル京ノ方ヲ思ヒヤラルルニ、帰ル浪(ナミ)モ心細ク神ニ祈リタレバ、遠クノ社殿ニ来ケルカナ。歌フヲ聞クママニ泣キ大島(オオシマ)ヲ越エレバ舟人モタレヲ恋シトウラ悲シク声聞コエテ来シ方モ行方モ知ラヌ更ニ沖ニ出テアワレ何処(イズコ)ニ君ヲ恋イフラムト言ヒ、金ノ岬過ギテ我レハ再三恋ヒ泣キテ、コノ君ヲ百夜思ヒテ明カシ暮ス。五夜ノ夢ナドニタマサカ十分ニ見エタマフ時アリ度々同ジ香リナル女ナドニ添ヒタマヘバ、更ニ舟進ミテ名残心地悪シク悩ムナドイミジクノミナム。乳母ノ夫ノ遺言。京ニ行ケバ少弐任果テ遥ケキ程ニ、異ナル勢ヒナキ十五ノ方ハ、タユタヒツツ十分ニ清々シク出立ツハ二人重キ病シテ死ナムト粁里ヲ思フ心地ニモ、是ノ君ノ十バカリニモナル処ノタマヘルサマノ、真ニユユシキマデヲ見タテ名所ニ生ヒデタマウモ産湯ニツカリケル男子三人アルナラバタダ姫君ニ仕リ、京ニ率テタテマツル。ソノ人ノ御子ハイカニ大臣ニ知ラセタテマツリ蛇ノ路ヲ行キテ、嘆ク程ノ仏神ニ願ヲ立テテ念ジ末ニハ娘モ男子ドモモ四裔ニ出デ来テ住ミツケルヲ、心ノ内ニ急ギ思ウ。探スコト三年、京ノコトセニ遠ザカリ隔タリユク。——〉

　これが全文である。

　文章の内容から、紫式部の『源氏物語』の第二十二帖〝玉鬘〟——おそらく明治期の新訳か——が基盤にされていることは明らかだ。だが、物語の文章は意味を成していない。支離滅裂だ。

　興味深いのは「右近」や「夕顔」、「乳母ノ夫ノ遺言」、「大島」、「金ノ岬過ギテ」など〝玉鬘〟由来の人物や地名、特徴的な表現をそのまま使いながら、「蛇」や「蛇ノ路」、「湖」や「廟」などまったく無関係な言葉も入りまじって出てくることだ。一時はこの

〝玉鬘〟には本来出てこない言葉だけを拾い集め、これを組み合わせることによって何か文章を構成できないかと考えてみたりもしたのだが、何度やってもうまくいかなかった。どうやらこの暗号文は、それほど単純なものではないようだ。

コンピューターの画面をスクロールしていくと、暗号文の後に奇妙な数字の羅列が書き込まれていた。どうやらギャンブラーが、暗号を解読するために書いた計算式らしい。試行錯誤の跡がうかがえる。

だが、数学が苦手な迦羅守が見てもちんぷんかんぷんだった。

「この数式みたいなやつを、わかりやすく説明してくれないか」

迦羅守がいった。

「冒頭の〝玉鬘〟が源氏物語の第二二帖だということは前に説明しただろう」

「ああ、聞いているよ」

聞いたも何も、日本文学は迦羅守の専門だ。源氏物語の第二二帖が〝玉鬘〟であることくらいは、聞くまでもなく知っている。

「つまり、この暗号文を解読するキーワードは〝22〟だと考えたわけさ。しかしこの〝22〟を原文に当てはめてみても、まったく解読の手懸りにならなかった。そこで〝22〟を分解して〝2〟と〝2〟、さらに〝2〟を2乗して〝4〟を導き出した。そしてそれぞれの数字を組み合わせて、さらにいくつかの数字をキーワードとして想定してみた。例えば〝2〟と〝4〟を足して〝6〟。〝22〟から〝6〟を引いて〝16〟、この〝16〟の√……つまり平方根を求めると、また〝4〟に戻ってしまう……」

「それも前に聞いたよ。それで」

ギャンブラーが溜息をついた。

「あれからもいろいろと試してみたんだ。例えば数式で〝2〟と〝4〟に関連するものに二次関数の方程式と不等式がある。仮に求める数値を〝y〟とすると、$y=ax^2+bx+c=a(x+b/(2/a))^2-(b^2-4ac)/(4a)$ になるから、これを二次関数のグラフに当てはめると、グラフの頂点のy座標が$-(b^2-4ac)/(4a)$ になるわけだから、bが0より大きい場合の直線xと交わるαとβの数値が求められるんだ。それでxを暗号文の一行の字数に換算すると、αとβは……」

ギャンブラーは夢中で話し続けている。だが迦羅守は、聞けば聞くほどなおさらわからなくなってきた。

「それで、うまくいったのか」

話の途中で、迦羅守が訊いた。ギャンブラーは力が抜けたように、息を吐いた。

「うまくいっていたら、もう解読できているよ……」

そうだろう。ギャンブラーの発想には何か決定的なものが抜けているような気がした。

「ギャンブラー、ちょっとぼくの意見をいってもいいかな」

「ああ、かまわないけど……」

「そうか。それなら、いおう。少し、数字から離れてみたらどうだ」

ギャンブラーが、驚いた顔をした。

「迦羅守、何をいってるんだ。これまでの暗号だって、〝数字〟がキーワードになってたんだぜ。キーワードを見つけなければ、解読できるわけがないじゃないか」

「別に、数字を完全に捨てろといっているわけじゃないさ。しかし、数字以外の〝何か〟を見落としているような気がするんだ。その〝何か〟を見つけるまで、しばらく〝2〟とか〝4〟とかの数字を忘れてみようといっているんだ」

「〝何か〟って、何だよ。そんなことをいわれても、おれにはよくわからないよ」

ギャンブラーが、ふてくされたようにいった。

「例えば、こう説明すればわかるかな。この暗号文は冒頭に〝玉鬘〟と入っているように、文章の内容も大旨(おおむね)、源氏物語の第二二帖の玉鬘に準じているんだ。例えば文中の〝右近〟や〝夕顔〟、〝乳母ノ夫ノ遺言〟や〝金ノ岬過ギテ〟などは実際に玉鬘に出てくる人名や表現なんだ。他にもまだ、〝母君ノヲハシケム方〟とか、〝舟路ユユシト諫メケリ〟とかもそうだ……」

迦羅守がディスプレイをスクロールし、暗号文のその箇所を指さしながら説明する。

「そんなことはわかってるさ。おれだって玉鬘くらいは読んだよ。だから、それがどうしたっていうんだ」

　やはりギャンブラーは、ふてくされている。迦羅守はかまわずに続けた。

「そうかと思うと、本来は玉鬘には出てこない単語や表現も出てくるんだ。例えば〝蛇ノ路〟や〝湖〟、〝廟〟などがそうだ。特に何度も出てくる〝蛇〟なんて、玉鬘にはまったく無関係だ。これが無意味だとは、とても思えない」

「まあ、そのあたりは何かおかしいとは思ってはいるんだが……」

　ギャンブラーが少しは耳を傾ける気になったようだ。迦羅守は、さらに続けた。

「理由はわからないけど、意図的なものであることは確かなんだ。例えば、ここだ。暗号文では〝度々同ジ香リナル女ナドニ添ヒタマヘバ〟になっているけど、玉鬘では〝同じさまなる女など添ひたまうて〟なんだ。つまり〝さま〟が、〝香〟に入れ替わっている。なぜ〝さま〟ではなくて〝香〟でなくてはいけないのか、何か理由があるはずなんだ。それが……」

　迦羅守がそこまでいって、言葉を止めた。

　そうだ、〝香〟だ……。

「どうしたんだ」

　ギャンブラーが、迦羅守の変化に気付いたのか、様子を窺う。

「〝香〟だよ……」

迦羅守がいった。

「香って……それがどうかしたのか」

「そうだ。〝香〟なんだよ。この〝香〟がキーワードなのかもしれない。ちょっとパソコン、借りるぞ」

迦羅守はギャンブラーのＭａｃをグーグルに接続し、〈――源氏香――〉とキーワードを打ち込んで検索した。

〈――源氏香（げんじこう）
組香の一。五種の香をそれぞれ五包ずつ計二五包作り、その中から任意に五包を取り出して焚き、香の異同を嗅ぎ分け、五本の縦線に横線を組み合わせた図で示すもの。図は五二通りあり、源氏物語五四帖のうち、桐壺と夢浮橋を除く各帖の名が付けられている。
――〉

「源氏香って、何なんだ……」

ギャンブラーが訊いた。

「昔の貴族の間で流行った、香の匂いを当てる遊びのひとつだよ。五種の香を五包ずつ作り、合計二五包の中から五包を取り出して並べる。その一番から五番までの匂いを嗅いで、どれとどれが同じか、どれが違うかを当てて正解か否かを競うわけさ」

「なるほど……。五種類五包ずつで二五包、その中から五包を選ぶわけだから、確かに組み合わせは五二通りになるわけだな……」

数学の天才といわれただけあり、そのあたりの計算は速い。

「そうだ。そしてその組み合わせは、〝源氏香図〟という縦と横の線を組み合わせた〝香の図〟によって表わされるんだ。源氏香図の二二番目は当然、源氏物語二二帖の〝玉鬘〟で、香の図はこうなる……」

迦羅守はそういって、ディスプレイの中の香の図のひとつをクリックし、拡大した。

〈――― Ⅲ ―――〉

「なるほど、面白いな……」ギャンブラーが興味を示した。「だけどこの奇妙な図が、暗号文を解読するためのキーワードになるとも思えないけどな……」

「この香の図を、数字に変換できるとしたら、どうだろう……」

迦羅守が、考える。

「そんなことができるのか」

ギャンブラーが首を傾げた。

「やってみよう……。まずこの香の図を数に分解すると、前半の〝2〟と後半の〝3〟に分けることができる……」

「〝3〟というのは、新しい数字だな。〝2〟と〝3〟を足して〝5〟……。いや、香の図はすべて足せば〝5〟になるんだから、それじゃ意味はないか……」

実際に〝3〟や〝5〟を暗号文に当てはめてみても、まったく解読はできない。

「それじゃあ、掛けてみるか。〝2〟×〝3〟イコール〝6〟だ……」

暗号文に〝6〟を当てはめてみた。

〈――玉鬘。㋞シテ年月隔タ㋷テモ是ノ忘レ(難)クシテ美シキ(愛)者ヲ思イ出ヅ㋩哀レナリ、右(近)ハタ顔ノ形見㋤ド失ウコトヲ(悔)メドモ是失意㋾古参ノ女房ガ(思)イ是ノ気立テ㋨良イ者ハ幾ク(末)久シク右近ニ(仕)エテ側ニ居リ(、)右近ハ是ニ只(々)大イニ感謝シ㋢――〉

これを繋げると……。

〈――ソリ難愛ハ近ナ悔ヲ思ノ末仕、々テ――〉

やはり日本語にならない。

「この香の図を数字に変換するだけじゃダメなんじゃないか。玉鬘二二帖の〝22〟もしくは〝2〟という数字も関連させて考えてやらないと……」

迦羅守がいった。

「そうかもしれないな。二二帖の方も香の図と同じように分解して掛けてみよう。すると、こんな数式ができるな……」

ギャンブラーがそういいながら、テーブルの上にあったメモ用紙にボールペンで簡単な数式を書いた。

〈——2×3＋2×2＝10——〉

「キーワードは〝10〟か……」

数式によって導き出された〝10〟を、暗号文に当てはめてみた。二人顔を並べて、Ｍａｃのディスプレイを見つめる。暗号文の中から文字を拾いながら、頭の中に文章を思い浮かべる。

しばらくして、迦羅守とギャンブラーが顔を見合わせた。次の瞬間、二人同時に叫んだ。

「解けた！」

「解けたぞ！」

伊万里がバネ仕掛けの人形のように飛び起きた。

「いったい、何があったの……」

寝ぼけた顔で、いった。

12

部屋には静かな音楽が流れていた。

リカルド・ヴィニェスのピアノが奏(かな)でる『夜のガスパール』だ――。

〝男〟の好きな曲だった。この曲を聴くと、いつも体の芯に青い炎が燻りはじめるような錯覚を覚える。だが、〝男〟はいまは音楽を聴き流しながら、本を読むことに無中になっていた。

紫式部『源氏物語』第二二帖〝玉鬘〟――。

日本語がそれほど得意ではない〝男〟にとって、難解な文章だった。辞書を片手で開きながら読んでいても、意味がわからない表現がある。それでも、この源氏物語という一〇〇〇年以上も前に日本の貴族の女性によって書かれた小説が、悲恋の物語であることだけは伝わってくる。

その源氏物語の文章を、デスクの上に開いている奇妙な暗号文と時折、読み比べる。二つの文章は、似ているようでいてまったく違う。特にコンピューターのディスプレイに浮かび上がる暗号文の方は、辞書を引いても意味不明だ。

〝男〟は、溜息をついた。

それにしても迂闊（うかつ）だった。あの〝ギャンブラー〟という男の部屋に忍び込み、奴をスタンガンで痛めつけてコンピューターを奪ってきた時には、すでにこの中に求めるものが入っていると思っていたのだ。だが、暗号文は解読されていなかった——。

以来、〝男〟は、コンピューターの中の暗号文を解読することに懸命になっていた。奴らも、まだ解読していないのだ。もしこちらが先に解読できれば、奴らを出し抜くことができる。

〝男〟は、源氏物語を読み続ける。いつしか暗号を解読するという目的を離れ、物語の美しい文章に引き込まれていた。意味は完全に理解できなくても、音楽のリズムにも似たその心地好さが胸の中にまで染み入ってくる。

そしていま、〝男〟はまた物語の中の印象的な一文に目を止めた。

〈——夢などに、いとたまさかに見えたまふ時などもあり。同じさまなる女など、添ひたまうて見えたまへば、名残心地悪しく悩みなどしければ——〉

〝男〟はこの文章を、幾度となく読み返した。ぼんやりとだが、意味が理解できたような気がした。これは、死者に対する恋文だ。そして〝男〟は、いまは亡き〝恋人〟の温もりを心の中に思い浮かべる。

〝ランスロット〟……愛しい人……。

彼を殺したのは、奴らだ。小笠原伊万里、浅野迦羅守、ギャンブラー……。そしてもう一人、謎の男……。

彼はいっていた。奴らは、かつて〝我々〟が奪われた莫大な黄金を探している。そしてもし黄金を手に入れれば、次はダイヤモンドを手に入れようとするだろう――。

〝男〟は、〝ランスロット〟の復讐を誓った。そのためにはまず、奴らよりも先にダイヤモンドを手に入れることだ。そして最終的には奪われた黄金を取り戻し、奴ら全員を業火に焼き尽くす。

いつの間にかリカルド・ヴィニェスのピアノの旋律は終わっていた。

〝男〟は本を閉じ、コンピューターの電源を切り、席を立った。窓の前に立つ。台風の風と雨が叩きつけるガラス窓の向こうに、東京タワーのネオンが霞んでいた。

〝ランスロット〟……。

〝男〟は、カーテンを閉じ、バスルームに向かった。

鏡の前に立つ。ムースで固めた短い髪形と、顔のファンデーションをなおす。ピアスを付け、唇にルージュを引きなおした。

黒いレインコートを羽織(はお)り、部屋の明かりを消した。

第二章　大蛇の化身（けしん）

1

九月二七日、浅野迦羅守は南部正宗から一通のメールを受け取った。

〈――明日、日本時間の28日15時15分、ＵＡ８０３便で成田空港に着く。大きな荷物があるので、車で迎えに来てほしい。　正宗――〉

迦羅守はこのメールを見て、首を傾げた。

確かに明日、一五時一五分に成田に着くユナイテッド航空の〝ＵＡ８０３便〟は存在する。ワシントンのダレス国際空港を、現地時間の今日一二時五五分に発つ便だ。だが、正宗が自分が帰国する便を教えるのも、車での迎えを頼んでくるのも、これが初めてだった。

何かあるな、と思った。

迦羅守はもう一度、短いメールを読み返した。何の変哲もない文章だったが、その中で〝大きな荷物〟という部分に目が留まった。

なるほど、そういうことか……。

普通、正宗は、旅行に大きな荷物などは持っていかない。しかも、〝車で迎えに来てほしい〟ともいっている。

つまり、〝大きな荷物〟とは、〝大切な話〟という意味だ。大切な話があるので、〝一人で車できてくれ〟といっているのだ。

この日はちょうど、迦羅守は東大の講義があったために東京に戻ってきていた。今月末の締切りの小説誌の原稿も、もうほとんど終わっている。それならば今夜は三浦半島のシーボニアマリーナの隠れ家には帰らず、東京の事務所で原稿を仕上げ、明日はそのまま成田に向かってもいい。

正宗にメールを返信した。

〈――了解。土産を期待している。

迦羅守――〉

タブレットの電源を切り、東大の研究室を出た。

東京は久し振りに、晴れていた。午後五時になったいまも、気温は三〇度近くはあるだろう。プラタナスの街路樹の日陰を歩いていても、ポロシャツの下に汗が滲（にじ）んでくる。

安田講堂の裏手の職員用駐車場まで歩き、ミニ・クーパーSクロスオーバーに乗った。乗る時に周囲に不審者がいないかどうかを確認したが、誰もいなかった。

実のところ、迦羅守は自分の身辺の安全についてそれほど心配していない。確かにギャンブラーは襲われたが、自分の身には起こらないだろうと楽観している。学生時代には陸上競技や空手をやっていたこともあるので、もし襲われてもある程度は対処できる自信はあった。

むしろ心配なのは、シーボニアマリーナの隠れ家に置いてきた伊万里とギャンブラーの方だった。あの二人は、どこか頼りないところがある。

翌日、迦羅守は午前中に原稿の残りを片付け、近くの『やげんぼり』という京料理屋で一人ゆっくりと昼食を楽しんだ後で赤坂の事務所を出た。道路は、空(す)いていた。少し余裕を持って出たので、予定よりもかなり早く成田空港に着いた。

第一ターミナル側のパーキングに車を駐めて、南ウイングの出口で正宗を待った。UA803便は予定どおりに到着。一五時四〇分にブルーのビジネススーツを着た正宗が到着ゲートに姿を現した。

どうやら本当に、UA803便に乗っていたらしい。思ったとおり、正宗は機内に持ち込みできる程度の小さなスーツケースと土産物の袋しか持っていなかった。

「迎えを頼んですまなかったな」

正宗がいった。

「かまわないよ。それより、〝大きな荷物〟はどうしたんだ」

迦羅守が正宗の手から、土産物の袋を受け取る。

「ああ、あれか。頭の中に入ってるよ。車の中で、ゆっくり話す」

パーキングまで歩き、ミニ・クロスオーバーの荷室に正宗のスーツケースと土産物の袋を放り込む。運転席に乗り込み、エンジンを掛けようとした時に正宗がいった。

「ちょっと待ってくれ……」

正宗が、車の周囲を一周する。腰を屈め、バンパーの裏やタイヤハウスの中を探る。エンジンルームを開け、中も確認した。

「だいじょうぶのようだ。出発しよう」

ボンネットを閉じ、助手席に乗り込んだ。

「何を調べてたんだ」

迦羅守がエンジンを掛け、ギアをドライブに入れた。

「GPS発信機だ。前にも、やられてるだろう。気を付けた方がいい」

なるほど、そういうことか。いま、GPS発信機を仕掛けられ、もしシーボニアマリーナの隠れ家を知られると、確かに厄介(やっかい)なことになる。

車が走り出しても、正宗はインパネの裏やシートの裏などいろいろな場所を手で探っていた。今度は、盗聴器を探しているらしい。この車にはカーセキュリティが装備されているので、それほど心配はいらないと思うのだが。

幸い、帰路は都心に近付くにつれて高速も渋滞しているようだ。正宗の〝大きな荷物〟の内容を聞く時間は、たっぷりとある。

「それで、話というのは何なんだ。そろそろ教えてくれてもいいだろう」

東関東自動車道の佐倉インターチェンジを過ぎたあたりで、迦羅守がいった。

「そうだったな。例のダイヤモンドの件だ。ノーフォークのマッカーサー記念館を探ってみたら、いろいろと出てきた」

「それで」

迦羅守はミニ・クロスオーバーの速度を一定に保ちながら、左手でサングラスを掛けた。午後四時半を回り、西日が眩しい。

「まず、頼まれていた〝ビーンズのリスト〟が見つかった。公文書のタイトルは〝ダイヤモンドリスト・E・マツイ〟になっていた。表紙に漢字で〝松井英一〟と書かれたノートもあった。コピーを取ってきたから、後で確認してくれ」

「助かった」

これで、大きく前進するだろう。

「問題は、そのリストが入っていたファイルだ。ファイルのタイトルが、〝Y・ブランチ〟

になっていたんだ」

「何だって……」

〝Y・ブランチ〟――〝八板機関〟――つまり、例の〝亜細亜産業〟だ。

「なぜそんなファイルに、交易営団のダイヤモンドのリストが入っていたんだ」

迦羅守が訊いた。

「こちらが訊きたいくらいだ。なぜだと思う。合理的な答えを考えてくれ」

正宗がいった。

〝亜細亜産業〟の名は、前回の〝M〟資金の金塊の時にも出てきていた。

「同じ〝ライカビル〟の四階にあった〝日本金銀運営会〟にあった金塊が戦時中の接収貴金属であったとするなら、つまりダイヤモンドも出処は同じということなんだろう……」

例えば交易営団がひとつの指輪を買い上げたとすると、これをダイヤモンドなどの宝石と、貴金属の台座部分に分解する。宝石類は分別してまとめられ、貴金属も金・銀・プラチナに分けて潰されてインゴットに加工される。だが、いずれも軍部の〝利権〟として日本橋室町の『日本金銀運営会』に管理がまかされた。

「その〝金庫番〟が、同じ〝ライカビル〟にあった亜細亜産業だったというわけか……」

「そういうことだと思う」

戦後、ＧＨＱが進駐してくると同時に、隠退蔵物資として日本金銀運営会に隠匿（いんとく）されていた金塊やダイヤモンドは行き場を失った。一部は日銀に戻され、一部はGHQに接収され、また一部は日本の政治家に流れた。その金塊やダイヤモンドが戦後に再流通していくための触媒としての役割を果たしたのが、秘密結社〝亜細亜産業〟だった。

ステアリングを握りながら、迦羅守が続ける。

「亜細亜産業は、G2直轄のキャノン機関の下請(したうけ)機関だった。総帥(そうすい)の八板玄士という人物がキャノン中佐と親交があったことは事実だしね」

戦後、本郷の旧岩崎(いわさき)別邸に本部を置いていたキャノン機関――〝Z・ブランチ〟――は、ソ連のスパイだった左翼作家を拉致(らち)監禁した〝鹿地(かじ)事件〟や〝下山事件〟への関与を疑われるGHQの秘密諜報機関だった。司令官のジャック・Y・キャノン中佐は謎の多い人物として知られているが、日本金銀運営会や亜細亜産業が入っていた日本橋室町の通称〝ライカビル〟に頻繁(ひんぱん)に出入りしていたことが多くの証言から確認されている。

「なるほど……。つまり、GHQ、少なくともアメリカ軍は、亜細亜産業が交易営団のダイヤモンド利権に関与していたことを知っていた。黙認していたというべきかな。それで松井英一がメモしたダイヤモンドのリストが、〝Y・ブランチ〟のファイルの中に入っていたわけか……」

「おそらく、そんなところだろう」

車は宮野木(みやのぎ)ジャンクションに差し掛かり、湾岸線へと入っていく。このあたりから急に、周囲の車の量が多くなりはじめた。

「ところで正宗、わざわざそんな話をするためにぼくを空港まで迎えに来させたわけじゃないんだろう」

迦羅守がいった。

これまでの話なら、特に二人だけの密談にする必要はない。

「まあな。実は今回、マッカーサー記念館の〝Y・ブランチ〟のファイルの中に、面白いものを見つけた」

「面白いもの？」

「そうだ。まあ、おれとしてはある程度、想定の範囲内ではあったんだが……」

正宗はどうも、迦羅守にも話しにくいようだ。

「いいから、話せよ」

「わかった」正宗がそういって、ひと息ついた。「実は〝Y・ブランチ〟のファイルの中に、当時のメンバーのプロフィールが入っていたんだ。その中に、伊万里の義理の祖父、塩月興輝の名前があった……」

だが、塩月興輝が亜細亜産業の社員だったことは、迦羅守もすでに伊万里の口から聞いている。

「当然だろうな。プロフィールには、どんなことが書いてあったんだ」

「塩月興輝は、一九一二年に満州のハルピンで生まれている。戦後に日本に帰国して、亜細亜産業に入社したらしい。その後、ＣＩＣの協力者として活動していたというようなことが書いてあった……」

なるほど、満州か。元来、亜細亜産業には〝満州の人脈〟が多かったと聞いている。総帥の八板玄士も、戦時中は〝八板機関〟を率いて満州で暗躍していた。いずれにしても、想定の範囲内だ。

「それだけじゃないんだろう」

迦羅守が、促す。

「そうなんだ。実はタイプされたプロフィールの塩月興輝の欄の最後に、アルファベットで〝ＦＭ〟と打たれていた」

「〝ＦＭ〟？　どういう意味だ？」

「アメリカの政府機関の極秘ファイルなんかには、よくあるんだ。〝ＦＭ〟つまり〝フリーメイソン〟の頭文字から取った略式記号だよ。同じファイルの中にあった八板玄士のプロフィールの最後にも、〝ＦＭ〟と入っていた……」

塩月興輝と八板玄士が、フリーメイソンだった——。

「まあ、有り得ないことではないな。そういえば伊万里が、ウェストウッド・ビレッジ・メモリアルパークの父親の墓にもフリーメイソンのマークのようなものが彫られていたといっていたよ」

「伊万里がそういっていたのか?」

「そうだ。伊万里がだ」

正宗は、しばらく何かを考えているようだった。高速道路の車の流れを、無言で見つめている。

しばらくして、いった。

「迦羅守、友人としてひとつ忠告しておく」

「何だ」

「伊万里のことだ。お前は、彼女を信用しすぎている。甘すぎる」

「わかってるさ……」

確かに迦羅守は、伊万里に甘い。恋人としての伊万里は、あまりにも奔放(ほんぽう)で魅力的だ。だからこそ、束縛(そくばく)したくはない。

「いや、お前はわかっていない。彼女には、裏がある。何かを隠している。仲間だからあまりいいたくはないが、伊万里を信用しすぎると全員の命取りになりかねないぞ」

「それも、わかってるさ……」

幕張(まくはり)パーキングエリアを過ぎたあたりから、そろそろ渋滞がはじまった。日も、だいぶ西に傾きはじめていた。ここから先は、だいぶ長いドライブになりそうだ。

「ところで、例の暗号文の件はどうなったんだ。解けたのか」

正宗が訊いた。

「ああ、やっと解読できたよ……」

「解読できたのか。それで、何と書いてあった」

「その件もあって、お前がアメリカから戻るのを待ってたんだ。四人集まった時に、詳しく話す」

「ギャンブラーは、無事だったんだろう。二人はいま、どこにいるんだ」

「シーボニアマリーナの隠れ家だ。もしスケジュールが合えば、今週か来週にでも行動を起こそうと思う」

二車線の路上に連なる赤いテールランプの列は、時折点滅しながら、黄昏の淡い光の中をゆっくりと流れていく。

「わかった。とりあえず今日は東京のオフィスに戻るが、一両日中にシーボニアマリーナに行こう。待っていてくれ」

間もなく車は、江戸川を渡った。左前方に、東京ディズニーランドのネオンが輝きはじめた。

2

小笠原伊万里は、海を眺めていた。

目の前に、初秋の陽光に煌めく小網代湾の風景が広がっている。

真夏の喧騒は終わった。シーボニアマリーナも、この季節は閑散としていた。豪華クルーザーやヨットもドックに肩を寄せ合い、白い船体を休めている。いま、伊万里の視界の中を行き来するのは、湾の奥にある漁港の漁船だけだ。

伊万里は、ここから見る風景が好きだった。理由はわからない。ただ、遠い過去に、父や母と共にここと同じような風景を眺めたようなかすかな記憶があるからだ。

伊万里は桟橋のベンチに座り、空に舞うカモメの声に耳を傾けながら思う。

父は、何者だったのだろう……。

つい最近まで、そんなことは考えたことすらなかった。だが父は、二二・五カラットもある巨大なブルーダイヤモンドを持っていた。そして、父の墓石に彫られていた、フリーメイソンのシンボルにも似た奇妙なマーク。こうなると、父の墓がなぜアメリカにあるのかも特別な理由があるように思えてくる。

確かなのは、父がフリーメイソン——もしくはそれに近い組織——と何らかの関係があったということだ。組織の側の人間なのか、もしくは組織から狙われる側の人間だったかは別としても。

そして、母だ。

父の死後、母が再婚した相手は塩月聡太郎といった。なぜあの美しく、まだ若かった母が、二〇歳近くも歳上の塩月と再婚したのかも不思議だった。そして母は再婚から一〇年もしないうちに病死し、継父の塩月もまた、〝M〟資金の金塊の隠し場所を調べているさなかに殺された。

実の父と継父、二人の父がどちらも殺された。しかもどちらも、ダイヤモンドと金塊の違いはあれ、莫大な額の財宝が絡んでいた。こんなことが、偶然のわけがないのだ。

もしかしたら、あのアレックス・マエダならばある程度は真相を知っていたのかもしれない……。

アレックス・マエダは本名・前田則之。以前、伊万里が勤めていた法律事務所の所長だった。知り合ったのは、伊万里が法律の勉強のためにアメリカのロースクールに留学していたころだ。まだ〝LL.M.〟（外国で法学教育を受けた者を主な対象とする一年間の修士課程）を修了する前にアレックス・マエダの事務所から声が掛かり、アルバイトがてらに勤めはじめ、そのまま何の疑問も持たずに就職してしまった。

だが、いま考えてみれば、あれは不自然だった。ちょうど八年前、二〇〇八年に起きた

〝リーマン・ショック〟(同年九月一五日にアメリカの投資銀行リーマン・ブラザーズが破綻したことに端を発する世界的金融危機)から一年も経っていないころで、アメリカの法律事務所もまた不景気の真っ只中だった。学生たちは皆、就職に苦労していた。そんな時に、なぜ外国人の伊万里にだけ好条件で声が掛かったのか。

当時はまったく疑問を持たなかった。ただ、それが自分の実力であり、好運だったのだと思い込んでいた。だが、いまになって考えてみれば、どこかおかしかったのだ。

おそらくアレックス・マエダは、伊万里の家系の秘密を知った上で声を掛けてきたのだろう。そして、継父の塩月聡太郎を殺した。だが、そのアレックス・マエダも、すでにこの世にはいない……。

いや、もう一人、真相を知っている者がいるかもしれない。伊万里に、「ダイヤモンドの件から手を引け……」と脅迫してきた男。おそらくギャンブラーを襲ったのも、あの男だ。もしかしたら、あの男ならば……。

だが、伊万里はｉＰｈｏｎｅの番号もメールアドレスも変更してしまった。以来、あの男から連絡はない。こちらから連絡を取ることもできない……。

いや、ひとつだけ方法はある。ｉＰｈｏｎｅには、複数のメールアドレスを登録することができる。以前に伊万里が使っていたアドレスを追加すれば、もしかしたら……。

伊万里はヨットパーカーの中のｉＰｈｏｎｅを手にした。まず〝設定〟を開き、〝メール〟、〝アカウントの追加〟の順に選択し、以前に使っていたメールアドレスを入力して〝保存〟した。これで、あの男からまた連絡があるかもしれない。

ｉＰｈｏｎｅをポケットに仕舞おうと思った時、メールを着信した。

まさか……。

メールを確認した。あの男ではなかった。迦羅守だった。

〈――正宗が着いた。部屋の方に戻ってくれ――〉

事務的なメールだった。伊万里はベンチから立ち、Ｃ棟に向かった。

部屋に戻ると、すでに全員が集まっていた。

迦羅守、ギャンブラー、正宗、そして伊万里――。

全員が顔を揃えるのは、久し振りだ。

伊万里がソファーに座ると、迦羅守が口火を切った。

「さて、はじめようか。正宗、例のリストを出してくれ」

「わかった。これだ」

正宗が、コピーした書類の束をテーブルの上に置いた。

「何のリストだって」

ギャンブラーが訊いた。

「戦時中に軍が交易営団を使って国民から貴金属を買い上げた時に、鑑定人の一人だった松井英一が作ったダイヤモンドのリストだよ。松井は例の〝サンフランシスコ事件〟の時にも横浜で米軍の軍事法廷に協力したんで、リストがアメリカの公文書館に残っていたんだ」

「そのリストの中に、戦時中に買い取られたダイヤモンドのデータがすべて入っているのか」

「いや、そういう訳じゃない。特別に大きなものとか、珍しいカットや色のものとか、特殊なダイヤモンドだけをメモしたリストだ。実際にマレー大尉が日銀から盗み出したダイヤの中にも、このリストと一致するものがいくつか含まれていた」

「しかし、そんなものに何の意味があるんだ。まだダイヤを見つけたわけでもないのにさ……」

「もしかして、私の父が持っていたダイヤモンドね」

伊万里がいった。

「そうだ。これだよ」

迦羅守が一度ソファーから立ち、自分のブリーフケースの中から小さな布袋を取り出した。テーブルにランチョンマットを敷き、布袋の中身をその上にあけた。

「私のダイヤモンド……。ここに持ってきていたのね……」

伊万里が指先で、ダイヤモンドを軽く弾いてころがした。

「いったい、これは……」

正宗とギャンブラーが、驚いたように顔を見合わす。

「伊万里のお父さんが、生前に持っていたものだ。彼女は子供のころ、ガラス玉だと思ってこれで遊んでいたんだ。ところが最近、もしかしたらと思ってアメリカで鑑定に出してみたら、〝本物〟のブルーダイヤモンドであることがわかった」

迦羅守が二人に、説明する。

「大きさは、どのくらいあるんだ……」

ギャンブラーが訊いた。

「二二・五カラットだ」

「凄いな……。伊万里の父親は確か外交官だったな。それにしても、なぜこんなダイヤモンドを持ってたんだ……」

正宗が首を傾げる。

「わからない。それをこれから調べようというわけさ。そのためにも、この松井英一のメモが必要なんだ……」

迦羅守がそういって、ダイヤモンドのリストを開いた。

伊万里も、覗き込む。メモはランダムに、何ページにもわたって続いていた。最初にダイヤモンドを識別する番号があり、次にカラット数、さらに色やカット、グレードなどの特徴が小さな文字で書き込まれていた。いわゆる、現代でいうダイヤモンドの鑑定基準、〝4C〟だ。

それほど、探す必要はなかった。カラット数の数字を目で追っていくと、リストの一ページ目、上から九番目に〈――22・5CU――〉という数字があった。

「あった、これだわ……」

伊万里が、指さした。

「そうだな、これかもしれない……」

松井のメモには、こう書かれていた。

〈――九、22・5CU、変形洋梨型、極薄青色、上上質――〉

メモには、ダイヤモンドのデッサンも書き込まれていた。正確なデッサンで、実物のダイヤモンドを並べてみてもまったくそのものだった。

「一応、英訳されたリストの方も見てみよう……」

正宗が、タイプされた英文のリストを広げた。やはり一枚目の上から九番目に、次のような記述があった。

〈――No9　カラー・N‐B　VVS　22・5CU　ペアーシェイプ・VG――〉

さらにこの英訳を、伊万里がアメリカでダイヤモンドを鑑定した時の鑑定書と照合してみた。寸分の狂いもなく、一致した。

「どうやら、まったく同じダイヤモンドのようだな……」

迦羅守がいった。

記述の中の〝N‐B〟は、極薄いアイスブルー、〝VVS〟は〝ベリー・ベリー・スライトリー〟の略で〝上上質〟、〝ペアーシェイプ〟は〝涙の雫(しずく)〟もしくは〝洋梨型〟のカットを意味する。二二・五カラットという特異な大きさも含めて、すべてがほぼ完璧に一致している。

「つまり、どういうことなの……」

伊万里が訊いた。

「君のお父さんが持っていたこのダイヤモンドは、戦時中に交易営団が買い取ったものの一つだったということさ。少なくとも、君の家系、小笠原家やお父さんの細川家に代々伝わったものではなかったということだよ」

迦羅守が説明した。それは、伊万里にもわかる。問題は、なぜそんなものを父が持っていたのか、だった。

「誰が、このダイヤを交易営団に売ったのかしら……」

「それは、わからない。いまとなっては、歴史の謎だな」

「ちょっと待ってくれ。このマークは、何なんだろう……」

ギャンブラーが、ダイヤモンドのリストを指さした。伊万里の父が持っていた二二・五カラットのダイヤモンドの記述の冒頭に〝✡〟印が書いてある。このマークは松井のメモにだけ書き込まれていて、英訳のタイプの方にはない。

「何か理由があって、松井英一が書いたんだな。どんな理由かは、わからないが……」

「〝✡〟印が書いてあるのは、このダイヤだけか」

迦羅守が、リストを捲る。

「ここにもあるな……」

三ページ目の中段にも、もうひとつ〝✡〟印が書いてあるダイヤモンドがあった。松井のメモによると〝五七番〟、五〇・四カラットもあるブリリアントカットの巨大なダイヤモンドだ。

「特に貴重なダイヤにだけ〝✡〟印を付けたんじゃないか」

「いや、違うな。ここに二八・三カラットの同じブリリアントカットのダイヤモンドがあるが、これには〝✡〟印が付いていない……」

「それじゃあ、何のマークなんだ……」

伊万里は三人の男たちのやり取りに、黙って耳を傾けていた。

でも、違うと思う。〝✡〟印のマークには、もっと別の意味があるような気がした。

まさか……。

3

浅野迦羅守はいつもどおりに話しながら、伊万里の反応を観察していた。

確かに正宗のいうとおり、伊万里の様子はどこか不自然だった。何かを隠しているようでもあるし、裏があるといわれればそうなのかもしれない。

そうかと思えばこのダイヤモンドを迦羅守に預けたように、あっけらかんと人を信用しすぎるところもある。嘘はつくが、それがすぐに顔に出たりもする。すべてを含めてそれが伊万里の個性であり、アンバランスなところが魅力のようにも思える。

「迦羅守、そのダイヤモンドのリストに関してはもういいだろう。そろそろ、例の暗号文に話を移さないか」

正宗にいわれ、迦羅守が頷いた。

「そうだな。そうしよう……」

迦羅守がリストをまとめ、ファイルに挟んだ。

「その前に、ビールを飲まない。私、咽が渇いたわ」

伊万里がソファーを立ち、冷蔵庫から缶ビールを四本運んできてテーブルの上に置いた。迦羅守もその中から一本取り、プルトップを開けて咽に流し込む。頭が、覚醒した。

「まず、簡単に説明しよう……」

迦羅守がそういって、暗号の原文を書き写したＡ４のコピー用紙を開いた。

〈――玉鬘。㋞シテ年月隔タリテモ是㋨忘レ難クシテ美シキ愛(者)ヲ思イ出ヅハ哀レナリ◯、右近ハ夕顔ノ形見ナド(失)ウコトヲ悔メドモ是失(意)ヲ古参ノ女房ガ思イ是㋨気立テノ良イ者ハ幾ク(末)久シク右近ニ仕エテ側㋥居リ、右近ハ是ニ只々(大)イニ感謝シテ其ノ思イ(蛇)ニ託ス。今ハ亡キ姫君㋣テコレヲ知レバ涙シ、㋤レド救ウニ叶ワズ、ア㋸夜ニ右近ノ夢枕ニ立ツ◯゜（後略）――〉

正宗が、手書きの暗号文に見入る。そして、訊いた。

「この〝◯〟印は何なんだ」

「源氏香の香の図に従って、〝10〟というキーワードを見つけて、文字を抜き出したんだよ」

ギャンブラーが説明する。

「〝ゲンジコウ〟って、何だ?」

「昔の貴族の間で流行った香の匂いを当てる遊びさ。五種の香を五包ずつ作って、その二五包の中から五包を取り出して当てっこするんだ。その組み合わせが五二通りあって、それを図にしたものが〝香の図〟さ」

以前、迦羅守が教えたことを、ギャンブラーが得意そうに説明する。

「まあ、源氏香の説明はそのくらいでいいだろう。とにかく〝10〟というキーワードに沿って文字を抜き出してみたら、こんな文章が出てきたんだ……」

迦羅守がそういって、次の文章を見せた。

〈――ソノ者、失意ノ末ニ大蛇トナル。廟ニ立チテ、化身トナル湖へ向カヘ。大蛇ヲ祀ル神社ヲ越シテ更ニ、三百五十度ニ進ム。行程五十二粁(キロ)ノ処ニ名湯アリ。大蛇ノ末裔(マツエイ)ヲ探セ――〉

「何だ、これは……」

正宗が暗号の解読文を手に取り、半ば(なか)呆れたように迦羅守の顔を見た。

「前回の〝M〟資金の金塊の時と同じだ。つまり、これが、〝消えたダイヤモンド〟の在り処を示す指示書だということだろうね」

「〝指示書〟っていったって、具体的な地名がまったく出てこないじゃないか。ダイヤモンドに関しても、ひと言も書かれていない。それに〝大蛇〟とか、〝大蛇の末裔〟って、いったい何のことなんだ?」

正宗が首を傾げる。

「それがわからないんだ。しかし、まったく手懸りがないわけでもない……」

「手懸りというのは」

「その〝大蛇〟とか、〝大蛇の末裔〟という言葉だよ。この指示書は、何らかの〝大蛇伝説〟を土台にして書かれているような気がするんだ」

そもそも日本には、〝大蛇伝説〟が多い。元来はニシキヘビなど大型のヘビが生息しない日本に、なぜ〝大蛇伝説〟が多いのかについては謎だ。だが、河童伝説や竜神伝説などの多くが諸外国から伝わったことを考えれば、大蛇伝説もまた同じような経路を辿り日本各地に定着したことは容易に想像できる。

日本の最もよく知られた大蛇伝説の中に、『日本書紀』や『古事記』にも記載されている八岐大蛇（『古事記』では八俣遠呂知）の話がある。出雲国の肥河上流の鳥髪に降り立った須佐之男命が櫛名田比売と結婚するために八つの頭と八本の尾を持つ大蛇と戦う物語で、退治され剣で切り刻まれた八俣遠呂知の尾から大刀（天叢雲剣）が出てくる。須佐之男命は、これを天照大御神に献上する。

長野県下高井郡山ノ内町にある大沼池の大蛇伝説も、よく知られている。大沼池の守り神である大蛇と地元の豪族の娘、黒姫との悲恋の物語である。この大蛇はいまも大沼池に祀られ、志賀高原のロープウェイ蓮池駅の前の大蛇神社では年に一度の大蛇祭りが行なわれている。

新潟県関川村の大里峠にも、奇妙な大蛇伝説が残っている。味噌漬けにした蛇の樽を開けて食べた〝おりの〟という女が大蛇に姿を変えてしまう話で、蔵の市と名告る琵琶法師がこれを退治して村を守る。

富山県に流れる黒部川に残る大蛇伝説は、愛本村の茶屋の娘〝お光〟が水の守神である大蛇に身を捧げ、子供を産むという悲しい話である。黒部川の愛本橋の近くにはいまも愛本姫社という大蛇を祀る神社があり、かつては〝大蛇の宮〟と呼ばれていた。

このような大蛇伝説は、日本全国の各地に点在している。沖縄本島にはクチフラチャの伝説があるし、九州は佐賀県の黒髪山にも大蛇退治の話がある。静岡県伊東市池村にも源頼家が大蛇退治を命じた話があり、大室山の麓にはその大蛇が棲んでいたという大きな穴が残っている。

いずれにしてもこのような大蛇伝説は、少なくとも数十件。地方の小さな伝承まで含めれば、優に一〇〇件を超えるだろう。

「しかし……」正宗がいった。「大蛇伝説がそんなに存在するとしたら、その中でどの話が土台になっているのか。絞り込みようがないじゃないか……」

「そうなんだ。しかし、他にもいくつか手懸りはある」

「例えば？」

「例えばこの〝失意ノ末ニ大蛇トナル〟という記述だ。その後の〝化身〟という言葉も含めて、誰かが、何らかの理由で大蛇に姿を変えてしまったというような伝承なんだと思う」

「他にもある」ギャンブラーがいった。「例えばこの〝廟ニ立チテ〟の〝廟〟だとか、〝大蛇ヲ祀ル神社〟というのも手懸りになると思うんだ。その伝説の中に〝廟〟や〝神社〟が出てくるか、もしくはいまも残っているんじゃないかな」

「それに、〝湖〟や〝名湯〟もそうだな。大蛇伝説に池や湖、川は出てくるが、〝名湯〟というのは珍しい……」

「もうひとつ、あるわ」

それまで黙って聞いていた伊万里がいった。

「何だ」

「〝源氏〟よ。この暗号文は『源氏物語』の第二二帖〝玉鬘〟ではじまっているんだから、やはり大蛇伝説が土台になっているとしても、〝源氏〟が絡んでいるものだと思うの……」

なるほど、一理ある。

「だとすれば、伊東市池村の大室山に残る大蛇伝説かもしれないな。この伝説の中で大蛇の退治を命ずるのは、池村に狩りをするためにやってきた鎌倉幕府二代将軍の源頼家だ。つまり、清和源氏の直系だ……」

迦羅守がタブレットで検索し、その画面を他の三人に見せた。

「確かにこの大室山の大蛇伝説だと、近くに一碧湖という有名な湖がある。湖には神社もあるし、伊豆半島ならば温泉はいくらでもあるな。〝廟〟というのも、現地に行ってみればそれに該当するようなものが存在するのかもしれない……」

正宗が頷く。

「しかし、話の内容は少し違うんじゃないか。この伝説は最初から村を困らせる大蛇がいて、それを源頼家が退治する話だろう。誰も大蛇に姿を変えたりはしていない……」

ギャンブラーが首を傾げる。

「他にもあるわ……」伊万里が自分のｉＰｈｏｎｅで検索しながらいった。「佐賀県の黒髪山の大蛇伝説もそうよ。この大蛇には角が七本もあって、これを退治したのは源為朝だわ……」

源為朝は大蛇を退治した際に、その証として巨大な鱗を三枚剝がして牛に運ばせた。

しかし鱗があまりにも重かったために牛が死んでしまった。その牛を埋めた場所が、牛津という地名になったという話が残っている。だが、湖や神社、名湯や化身などの言葉は、この大蛇伝説にはまったく一致しない。

「まだある」ギャンブラーがいった。「昔、仕事の関係で一年ほど神戸に住んでいたことがあるんだけど、妙見山に上っていく手前の多田神社にも大蛇伝説があったな。その伝説も確か、源氏が絡んでいたんじゃなかったかな……」

　検索してみると、確かに多田神社にも源氏にまつわる大蛇伝説が残っていた。当時の摂津守だった源満仲が新しい館を築く地を決める折、住吉大社より放った鏑矢が鼓ヶ滝付近の大沼に落ち、二尾の大蛇（九頭竜）の内の一匹の目を射貫いて殺したという話である。そこにはいまも九頭竜が死んだ場所として〝九頭死〟という地名が残り、東多田には死んだ大蛇が〝九頭竜大明神〟として祀られている。

「確かにこの大蛇伝説は源氏が係わっているし、〝神社〟や〝湖〟に相当する沼も出てくる。その九頭死という場所に行けば大蛇の〝廟〟、つまり墓のようなものもあるのかもしれない。しかし、この大蛇は何者かの〝化身〟ではないな……」

　迦羅守が溜息をつく。

「こんなことをやっていても埒が明かないな。源氏が関連する大蛇伝説だけでも、かなりの数になりそうだ。中にはネット上に情報が流れていないものだって、いくらでもあるだろう」

　確かに、正宗のいうとおりなのだ。ネット上の情報に頼っているだけでは、永久に謎は解けないだろう。

「こういう考え方はできないかしら。その大蛇伝説というのは私たちの祖父や曾祖父の間では暗黙の了解の話で、〝廟〟とか〝湖〟というのも仲間内ならいわなくてもわかるような場所で……」

「そうかもしれない。しかし、その〝廟〟とか〝湖〟をどうやって見つけるんだ」

「それはわからないけど……」

「とにかく、ここでこうやっていても何もわからない。とりあえず、その伊豆の大室山の大蛇伝説というのが一番条件に合っていると思うんだが、行ってみないか」

　気の早いギャンブラーが、もう地図を広げている。

「賛成。伊豆ならいい温泉に入れるし、美味しいものが食べられそう」

　伊万里も呑気なものだ。

「迦羅守はどうするつもりだ。何か、考えはあるのか」

　迦羅守は少し考えた。だが、考えるまでもない。

「伊豆に行ってみるのはかまわない。その大室山の大蛇の穴というのを見るだけなら、日帰りでも行ってこられるだろう。しかし、ぼくは来週、一度東京に戻るよ」

「戻って、どうするんだ」

ギャンブラーが訊いた。

「火曜日に講義があるからね。それに落ち着いて何か調べ事をする時には、やはり東大の図書館が一番なんだ……」

迦羅守がそういって、タブレットの電源を切った。

4

〝男〟は夜の街を歩いていた。

いや、彼は〝男〟には見えなかったかもしれない。

グランジショートの髪は掻き乱れたようにムースで固められ、耳元にはダイヤの大きなピアスが光っていた。顔にはファンデーションが塗られ、目には濃いアイシャドーが引かれている。時折、かすかに笑う唇には、赤いルージュをさしていた。

黒いTシャツと女物のジーンズに包まれた体は、ハイヒールを履いていても小柄だった。撫で肩の左肩には、黒革のトートバッグを掛けている。だが、腕と胸には強靭な筋肉が垣間見える。

一〇月最初の週末ということもあり、赤坂の街は人通りが多かった。時折、飲み屋街を歩く酔客が〝男〟を振り返るが、どこか異様な雰囲気に気付き顔から笑いが消える。

〝男〟は赤坂見附の駅から、赤坂二丁目の方向に歩いていた。赤坂通郵便局の前を過ぎると、急にあたりの店も人通りも少なくなった。赤坂二丁目交番前の交差点を曲がり、しばらくシリア大使館の方角に向かうと、古いマンションの地下駐車場のスロープを下りていった。

駐車場には、車が五台駐まっていた。メルセデスにボルボ、アウディ……。

だが、いつも浅野迦羅守が白いミニ・クロスオーバーを駐めている場所は、空だった。

〝男〟は赤いルージュの口元に、かすかな笑いを浮かべた。迦羅守は、留守のようだ。それを確認すると〝男〟は駐車場のスロープを上がり、外に出ると、マンションの一階のエントランスに入っていった。

エントランスの奥にはセキュリティ付きのドアがあったが、問題はなかった。その場でしばらく待っていると、外国人のカップルが出てきた。その二人と入れ違いに、ドアの中に小柄な体を滑り込ませた。

左手のエレベーターに乗り、五階で降りた。小さな中庭を見下ろす廊下を歩き、〝505〟と書かれた古いオーク材のドアの前に立つ。ここがアレックスが教えてくれた、浅野迦羅守と小笠原伊万里が住む部屋だ。

一〇月一日土曜日――。

周囲には、誰もいない。誰も見ていない。

〝男〟は念のために、部屋のチャイムを鳴らした。やはり、応答はなかった。浅野迦羅守は留守だ。

髪からヘアピンを二本、抜いた。普通よりも少し長いだけで、何の変哲もないヘアピンだった。二本を鍵穴に差し込み、一本をL字型に曲げる。

古いタイプのキーシリンダーなので、ピッキングは簡単だった。一本のヘアピンでシリンダーの中のタンブラーピンをひとつずつ持ち上げてシャーラインを合わせていく。最後にL字型のヘアピンを回すと、鍵が開いた。

〝男〟はふと、息を吐いた。もう一度、周囲に誰もいないことを確かめる。ドアを引き、部屋の中に入った。

壁のスイッチを探り、明かりをつける。LEDライトの冷たい光の中に、まるでヨーロッパの高級アパートメントの部屋を思わせる風景が広がった。

ここが、浅野迦羅守の部屋か……。

生前、アレックス・マエダが何度もいっていた。浅野迦羅守の事務所は、赤坂二丁目の外国人向けの古いマンションの五階にある。その部屋の中には、おそらく、我々が知るべき昭和史の謎が無限に詰まっている——。

〝男〟はハイヒールを脱ぎ、部屋に上がった。自分がいまこの部屋にいることを思うと、ある意味で感無量だった。アレックスにも、見せてあげたかった。

それほど広い部屋ではない。入ってすぐにリビングとダイニング。左手に、寝室。すべて合わせても六〇平米ほどの、1LDKの部屋だった。

家具や調度品は、趣味の良い英国アンティークや北欧の小物でバランス良く統一されている。漆喰の壁の一面はオーク材のラックと書物で埋めつくされ、その中央にシャーロック・ホームズが使うような大きなクルミ材の古いデスクが置かれている。だが、デスクの上にはパイプも灰皿もなかった。

〝男〟は、冷蔵庫を開けた。中はほとんど空だった。入っているのはペットボトルのミネラルウォーターと日本茶、トマトジュース、ケチャップなどの調味料、ワインと缶ビールだけだ。

その中から五〇〇ミリリットルのミネラルウォーターを一本取り、ソファーに座った。ペットボトルからミネラルウォーターを飲みながら、考える。

さて、何からはじめようか……。

〝男〟は飲み掛けのペットボトルをテーブルに置き、ソファーから立った。まず、本で埋めつくされた壁の前に立つ。

デスクの上に、Ｍａｃｂｏｏｋ・Ｐｒｏが一台。ディスプレイを開き、電源を入れてみたが、パスワードがわからないので中を見ることはできない。

次に、ラックに並んでいる本を見た。日本語のものが大半だが、英文のものもある。ほとんどが日本史や世界史、日本の近代文学に関する本だった。

浅野迦羅守本人が書いた本も、何冊か並んでいた。〝男〟はその中の一冊に目を留め、手に取った。

『下山事件　最後の真相』――。

この本は、知っている。かつて、アレックスが持っていた。そして自分も、読んだことがある。

衝撃的な内容だった。〝昭和史最大の謎〟といわれた〝下山事件〟（昭和二四年七月五日に発生した下山定則国鉄総裁暗殺事件）の真相に迫るだけでなく、戦後の日本で暗躍したG2配下の〝キャノン機関〟と、日本側の秘密結社〝亜細亜産業〟の実体を明らかにしたノンフィクションだ。

そうだ。〝亜細亜産業〟だ……。

亜細亜産業を知れば、下山事件だけでなく、戦後の多くの歴史の闇に迫ることができる。例えば〝M〟資金の謎。例えば昭電疑獄事件、そしていま自分たちが追っている、日銀から消えた大量のダイヤモンドの秘密――。

二一世紀となったいまも、亜細亜産業の血脈は途絶えていない。自分と、アレックスもそうだった。そして小笠原伊万里と、あの浅野迦羅守もだ……。

〝男〟は書棚から次々と本を取り、ページを捲ってはまた戻した。もし古書店で買ったらいくらするのだろうと思うような古い本もあったし、国会図書館にでも行かなければ見掛けないような珍しい本もあった。

ひとしきり本を見ると、〝男〟はデスクの周囲に山積みになっているバインダーを手に取り、開いた。どれも中には古い新聞のコピーやインターネットで検索した資料をプリントアウトしたものが挟まっていたが、それが何を意味するのかはわからなかった。

さらにデスクやキャビネットの引出しを、次々と開けた。写真や、個人的な葉書や封書、家電の保証書などの様々な書類が出てきた。だが、どれもあまり興味がなかった。

〝男〟はソファーに戻り、またペットボトルのミネラルウォーターを飲んだ。そして、考える。

〝竜の涙〟は、どこにあるのだろう……。

もしここにないとすれば、東大の浅野迦羅守の研究室にあるのか。それともまだ、小笠原伊万里が持っているのか……。

あの巨大なブルーダイヤモンドは伊万里の父、小笠原正貴が持っていた。少なくともアレックス・マエダ——〝ランスロット〟——は、そこまでは調べていた。だが外務省の役人だった小笠原正貴が〝殺されて〟以来、あの〝特別な〟ダイヤモンドは行方不明になったままだ。

一時は、正貴の妻だった小笠原由美子が所持していると思われていた。だが、〝組織〟の一員だった塩月聡太郎という男が由美子と再婚し、一〇年近くにわたってその周辺を調べたが、あのダイヤモンドは出てこなかった。由美子自身が、ダイヤモンドの存在すら知らなかったようだ。

すべては、死んだアレックス・マエダから聞いたことだ。もし小笠原由美子が持っていなかったとしたら、他に可能性があるのは娘の伊万里だけだ。

あのダイヤモンドから手を引け——。

〝男〟は何度も、伊万里と浅野迦羅守に警告した。脅迫すれば、必ず伊万里は動き出すはずだ。隠してあるダイヤモンドを持ち出して、浅野迦羅守に相談を持ちかけるだろうと考えた。

だが、小笠原伊万里と連絡が取れなくなった。あの女は携帯の電話番号とメールアドレスを変え、自分の部屋も持たず、〝組織〟から逃げている。

もちろん、ダイヤモンドはひとつではない。戦後、日銀から消えたダイヤの内、いったいどのくらいの量が秘匿されたのかは未知数だ。いまはもう、当時のことを知っている者は一人も生きていない。

ダイヤモンドの隠し場所を記した指示書は手に入れた。暗号にはなっていたが、いずれ解読できるだろう。だが、たとえ解読できたとしても、小笠原伊万里が持つあのブルーダイヤモンド、〝竜の涙〟がなければ、その場所に行き着くことはできない。

奴らは知っているのだろうか。あの〝竜の涙〟が、暗号を解読するための最後のキーワードになっていることを。

〝男〟は壁の時計を見た。この部屋の中で唯一モダンな安物のクオーツの時計は、主がいないことを知らぬかのように時を刻み続けていた。時計の針は、すでに午前一時を過ぎている。

眠い……。

〝男〟はペットボトルからミネラルウォーターを飲み、ソファーから立った。リビングを横切り、寝室のドアを開けた。

それほど広くない部屋に、少し乱れた、寝心地の好さそうなダブルベッドがひとつ。男の、体臭。このベッドの上で浅野迦羅守と小笠原伊万里が愛し合ったのかと思うと、頭の芯で暗い悋気の炎が燻った。

〝男〟は服を脱ぎ、裸になると、ベッドの中に潜り込んだ。

明かりを消し、深い眠りに落ちた。

5

一〇月三日、月曜日――。

浅野迦羅守は早朝に東京に戻り、そのまま直接、東大に向かった。

午前中から研究室に籠り、学内の『東京大学総合図書館』から探し出してきた資料を読みふけった。いまも迦羅守のデスクの上に、昭和二九年二月三日付の〈――運輸委員会議録第五号――〉と書かれた議事録のコピーが置かれている。背後のチェスターフィールドのソファーの上では、小笠原伊万里が毛布に包まり、軽い寝息を立てていた。

議事録は関内正一運輸委員長（当時）の開会の言葉の後、鈴木仙八理事（衆議院議員）の次のような質問で始まっている。

〈――鈴木（仙）委員

目下たいへん問題になっておりますす造船疑獄に関することについて質問をしたいと思います。

最近造船の利子補給などに関係して、運輸省の壺井官房長が疑惑の対象とされるように聞いておりますが、外航船舶の再建について、各社別の実績と、従来の第一次から第九次

造船にわたる利子補給の状態などを、まず明確にしていただきたいと思います――〉

文中の〝造船疑獄〟とは、昭和二九年（一九五四年）一月に発覚した、日本の計画造船における利子軽減法（外航船舶建造融資利子補給法）制定に関連する贈収賄事件を指す。高利貸し業者の森脇将光の告発から、山下汽船社長の横田愛三郎による政界への献金メモが明るみに出て、これが事件の発端となった。

この年の第九次造船までに総額二〇〇〇億円を造船業界に投入。内、一〇〇〇億円は政府による融資。これが不況だった造船業界の利子補給などに使われた。

検察庁はこの内の二～三パーセント――約五〇億円――が政界にリベートとして流れたとして、強制捜査に発展。同年四月二〇日、その元締として自由党幹事長（当時）の佐藤栄作を贈収賄容疑で逮捕する方針を固めた。だが翌二一日、犬養健法務大臣が検察庁法第一四条に基づき、〝禁じ手〟の指揮権を発動。圧力を掛けられた検察は佐藤の逮捕を中止し、任意捜査に切り換えざるをえなくなった。

この事件の逮捕者は業界側、政界側を合わせて計七一人。内三四人が起訴され、一六人が有罪となった。だが、佐藤栄作は政治資金規正法違反で在宅起訴されるも、恩赦により免訴。結果として政界では、僅か七人が有罪となったにすぎなかった。

一方、衆議院で証人喚問を決議された吉田茂首相は、公務多忙や体調不良を理由にこれを拒否。後に議院証言法違反で告発されたが、やはり不起訴処分となっている。これら法相の指揮権発動から佐藤栄作、吉田茂の不起訴処分に至る一連の動きの裏では、米ＣＩＡが暗躍したことが後にアメリカによる情報開示で明らかになっている。

昭和二九年当時の二〇〇〇億円といえば、とてつもない金額だ。貨幣価値を現在の一〇倍とすれば、約二兆円ということになる。政界に流れたとされるリベートの五〇億円は、五〇〇億円……。

問題は、その資金源がどこにあったのかだ。二〇〇〇億円の内の半分が政府からの融資、つまり税金であったとしても、残りの一〇〇〇億円はどこから持ってきたのか——。

これについても議事録に、次のようなやり取りが記録されている。

〈——鈴木（仙）委員

聞くところによれば、市中銀行にマーカット資金と呼ばれる預金があって、これは占領中の経済科学局長マーカット少将の名前にあやかったそうで、正しい名前は何と呼ぶのか、いまだに知らないのですが、このマーカット資金が数百億円あって、これがいわゆるひもつきになって造船に、また昨年から世上を騒がした例の鉄道会館に、また川崎製鉄の千葉製鉄所にもいろ〳〵な名目で注ぎ込まれてあると聞いておりますが（後略）——〉

マーカット資金、すなわち〝M〟資金だ。つまり鈴木は、造船業界に流れた二〇〇〇億円の一部は、「〝M〟資金ではないのか」といっているのだ。これについて運輸事務官（当時）の岡田修一と長崎惣之助国鉄総裁（当時）は、こう答えている。

〈――岡田（修）政府委員
ただいまのマーカット資金と造船の方の関係につきましては、私ども全然存じない次第でございます。
長崎説明員
マーカット資金なんというものは、名前も初めて知ったような次第で、そういうものは全然会館には入っていないと私は確信いたします――〉

面白い。
衆議院議員である鈴木に〝M〟資金のことを訊かれ、運輸省の役人である岡田と国鉄総裁の長崎が少し慌てた口調で「そんなものは知らない……」といっているのだ。これはすなわち、昭和二九年当時、一部の政治家は〝M〟資金の噂を耳にしていたこと。またその政治家たちの知らないところで、運輸省の役人たちは造船業界や国鉄に流す資金を調達していたことを示している。

このやり取りの〝M〟資金は、もちろん市中銀行に預金されていたとされる現金だ。だがその原資は、戦時中に交易営団が買い集め、戦後に日銀に保管された金塊でありダイヤモンドだった。

また『政治の密室　総理大臣への道』（渡辺恒雄　一九六六年）にも、興味深い事実が書かれている。

〈――鳩山は河野一郎に東京近郊の米屋を一軒一軒自動車で廻らせてダイヤを売った――〉

これは二〇一六年現在『読売新聞グループ』本社代表取締役主筆である渡辺恒雄が「河野自身から入院先（女子医大）で聴いた」と証言していることなので、信頼できる情報だ。文中の〝鳩山〟とは元内閣総理大臣（一九五四年一二月一〇日～一九五六年一二月二三日）の鳩山一郎である。また日本のフィクサー、〝政財界の黒幕〟として知られる右翼の児玉誉士夫は、「（自分の持っていた）ダイヤモンドの半分はGHQに引き渡し、残り半分は（政権樹立の資金として）鳩山さんに提供した」と主張していた。つまり鳩山一郎が河野一郎に売らせたダイヤモンドは、児玉誉士夫から提供された政治資金だったということか。

待てよ、鳩山一郎か……。

迦羅守は手元のコンピューターに〝鳩山一郎〟というキーワードを打ち込んだ。思ったとおり、〝鳩山一郎　フリーメイソン〟という項目がヒットした。

〝鳩山一郎〟の名前は、確かにフリーメイソンの会員名簿の中に存在する。入会は、一九五〇年。その四年前の四六年、鳩山が結成した日本自由党が総選挙で第一党となり、首相となる直前でGHQと政敵の吉田茂の策略により公職追放された。

追放された鳩山は、公職復帰のためにフリーメイソンに入会した。自著『鳩山一郎・薫日記』にも、入会の経緯が詳しく書かれている。そして一九五一年に復権。五四年一二月の吉田内閣の総辞職によって衆参両院の指名を受け、鳩山一郎内閣を樹立した。

鳩山一郎の孫の鳩山邦夫は、「当時の鳩山内閣あたりは、閣僚の半分以上はフリーメイソン」だったと証言している。

日本の閣僚の半分以上がフリーメイソン……。

考えてみれば、怖ろしいことだ。つまり日本の国会には、まだ戦後間もないころから国民が知らないうちに、フリーメイソンが蔓延していたということになる。

いや、〝戦後〟ではない。考えてみれば坂本龍馬や伊藤博文、岩倉具視など、近年は幕末の倒幕派の志士の多くがフリーメイソンだった可能性が指摘されている。その伊藤博文をはじめ、明治以来の日本の首相の大半がフリーメイソンだったとしても、誰も否定できないのだ。

ダイヤモンドは他にも様々なルートを辿り、日本の政界に流れ、何人もの政治家の手に渡った。児玉誉士夫と同じ右翼のフィクサー、三浦義一も、『日本金銀運営会』絡みの莫大な金塊やダイヤモンドを吉田茂政権や岸信介政権樹立の資金に使ったことがわかっている。その吉田茂や岸信介も、フリーメイソンの噂のあった政治家だった。

政界だけではない。様々な資料を元に、交易営団によって買い上げられたダイヤモンドの行方を追っていくと、興味深いことがわかってくる。

記録によると、戦時中に東京の銀座松屋に開設された交易営団の鑑定室は、空襲が激化した昭和二〇年三月にダイヤモンドごと群馬県桐生市の金善ビルに移転した。さらにダイヤモンドの一部は日本橋の三井信託銀行の地下金庫室にも保管されていたが、終戦と同時に魔法瓶九本に詰められて某所——栃木県黒磯市の某民家という噂もある——に隠された。このダイヤモンドがさらに米ＣＩＣ——Ｚ・ブランチのキャノン中佐か——によって摘発され、日銀に入り、さらにそこからクレーマー大佐やマレー大尉らが好き勝手に盗み出し、本国アメリカに持ち帰った。

それ以外にも交易営団の保管場所や隠し場所、もしくは輸送中などに誰がいつ、どのくらいの量のダイヤモンドを〝ポケットに入れた〟のかは、いまとなっては確かめる術はない。誰も見ていなかったし、記録も残っていないのだ。ただいえるのは、こうしてダイヤモンドをうまく窃盗ねた奴が戦後に突然〝資産家〟として社会に登場し、ある者は政治家になり、またある者は起業し、現在も権力の座に君臨し続けているということだ。

「迦羅守……。お腹が減ったわ……」

伊万里の声に我に返り、振り返った。

一瞬、ソファーに横になる伊万里の姿が、裸で蹲る野生の女豹に見えたような錯覚があった。時計の針は、もう昼を回っていた。

「昼飯でも食いに行くか」

迦羅守がそういって、資料のファイルとコンピューターを閉じた。椅子から立ち、体を伸ばした。その時、伊万里の様子が少しおかしいことに気が付いた。

「何をやってるんだ」

迦羅守が訊いた。

「ダイヤモンド……」

伊万里が、手の中にあるダイヤモンドとそれが入っていた小さな布袋を見つめている。

「また、そのダイヤか……」

迦羅守が伊万里の横に座る。

「そうダイヤよ……。でも、袋の方……」

「その袋がどうかしたのか」

「何か、おかしいの……」

「おかしいって、何がだ」

「裏返してみたら、変なマークと文字が見えるの……」

伊万里が、首を傾げる。

「どれ、見せてみろよ」

迦羅守が伊万里から、ダイヤモンドが入っていた御守りの袋のようなものを受け取った。

それは確かに、御守り袋だった。だが、あらためてよく見ると、誰かが一度、糸を抜き、生地を裏にして縫いなおしたような形跡がある。

迦羅守は伊万里にいわれたように、袋を裏返してみた。御守り袋とはいっても現在のような金襴織りではなく、色褪せた普通のラシャのような生地だ。裏生地は、薄い木綿。その木綿に、表生地のラシャの裏に印刷された何かの印章と文字のようなものが確かに透けて見えている。

「袋を、バラしてみてもいいか」

迦羅守がいった。

「どうぞ。ダイヤモンドをバラすといわれたら、ダメだというけど……」

伊万里が、笑えないことをいった。

迦羅守が一度立ち、デスクの引出しから折り畳みナイフを出してソファーに戻った。縫い目に刃を当て、慎重に糸を切る。裏地を剝がすと、思ったとおり表地に押された朱印のようなものが出てきた。

巴紋と、その下に〈——榛名山——〉の文字——。

「〝大蛇伝説〟の場所が、どうやら特定できたようだ……」

迦羅守がいった。

6

老人はすでに、齢百の大台を超えているはずだった。

名前は甲斐長州という。だが、これが本名であるかどうかは、誰も知らない。わかっているのはこの男が旧日本陸軍中野学校五二期生の出身であることと、旧満州国で軍の特務機関員として暗躍していたこと。さらに戦後は日本橋室町三丁目の通称〝ライカビル〟のサロンのメンバーに名を連ね、現在も日本の〝内調〟（内閣情報調査室）によって、〝守られている〟ことくらいだった。

一〇月三日の午後、南部正宗は麻布ロイヤルレジデンスという古いマンションの一室にある『亜細亜政治研究所』の事務所に甲斐長州を訪ねた。甲斐に会うのは、何年振りだろう。以前にＣＩＡの局員の紹介で知ったのだが、正直なところ、まだ存命だとは思っていなかった。

　以前と同じ五〇八号室のドアの前に立ち、ベルを鳴らす。ドアが開くと見覚えのある部下——正確にはボディーガードというべきか——が顔を出し、奥の部屋に通された。甲斐長州は自分だけが時計が止まったままの時空に存在していたかのように、正宗の記憶どおりの白髪白髯の姿で革張りのマッサージ椅子に座っていた。

「さて、あなたはどなたでしたかな……」

　人払いをすませた後で、甲斐がはぐらかした。いつものことだが、この怪老には会う度に惑わされる。

「以前、〝カンパニー〟のアルフレッド・ハリソンの紹介でお会いした南部正宗と申します。お忘れですか」

　〝カンパニー〟は、〝ＣＩＡ〟を意味する。

「そうでしたかな……」

　甲斐が、とぼける。

「はい、最後にお会いしてから、もう五年以上にはなるかと思いますが。実は今日は、これを先生に……」

　正宗がそういって、紫の風呂敷に包んだ二〇〇グラムの純金のインゴットを甲斐の前に差し出した。一八・七キロのインゴットを一度溶解して二〇〇グラムに加工したものなので、かつて日本金銀運営会にあった金塊の一部であると見破られる心配はない。甲斐は風呂敷を捲り、中身を確かめると、小さく頷いた。

「ああ、思い出しました。確かアメリカの国務省の〝仕事〟をしておられる南部正宗君でしたな。それで今日は、どのようなご用事かな」

純金のインゴットを目にして、やっと思い出したようだ。それにしても、とぼけた爺さんだ。

「今日は、ひとつお訊きしたいことがあって参りました。〝塩月興輝〟という人物のことです」

〝塩月興輝〟という名前を聞いて、甲斐の表情にかすかな変化があった。

「塩月さんですか……。ずいぶんとまた、懐かしい名前ですな。しかし、彼は何十年も前に亡くなったはずですが……」

甲斐は、嘘をつかない。知っていることも、隠さない。だが、いえないことは話さない。そういう人間だと聞いている。

「はい、亡くなったことは知っています。塩月氏が満州の生まれで、戦後は〝ライカビル〟に出入りし、CICの協力者だったこともわかっています」

〝ライカビル〟と聞いて、また甲斐の目の中で何かが光ったような気がした。

「ほう、よく調べていらっしゃるようだ。それで、それ以上、塩月さんについて何がお知りになりたいのかな」

甲斐が、静かに正宗の目を見据える。この老人の頭の中は、老いてなどいない。

「まず、塩月興輝とは何者だったのか。そして、なぜ死んだのか。その二点です」

正宗は、端的に答えた。

「塩月さんが、〝フリーメイソン〟だったことは」

甲斐が訊いた。

「それも、知っています。アメリカの公文書館の資料で、確認しました。私が知りたいのは、戦中戦後に塩月氏が果たした、〝役割〟についてです」

正宗がいうと甲斐はしばらく考え、やがて頷いた。

「つまり、こういうことですかな。塩月興輝の〝正体〟を知りたいと……」

「そういうことになるかと思います」

甲斐が納得したように、大きく頷いた。

「塩月興輝というのは、つまりは〝二重スパイ〟ですよ。戦時中、大陸では関東軍の特務機関員のようなことをしておったが、上海(シャンハイ)の租界でアメリカの捕虜(ほりょ)になりましてね。その時に拷問(ごうもん)と金でアメリカ側に寝返り、二重スパイになった。亜細亜産業の八板君なども皆、同じ仲間です……」

甲斐はそこで話を中断し、部下に熱い紅茶を二つ持ってこさせた。そしてそれをすすりながら訥々と続けた。

塩月興輝がダブルエージェントになったのは、戦時中の昭和一七年。ちょうど日本がミッドウェー海戦で大敗を喫し、ガダルカナル島を失い、太平洋の各地で戦況が不利になりはじめたころだった。それから約半年の間、塩月が上海で何をやっていたのかは謎だ。

翌昭和一八年二月、塩月は日本軍が広州湾のフランス租借地に進駐したどさくさに紛れて日本に帰国。上海時代に知己だった同じ特務機関員の八板玄士を頼り、当時創設されたばかりの『亜細亜産業』に入社。その直後に、ビルマ（現ミャンマー）に赴任した。

甲斐の記憶は、寸分の狂いもなく正確だ。

「ビルマに赴任した理由は、何だったのでしょう」

正宗が訊いた。

「表向きは、亜細亜産業の支社開設のためでしたかな。本来の目的は、バー・モウ政権樹立のためだったかと思いますな」

イギリスの植民地だったビルマが日本軍南機関の支援を得て独立戦争を戦い、バー・モウ（一八九三〜一九七七）政権を樹立したのが一九四三年（昭和一八年）八月一日。だが翌四四年にはビルマ国民軍がクーデターを起こしてイギリス側に寝返り、日本軍もアメリカに敗れ四五年五月に撤退。終戦後、塩月興輝も帰国した。

「ビルマの独立とクーデターの裏で、塩月はどのような役割を果たしたのですか」

正宗が、静かに紅茶を飲む。

「詳しくはわかりません。まあ、私は、クーデターの方で大きな役割を果たしたのではないかと思いますな」

「その理由は」

「塩月さんが、日本軍が撤退した四カ月後までビルマのラングーン（現ヤンゴン）におったからですよ。もし彼が二重スパイで、しかもクーデターの功労者でなくば、おれるわけがないでしょう」

確かに、そうだ。

帰国後、塩月興輝は再開された亜細亜産業に戻り、その語学力を生かして貿易部の部長補佐の地位に納まった。だが社内での役職は形ばかりのもので、その実体は進駐軍のＣＩＣの協力者に他ならなかった。このあたりの経歴は、ノーフォークの公文書館で見つけた〝Ｙ・ブランチ〟のファイルにあったとおりだ。

「塩月興輝のＣＩＣでの役割は？」

正宗が訊いた。

「まあ、いろいろと。共産主義者の摘発、資金源となる北朝鮮や台湾からのストマイやペニシリンの密輸、その他非合法活動……」

「その〝非合法活動〟の中には〝下山事件〟も含まれますか」

甲斐の目の奥で一瞬、炎のようなものが燻った。だが、表情はすぐに、元のように穏やかに和らいだ。

「お察しのとおりということにしておきましょうか。否定はできません」

やはり、そうか……。

「亜細亜産業が入っていた〝ライカビル〟には、戦時中に交易営団が回収した金塊やダイヤモンドを管理運営する〝日本金銀運営会〟が入っていましたね。塩月氏と、〝日本金銀運営会〟の関係は？」

「無かろうはずがありませんな」

「具体的には」

甲斐が紅茶を口に含み、少し考えた。

「簡単にいってしまえば、亜細亜産業は〝日本金銀運営会〟の守護神のような役を果たしていたわけです。特に戦後はＧＨＱの摘発や朝鮮人のギャングなどから守り、不都合な者があればそれを〝処理〟したりもした。しかし結局は、ＧＨＱにほとんど没収されてしまいましたがね」

〝処理〟という言葉が、意味深だった。いいかえれば、〝処刑〟とも受け取れる。

そういえば昭和三一年だったか、大阪で青木某という人物がダイヤモンド絡みで変死した事件があった。この青木某は東京の渋谷区に住み、終戦後に〝隠退蔵物資等処理委員会〟に所属し、委員長代理の世耕弘一と共に不明ダイヤの摘発に従事していた。だが、恐喝の嫌疑が掛けられ、大阪府警に留置中に急死した。

青木某は当時六一歳。死因は急性肺炎と新聞に載ったが、遺族は「不審死」を主張している。この青木某なども、ダイヤモンドの利権者にとっては〝不都合な人間〟であったのかもしれない。

「そういえば塩月さんに、ダイヤモンドに纏わる面白い話がありましたな……」

甲斐がいった。

「面白い話、ですか」

「そうです。実は昭和一九年の春でしたか、バー・モウ政権が安定している時に、塩月さんがビルマから日本に一時帰国したことがありましてな。その時に塩月さんが、ビルマから大きなダイヤモンドを二つ、持ち帰ったのですよ……」

塩月興輝が、ビルマからダイヤモンドを持ち帰った――。

「それが、どのようなダイヤモンドだったか、わかりますか」

「私も一度、社長の八板君から見せてもらったことがあります。かなり、大きなものがございましたな。ひとつは二〇カラット以上、もうひとつは五〇カラット以上。小さい方はブルーダイヤモンドで、〝ダーミカラマの涙〟という有名なもののようでしたな……」

二〇カラット以上のブルーダイヤモンド……。

正宗は、伊万里が持っていた二二・五カラットのペアーシェイプのダイヤモンドのことを思い出した。

「その二つのダイヤモンドは、その後どうなったのですか」

「どちらも、昭和一九年の〝軍需次官通達〟に乗じて、天皇家から出たものとして交易営団に供出したと思いますな。その年の、秋ごろのことだと思いますが……」

どちらも、供出した……。

だが、〝天皇家から、出たものとして〟という点が解せない。

「せっかくビルマから持ち帰った貴重なダイヤモンドを、なぜ交易営団に安く売ってしまったのですか」

正宗がいうと、甲斐がおかしそうに笑った。

「つまり、こういうことです。亜細亜産業がダイヤモンドを交易営団に売っても、そのダイヤは回り回って日本金銀運営会を介し、また亜細亜産業に戻ってくる。だから、損はしない。損をするどころか、交易営団に売った金額の分だけ得をする。そういう仕組みですよ。あのころはみな、そうやって儲けていた」

なるほど、よく考えたものだ。

南方から、おそらく略奪同然に手に入れてきたダイヤモンドを日本で交易営団に売り飛ばす。それが日本金銀運営会を介して、また手元に戻ってくる。

だが、そのダイヤモンドを、何者かが〝盗んだ〟としたら……。

〝ライカビル〟の残党は、それを必死に取り戻そうとするに違いない。

「最後にもうひとつ、お訊きします。先生は浅野秀政、武田玄太郎、小笠原久仁衛、そして南部潤司という名前をご存知ですか」

正宗はそういって、四人の仲間たちの祖父や曾祖父の名前を書いた紙を甲斐の前に広げた。ノーフォークの公文書館にあった〝Y・ブランチ〟のファイルには名前が載っていなかったが、何らかの形で亜細亜産業と関連があったと思われる四人だ。

甲斐は老眼鏡の位置を調節し、しばらくその紙に見入っていた。そして、やがて納得したように頷いた。

「四人とも、よく知っておりますよ」

そういって、紙を伏せた。

「先生とは、どのようなご関係でしょう」

正直なところ、正宗は自分の祖父に関しても多くのことを知らない。

「関係というようなものではありませんな。強いていうならば、この四人は〝国士〟ですよ。当初は〝ライカビル〟にも出入りしておりましたが、やがて我々とは袂を分かつことなった……」

「なぜ、袂を分かつことに？」

「それは、貴方の方がわかっておりましょう。ところで正宗君でしたか。立派になられましたな。最初にお会いした時には、まだ三輪車に乗って遊んでいたころでしたが。潤司君も、喜んでいることでしょう」

甲斐が、飄々といった。


一時間ほど話し、正宗は『亜細亜政治研究所』を出た。

時間は午後四時を過ぎていたが、外はまだ明るかった。甲斐長州の〝奇妙な話〟を頭の中で反芻しながら歩いている時に、ポケットの中でｉＰｈｏｎｅが振動した。

コインパーキングまで戻り、プリウスの運転席に座ってからメールを確認した。迦羅守から、正宗とギャンブラーにccで送信されたメールだった。

〈――旅行の目的地が決まった。近いうちに、日程を調整したい。
迦羅守――〉

それだけのメールだった。だが正宗は用件を理解し、返信を打った。

〈――了解した。温泉旅行を楽しみにしている。

正宗――〉

プリウスのエンジンを掛けた。

7

迦羅守は一度、赤坂の事務所に戻った。

リビングに荷物を置いただけで、また事務所を出た。この時には、何も異変に気付かなかった。

「さて、何を食べようか」

「昼はパスタだったから、和食か中華がいいな……」

伊万里と二人でそんなことを話しながら、夜の赤坂の街を歩いた。結局、『赤坂璃宮』で広東（カントン）料理を堪能（たんのう）し、バー『ですぺら』でシングルモルトのウイスキーを味わい、再び事務所に戻った時には午後一〇時半を回っていた。

「私、先にシャワー浴びるわね」

伊万里がそういって自分の下着を取りに寝室に入った。だが、しばらくすると、伊万里が後ずさりしながらリビングに戻ってきた。

「迦羅守、ベッドの上が大変なことになってる……」

「何だって」

迦羅守はソファーから立ち、寝室に向かった。伊万里の前を通り、寝室に入る。寝室の光景を見た瞬間に、呆然とした。

シーツがメチャクチャに乱れたダブルベッドの上に、〝ピエロ〟が座っていた。それが迦羅守のパジャマに枕やタオルを詰め込み、ラバー製の〝ピエロ〟のマスクを被せた〝人形〟であることに気付くまでにしばらく時間が必要だった。〝人形〟の胸には牛刀が刺さり、その周囲に血が飛び散ったようにシーツが真っ赤になっていた。

「どうやら、留守中に誰かがこの部屋に入ったようだ……」

迦羅守が、寝室を見渡しながらいった。

「誰かって、誰よ。前のガールフレンドは、こんな趣味をお持ちだったのかしら」

伊万里が溜息をついた。

「いや、こんな趣味を持った女性と付き合ったことはないね」

迦羅守が、ゆっくりとベッドに歩み寄る。ベッドの上の〝ピエロ〟の人形を、観察する。ひとつだけ確かなのは、お気に入りのジェラートピケのパジャマはもう二度と着られないということだ。

人形の胸に刺さっている牛刀にも、見覚えがあった。この事務所のキッチンにあったものだ。これだけの血のりのためには、冷蔵庫の中のケチャップとトマトジュースも大量に使ってくれたに違いない。

シーツの上には、ケチャップでこう書かれていた。

〈――ダイヤモンドから手を引け――〉

迦羅守は携帯を手にし、正宗に電話を掛けた。五回、呼び出し音が鳴り、電話が繋がった。

「正宗か。迦羅守だ。いま、だいじょうぶか」

――ああ、だいじょうぶだ。こんな時間にどうしたんだ――。

「いま、久し振りに赤坂に戻った。部屋に入ったら、とんでもないことになっていた。留守中に、誰かがここに入ったらしい」

――何だって……。わかった、これからすぐにそちらに向かう。警察を呼ばずに、そこで待っていてくれ――。

そういって、電話が切れた。

二〇分もしないうちに、インターフォンのチャイムが鳴った。

迦羅守は、受話器を取った。

——正宗だ。開けてくれ——。

「早かったな。いま、ドアを開ける」

迦羅守はキーの解除ボタンを押し、受話器を置いた。横で伊万里が不安そうに、迦羅守を見つめている。

ドアをノックする音が聞こえ、同時に黒いタクティカルスーツを着た正宗が部屋に入ってきた。

「何があった」

正宗が訊いた。

「まずは、寝室を見てくれ……」

迦羅守が、寝室のドアを開けた。

「これはこれは……」

正宗が半ば呆れたように、首をすくめた。

「どう思う」

迦羅守が訊いた。正宗がベッドの上を注意深く調べ、また溜息をついた。

「素人だな、これは……」

「なぜ、そう思う」

「プロならば、こんなこけ威しの手は使わない。〝殺る〟なら黙って〝殺る〟し、威しにしても血のりはケチャップではなく動物の血くらいは使う」

正宗がいうのだから、間違いないだろう。

「なるほど。他には」

「もしかしたら、〝女〟の可能性もあるな……」

「やっぱり〝女〟なのね」

伊万里が迦羅守を睨んだ。

「よしてくれ。どうして〝女〟だと思うんだ」

「香水の匂いだ。〝女物〟だろう」

正宗がいうと、伊万里がベッドに歩み寄り、シーツの匂いを嗅いだ。

「本当だ。これ、ディオールの〝ジャドール〟だわ。私、こんな香水、使ったことないもん……」

伊万里の頰っぺたが膨らんだ。

「知らないってば……」

「まあ、男が〝女物〟の香水を使うこともあるしな。クローゼットを開けてみてもいいか」

「ああ、かまわないけど……」

正宗が尻のポケットからＢＵＣＫのフォールディングナイフを出し、刃を起こした。それを右手に握り、左手でクローゼットのドアを引き開けた。

「お前のクローゼットの中は、いつもこんなななのか」

正宗が顔を顰めた。

見ると、クローゼットの中もめちゃくちゃになっていた。

「まさか……」

ハンガーに掛けてあったジャケットも、パンツも、ランドリーに出したばかりのシャツも、みんな丸められてゴミのように突っ込まれている。

正宗が服の塊を解し、ひとつひとつ手に取って調べる。ワイシャツの匂いを嗅いだ。

そして、頷いた。

「どうやらここに忍び込んだ〝何者か〟は、お前の服を着たらしい。ベッドのシーツと同じ香水の匂いがする……」

「いったい、どういうことなんだ……」

迦羅守が首を傾げる。

「〝変態女〟よ。そうに決まってるわ」

伊万里が本気で怒っている。

「つまり、こういうことだな……」正宗がそう前置きして、説明した。「ディオールの香水をつけた〝何者か〟がこの部屋に忍び込み、迦羅守の服を何着も着換えて一人でファッションショーを楽しんだ。その〝何者か〟はこのベッドで眠った後、起きた後に迦羅守のパジャマや枕でその〝ピエロ〟の人形を作り、キッチンから牛刀とケチャップとトマトジュースを持ってきてハロウィンのように飾り付けをした。最後にシーツの上に〝ダイヤモンドから手を引け〟と書いてこの部屋を出ていった……」

「いつごろに？」

「ケチャップの乾き方からすると、昨日か一昨日だな。それと、もうひとつ」

「何だ」

「何か、盗られたものはないのか」

「これから、調べてみるよ……」

迦羅守がいった。

〝男〟は、赤坂二丁目の路地にある小さなビルの二階のカフェにいた。

いや、時折カプチーノのカップを口に運ぶその姿は、〝男〟には見えない。長いブルネットのウィッグを被り、服もスカートに女物のブラウスを着ている。胸にはバストパットを入れ、フェラガモのサンダルを履き、顔には濃い目の化粧(けしょう)を施(ほどこ)していた。どう見ても〝女〟だった。

〝男〟は窓際の席に座り、斜め向かいにあるマンションの五階の窓を見つめていた。この店の、この窓から浅野迦羅守の部屋を見張ることができると教えてくれたのも、死んだアレックス・マエダだった。

いま、浅野迦羅守の部屋には明かりがついている。小笠原伊万里と二人で歩いて戻ってきたのが、一〇時半を過ぎたころだった。車はそれ以前からマンションの駐車場にあったので、食事にでも行っていたのだろう。

それから間もなく、一時間になる。だが、動きはない。奴らはあの〝仕掛け〟に、気付いたはずなのだが……。

いや、ひとつ気になることがある。奴らが帰ってきてから三〇分ほど後に、黒いタクティカル・ジャケットを着た男が目の前の路地でタクシーを降り、マンションに入っていった。あの男は、何者なのか……。

だが、いずれにしても奴らは、動揺するはずだ。動揺は焦りを呼び、必ず動き出すはずだ。

その時、テーブルの上のカプチーノのカップの横で、〝男〟のｉＰｈｏｎｅが振動してメールの着信を知らせた。

〝男〟はｉＰｈｏｎｅを手に取り、メールを確認した。〝組織〟からのメールだった。

〈――玉鬘の暗号が解読された。至急、戻れ――〉

〝男〟は口元に、かすかな笑みを浮かべた。

これで、アレックスの敵を取ることができる……。

テーブルの上の伝票を手にし、席を立った。

8

一〇月一二日、水曜日――。

浅野迦羅守は伊万里と共にミニ・クロスオーバーに乗り、赤坂二丁目の事務所を出た。途中、新宿駅西口でギャンブラーを拾い、そのまま練馬方面に走った。目白通りで谷原の交差点を通り過ぎ、午前中のそれほど遅くない時間に関越自動車道に乗った。

空はどんよりと曇っていたが、〝宝探し〟を始めるには、良い日だった。ちょうど一年前のいまごろにも〝M〟資金の金塊を探す旅に出掛け、紆余曲折の末に思わぬ成果を得ることができた経験がある。

途中、高坂サービスエリアに車を入れ、少し早目のブランチを囲みながら簡単な打ち合わせをした。迦羅守と伊万里は軽目の蕎麦だが、ギャンブラーは朝っぱらからヒレカツ定食を食べている。なぜこの男の背が伸びなかったのか、昭和史の謎のひとつではある。

「今日はとりあえず、群馬県の榛名湖方面に向かおう。しかしその前に一カ所だけ寄りたいところがある……」

迦羅守がテーブルの上に地図帳を広げ、二人に説明する。

二二・五カラットのダイヤモンドが入っていた小さな布袋から、〝大蛇〟という言葉の謎が解けた。あの布は、やはり榛名神社の御守り袋だった。おそらく、まだ戦後間もない昭和二十年代の古いものだろう。

調べてみると、榛名湖にも〝大蛇伝説〟が存在した。緑埜郡木部村の豪族の娘、〝木部姫〟の伝説である。いまからおよそ四五〇年前の永禄九年、武田信玄の軍勢に攻められて木部城が落城。落ち延びる途中、木部姫が榛名湖に入水自殺をして大蛇の化身となった。この伝承は、暗号文を解読した〈――失意ノ末ニ大蛇トナル――〉、さらに〈――化身トナル湖へ向カヘ――〉という文面と完全に一致する。

「いったい……どこに寄るんだ……」

ギャンブラーがヒレカツ定食を掻き込みながら訊いた。

「高崎市木部町の〝心洞寺〟という寺の中に、〝木部姫の廟所〟というのがあるらしいんだ。暗号文でも、〝廟ニ立チテ、化身トナル湖へ向カヘ〟といっている。この〝廟〟というのが、〝木部姫の廟所〟のことではないかと思うんだ……」

「つまり、暗号文の指示どおりにまず〝廟〟の前に立って、そこから榛名湖に向かうべきだということね」

伊万里がいった。

「急がば回れ、だ。その方が間違いはないと思う」

ここから直接、榛名神社に向かうこともできる。だが、それでは、何か重要なことを見落とす可能性もある。

「ところで、正宗はどうしたんだ。あいつは、来るのか」

ヒレカツ定食を食い終え、ギャンブラーが丸い腹をさすっている。

「正宗は、もう来ている。ぼくたちにもわからないように、どこか近くにいるはずだ」

迦羅守がそういって、親指を立てた。

ブランチを終え、また高速の本線に合流した。

関越自動車道は、順調に流れた。高坂サービスエリアから、約一二〇キロ。正午前に群馬県の高崎インターで降りた。

〝心洞寺〟の場所は、すでに車のナビにデータを入れてあった。高崎インターから少し南に戻るように、一般道を走る。間もなく道は国道三五四号線と一七号線、さらに高崎線のガードを越え、新幹線のガード下あたりでナビが目的地に着いたことを告げて案内を終了した。迦羅守はそこで、車を停めた。

「このあたりだな……」

「しかし、奇妙な場所だな。畑ばかりじゃないか……」

とても、史跡があるような場所には見えなかった。

「もしかしたら、あれじゃないかしら……」

伊万里が、新幹線のガードの向こうを指さした。巨大な橋脚の先に、寺の屋根のようなものが見えた。

「行ってみよう」

迦羅守はギアをドライブに入れ、ゆっくりと車を移動させた。

木部姫の廟所がある『心洞寺』は、平坦な畑と新幹線のガードに囲まれた一角に、ひっそりと建っていた。農道に面した入口に〈――曹洞宗(そうとう) 龍谷山(りゆうこくさん) 心洞寺――〉、さらに〈――木部城主之廟所――〉と書かれた一対の石柱がある。畑の中を進んで最初の門を潜り、さらにその奥の赤い山門へと参道が続いている。

「間違いない、ここだな……」

「木部姫だけでなく、木部城主の廟所もあるのね……」

「行ってみよう」

車を農道に駐め、三人は両側に墓石が並ぶ石畳の参道を寺へと向かった。空には暗い雲が低く垂れこめ、小雨が降りはじめていた。

寺の境内に入り、赤い山門を潜る。正面に本堂、右手に鐘撞堂がある。史跡を守る名刹というよりも、地方にならばどこにでもあるような、地元の菩提寺という風情の寺だった。だが、どこか普通の寺にはない霊気のようなものが漂っていた。

「木部姫って、どんな人だったのかしら……」

伊万里が、誰もいない境内を見渡しながらいった。

「通説では上野国箕輪城主の長野業政の四女で、箕輪衆の木部範虎の正室ということになっているようだ。しかし側室だったという説もあるし、木部宮内少輔という別人の正室だったとする説もある……」

迦羅守が説明する。

入水したとされる年代も、箕輪城が落城した永禄六年（一五六三年）、木部城が落城した永禄九年（一五六六年）、滝川勢と北条勢が戦った天目山の合戦が起きた天正一〇年（一五八二年）など諸説様々だ。

「しかし永禄六年の秋に、木部範虎が武田信玄に攻められて箕輪城を失い、木部城に落ちたことは事実なんだ。落城の夜に夫人と家臣を二〇人以上連れて、スルス峠の抜け道を越えて榛名湖に向かったこともわかっている。木部姫はその榛名湖に潜んでいる時に弟の長野業盛や一族の死を聞かされて、湖に身を投げた。その後、夫の範虎は武田信玄の軍に降って家来になり、家臣と共に天目山の合戦に〝木部五十騎〟を率いて参戦し、討死している。こうした史実を元にして考えてみると、やはり木部姫は木部範虎の正室で、入水自殺したのは永禄六年として間違いはないと思う……」

迦羅守はここまで説明したところで、奇妙な符合に気が付いた。

〝亜細亜産業〟の総帥、八板玄士の名前には、〝玄〟という字が入っている。いうまでもなく、武田信玄の末裔だ。つまり、木部姫にとっては、一族を滅亡に導いた〝敵〟の子孫だということになる……。

「迦羅守、あれがそうじゃないのか」

ギャンブラーの声に、我に返った。指さす方角を見ると、背後の壁の手前に小さな祠(ほこら)があった。中に墓石のようなものがあり、周囲に石碑や仏塔が並んでいる。

「そうかもしれない。行ってみよう」

門の方に戻った。よく見ると、門の手前にまだ真新しい石塔が立っていて、〈——木部城主之廟　入口——〉と記された矢印が示されていた。どうやら木部姫ではなく、木部範虎の墓があるらしい。矢印の方に向かうと、樹齢数百年の檜の巨木の陰の祠の前に出た。

それほど古くはない祠だった。赤く塗られた鉄骨で柱を組み、その上に木の屋根を載(の)せただけの小さな東屋(あずまや)のようなものだ。屋根の下にコの字型に石柱が立てられ、中に灯籠(とうろう)にも似た古い墓石があった。

「これが、木部範虎の廟か……」

この場所に、四五〇年近くもの間つくねんと立っていたとは思えないほど、粗朴で小さかった。

「待て。石碑に、何か書いてあるぞ」

迦羅守がいった。

廟の脇にそれほど古くない供養碑があり、碑文が彫られていた。

〈――木部城主の廟
当寺の開祖木部駿河守範虎公は　清和源氏の直流　蒲冠者源範頼の後裔にして　箕輪城主長野業政の姫を娶り長野氏の武将として活躍せしが　永禄六年二月武田信玄により箕輪城が落城（この戦で奥方が榛名湖に身を投じて龍になったという伝説は有名）
長野氏滅亡後　武田信玄に随身し木部五十騎を率いて各地の戦に勇名を馳す　後織田信長に長篠の合戦に敗れ　天正十年三月十一日武田勝頼に殉じ家来諸共　天目山桔梗ヶ原に散る　　享年七十二才
戒名　全清院殿心洞芳傳居士
室　龍體院殿天生證真大姉――〉

碑文はここで終わっている。

だが、三人共、しばらくは碑文から目を離すことができなかった。

「やはり〝清和源氏〟が出てきたな……」

ギャンブラーが、溜息をつく。

「木部範虎だけじゃなくて、木部姫の戒名も書いてあるわね……」

伊万里が、碑の最後の一行の汚れを手で払いながらいった。

「つまり、これが木部姫の廟でもあるということなんだろうな……」

だとすれば、木部姫はやはり木部範虎の正室だということになる。

「この院号にある〝骨〟偏に〝豊〟という字はどういう意味なの。その上の〝龍〟はわかるんだけど……」

伊万里が首を傾げる。

「これは〝体〟という字の旧字だよ。おそらく、〝リュウテイイン〟とでも読むんじゃないのかな」

迦羅守が、そう説明した。

「〝龍體院〟か。正に〝龍の体〟……〝大蛇〟の化身ということだな……」

ギャンブラーが納得したように頷いた。

「迦羅守、何を考えてるの」

伊万里が迦羅守の顔を覗き込む。

「いや、たいしたことじゃない。次に行こう。その前にもう一度、例の暗号文を確認してみよう……」

迦羅守はポケットから、暗号文を解読した指示書を写した紙を取り出した。

〈――ソノ者、失意ノ末ニ大蛇トナル。廟ニ立チテ、化身トナル湖へ向カへ。大蛇ヲ祀ル神社ヲ越シテ更ニ、三百五十度ニ進ム。行程五十二粁ノ処ニ名湯アリ。大蛇ノ末裔ヲ探セ――〉

「とにかくいま、〝廟〟には立ったわけだな」

「次は、〝湖へ向カヘ〟ばいいのね。これは〝化身トナル湖〟だから、木部姫が身を投げた榛名湖のことね……」

「そして〝大蛇ヲ祀ル神社〟というのが、榛名神社のことなのかな……」

雨が、少し強くなってきた。

周囲の石碑や石塔が雨に濡れ、黒い雨粒の跡が広がりはじめた。

9

ケイシー・サリヴァンは、いかにも学者然とした男だった。

長身瘦軀(そうく)で髪は頭頂部まで見事に禿(は)げ上がり、鷲鼻(わしばな)の上に黒縁(くろぶち)の眼鏡を載せている。

日本には四〇年近く滞在し、大学で国文学を教えているほどなので、日本語は堪能だ。

日本名を、〝左利番慶司〟とも書く。いま、こうして和室の床(とこ)の間を背にして座る和服姿の左利番を見ていると、いつの間にか本当の日本人のように見えてくる。

「ヘルマ、それで榛名神社の御守り袋に入ったダイヤモンドは、取り戻せたのですか」

左利番はその〝男〟のことを〝ヘルマ〟と呼んだ。〝ヘルマ〟とはギリシャ神話に登場するヘルメースとアプロディテの子、サルマキスに犯されて男女合体した〝ヘルマプロディートス〟を意味する。

「左利番先生、あのダイヤだけを取り戻しても意味はありません。どうせならば、我々が奪われたすべてのダイヤモンドを取り戻すべきです」

〝男〟――〝ヘルマ〟――が答えた。

今日の〝ヘルマ〟は、男の服を着ていた。化粧もしていない。だがその姿は〝男〟としてはあまりに美しく、女性にしか見えない。

「もちろん、それに越したことはありません。しかし、そのダイヤモンドはいま、どこにあるのですか……」

左利番がいった。

「ダイヤモンドが隠された場所に関しては、左利番先生が解読された例の暗号と、〝榛名神社〟というキーワードを重ねれば、ある程度は目星をつけられると思います」

「それは、どこですか」

左利番が訊く。

「つまり……」〝ヘルマ〟はタブレットの電源を入れた。「ここに〝化身トナル湖へ向カへ〟とあります。この湖が榛名湖であることは最早、明らかです」

当然だ。

もし榛名湖が無関係だとしたら、我らが賢明な先人たちはあの〝ダーミカラマの涙〟を榛名神社の御守り袋の中に入れたりはしない。そしてその榛名湖には、暗号文の〈――失意ノ末ニ大蛇トナル――〉に該当する木部姫の大蛇伝説がある。これだけ条件が揃えばもはや、疑う余地はない。

「浅野迦羅守の一行も、すでにそのことには気付いているはずです」

「左利番先生、そのとおりです。奴らは今日、動き出しました。いまごろは、榛名湖に向かっているものと思います」

〝ヘルマ〟の声は、いつになく低い。

「どうするつもりです。ヘルマ、君も榛名湖に向かうのですか」

「これから、すぐにでも」

「どのようにしてダイヤモンドを取り戻しますか。方法はあるのですか」

「私には、仲間がいます。その仲間と共に、先回りするつもりです……」

〝ヘルマ〟には、考えがあった。暗号文には、〈――行程五十二粁ノ処ニ名湯アリ。大蛇ノ末裔ヲ探セ――〉という一文がある。古い〝会員の名簿〟に、それに該当する人物の名前がある。先回りして、その該当する人物の子孫を探せばいい。

「うまくいくといいのですが……」

左利番が少し不安げに、表情を曇らせた。

「だいじょうぶです。私に、おまかせください」

〝ヘルマ〟は口元に、不敵な笑みを浮かべた。

「しかしヘルマ、浅野迦羅守は手強(てごわ)い相手ですよ。私は彼を、個人的によく知っています。学派は違いますが、大学で教える同じ立場の人間として敬意を持っています。そう簡単に出し抜ける相手ではありません」

「左利番先生、それもわかっています。安心してください……」

〝ヘルマ〟は左利番との話を終え、世田谷区砧(きぬた)の家を出た。少し歩き、砧公園に入っていく。森に囲まれた駐車場に出ると、木陰に駐まっているメルセデスGクラス——ゲレンデヴァーゲン——の助手席に乗った。

「〝サムソン〟、ごめんなさい。すっかり待たせたわね……」

〝ヘルマ〟が運転席に座る岩のような体格をした大男の首に腕を回し、頬にキスをした。サングラスを掛けているが、知る人ぞ知る男だった。

「いや、待つことには馴(な)れている。それで、これからどこに行けばいい」

男が、無表情にいった。

「これから環八に出て、練馬方面に向かって。関越自動車道に入って、群馬県方面に行ってちょうだい」

〝ヘルマ〟の話し方は、いつの間にか女の声色(こわいろ)に戻っていた。

「わかった。群馬県方面に向かう。目的地は?」

「良い温泉があるの。今日は二人で、温泉に入りましょう」

男が頷き、無言でメルセデス〝G〟のエンジンを掛けた。

10

稲刈りの終わった田園風景を抜けると、やがて山道になった。

道は暗い森の中を、延々と登っていく。対向車とはほとんど出会わない。雨足は次第に強くなり、辺りは霧に包まれはじめていた。

「ずいぶん険しい道だな。本当にこの道で合ってるのか」

後部座席のギャンブラーが、シートの間から身を乗り出している。

「ナビに榛名神社のデータを入れてあるんだ。榛名湖に伊香保温泉の逆側から上がっていく近道のルートなんで、車があまり通らないんだろう……」

運転席の迦羅守が、ナビのディスプレイを見ながら答えた。

「それにしても、寂しい道ね。霧の中から、動物か何かが出てきそうだわ……」

助手席の伊万里がいった。

途中で森が途切れて小さな集落があり、それを抜けると道はさらに険しくなった。

霧の中を走り続けた。時間の感覚も、方向感覚も、距離感もあやふやになった。もしナビで自分の位置が確認できていなければ、異次元の空間に迷い込んだような錯覚に囚われたことだろう。

道が分岐する。それをナビの指示どおりに、右に折れた。葛折の山道に、深い森が続く。やがてその森が途切れると、霧の中に、赤い巨大な鳥居が浮かび上がった。

「ここだ……」

迦羅守は道を逸れ、車で大鳥居を潜った。参道に入る。両側に、土産物屋や蕎麦屋がひっそりと軒を連ねていた。

開いている店もあるし、閉まっている店もあった。雨が降っているせいか、人影はない。ゆっくりと参道を進んでいくと、左手に駐車場があった。

「どうする、車を駐めて歩いてみるか」

「雨が降ってるわよ……」

「せっかくここまで来たんだ。行ってみよう」

車を駐め、降りた。傘を持っているのは、伊万里だけだ。ギャンブラーは着ていたウィンドブレイカーのフードを頭に被り、迦羅守は車のトランクに放り込んであった釣り用の雨具を着込んだ。

標縄が張られた石の鳥居の前に立ち、一礼する。鳥居を潜り、境内に入った。周囲の樹木は、すでに紅葉に染まりはじめていた。

境内に入ってすぐ左手に、道標が立っていた。地図には、こう書かれていた。

〈――本殿まで５５０ｍ　徒歩約15分――〉

「雨の中を、往復で一キロ以上も歩くの？　私、嫌だ……」

伊万里が子供のように駄々をこねた。

「行くぞ」

迦羅守は、参道を前に進んだ。山門を潜り、赤い小さな橋で榛名川を渡る。左手には霧に霞(かす)む森を仰(あお)ぎ、右手に渓(たに)を見下ろしながら、濡れた石畳の参道を上っていく。

途中、榛名湖へ続く登山道への分岐点を過ぎると、間もなく左手に三重塔が見えた。急な階段を上がり、さらに鳥居を潜ると、屋根のあるトンネルのような参道に入っていく。左手の岩肌には塞神社(さいのかみしゃ)、東面堂(とうめんどう)の祠が穿(うが)たれ、それぞれに神が祀られている。

屋根のある参道を抜けると、勇壮な風景に思わず息を呑んだ。切り立つような巨大な岩が、雲を突き抜けるように霧の中に聳えていた。それは正に、仙境と呼ぶにふさわしい景観だった。

「すごいな……」

「すごいわね……」

「こんな山奥に、どうやって社殿を建てたんだろう……」

ここからさらに、参道は健脚の道となる。右手に矢立杉(やたてすぎ)を見て急な階段を上がり、正面の御水屋で身を清める。左に折れて榛名神社の名殿のひとつ神幸殿(みゆきでん)の前を通り、岩の割れ目に続く急な階段を上る。右に折れて神門を潜ると、正面に社務所。ここでさらに左に折り返し、長い階段を上って双龍門(そうりゅうもん)を潜る。右に折れて最後の階段を上ると、やっと正面に神楽殿(かぐらでん)、右手正面に本殿が見えた。本殿の屋根の上に覆(おお)い被さるように、巨大な御姿(みすがた)

岩が雲間に聳えていた。

「やっと着いた……」

「ふう……もう、ダメ……」

ギャンブラーも伊万里も、かなり息を切らしている。

「二人とも、情けないな。それより早くお参りをすまそう。その後で、この神社に〝何か〟ないか探してみよう」

「探すって、何を探すんだよ……」

ギャンブラーが、肩で息をしながら訊いた。

「例の大蛇伝説の木部姫に関係あるもの、もしくは源氏に関するものだよ」

迦羅守がいった。

『榛名神社』は群馬県高崎市にある山岳信仰の神社である。赤城山、妙義山と並び上毛三山のひとつに数えられる榛名山の神を祀る。主祭神は火産霊神（火の神）と埴山姫神（土の神）で、他に水分神、高龗神、闇龗神、大山祇神、大物主神、木花開耶姫神を合祀する。用明天皇元年（五八六年）に創建されたと伝えられ、神仏習合の修験の場として近世までは榛名山巌殿寺、満行宮などと称していた。だが明治元年の廃仏毀釈を受けて仏教色が廃され、現在の榛名神社となった。

三人で型どおりに二拝二拍手一拝の参拝を終えた後、境内を散策した。本殿や神楽殿、双龍門に書かれた文字や彫刻、周囲にある石碑などを注意深く見て回る。だが、〝木部姫〟や〝源氏〟に関連しそうなものは、何も見つからなかった。

「ないな……」

ギャンブラーが首を傾げる。

「何もないわね……」

伊万里が溜息をつく。

「ここまで上ってくる参道にも、何もなかったしな……」

あえていうとすれば、双龍門の〝龍〟が大蛇伝説に関連するのかもしれない。だが、どう考えてもこじつけだ。

「寒いわ……。ここに何もないことがわかったなら、早く帰りましょうよ……」

伊万里は、傘をさして震えている。

「それより、誰かに訊いてみないか。その方が早いよ」

フードから雨が滴るように濡れているギャンブラーも、早く車に戻りたそうな顔をしていた。確かに、雨の中でこれ以上探しても無駄なようだ。

「ここに来る参道の途中に、社務所があったな。誰か、人がいたようだ。そこまで戻って、訊いてみよう……」

迦羅守も、さすがに雨の中をこれ以上、歩き続ける気にはならなかった。

双龍門を潜って雨に濡れた急な石段を下り、社務所まで戻った。周囲に参拝客が数人、雨宿りをしていた。社務所の中にも、神職の白装束を着た人影が何人か見えた。

三人は社務所の庇の下に逃げ込んだ。体を濡らす雨音が聞こえなくなっただけでも、ほっとした。ひと息つき、改めて社務所を見ると、目の前の台に何種類もの御守りや絵馬、御札などが並んでいた。

迦羅守はその中のひとつ、青い御守り袋を手に取った。何の変哲もない、どこの神社にもあるような御守りだった。金襴織りの四角い小さな袋の中央に、金糸で〈――榛名神社――〉と刺繍が入っている。

あの二二・五カラットのダイヤモンドが入っていた古い御守り袋と比べると、デザインも質もかなり違う。

「ひとつ、買ってみるか」

迦羅守は基本的に無宗教なので、あまり自分で御守りを買った記憶がない。

「私は、これをください」

伊万里はプラスチックの勾玉の形をした御守りを手に取った。

代金を払う時に、社務所の若い巫女に訊いた。

「ところでこの神社の中に、何か〝木部姫〟に関するものはありませんか」

「〝キベヒメ〟ですか……。さあ……この神社にはそのようなものはないと思いますが……」

巫女が、怪訝(けげん)そうな顔をした。

「それでは、〝源氏〟に関するものは何かありませんか」

迦羅守が訊いた。

「〝源氏〟に関するものでしたら、ここから下りていくと御水屋のところに〝矢立杉〟という大きな杉の木があります。武田信玄が上州(じょうしゅう)に攻め入った時に戦勝を祈願したという伝説が残っているのですが、その武田信玄が甲斐(かい)源氏の嫡流(ちゃくりゅう)であるとは聞いておりますけど……」

矢立杉、か……。

「ありがとうございます」

礼をいって社務所を離れた。

「迦羅守、どう思う。来る時に見たあの矢立杉に、何かあったかな……」

歩きながら、ギャンブラーがいった。

「どうかな。あまり関係はないと思うんだが……」

甲州(こうしゅう)から上州にかけては、武田信玄所縁(ゆかり)の史跡が多い。それをいちいち木部姫や源氏と結びつけていたのでは限りがない。

その時、背後に足音が聞こえた。

「すみませんが……」

男の声に振り返ると、傘をさした白装束の宮司が立っていた。どうやら社務所から、迦羅守たちを追ってきたらしい。

「何かご用ですか」

迦羅守が訊いた。

「実は先ほど、うちの巫女とのお話が耳に入ったのですが、木部姫所縁の神社をお探しとか……」

「はい。高崎市木部町の心洞寺から木部姫の大蛇伝説の史跡を訪ねて榛名山まで上ってきました。榛名湖の周辺に、木部姫を祀る神社があると聞いてきたものですから……」

例の暗号文は、〈――大蛇ヲ祀ル神社ヲ越シテ――〉といっている。榛名湖の周辺に、その神社が存在するはずなのだ。

「それでしたら、榛名湖の湖畔にある御沼オカミ神社のことではないでしょうか」

「〝ミヌマオカミ神社〟ですか……」

迦羅守は思わず、伊万里とギャンブラーの二人と顔を見合わせた。

「はい、御者の〝御〟に三水の〝沼〟、〝オカミ〟は本来、雨冠に口を三つ横に並べ、その下に〝龍〟と書く難しい字なのですが、いまは御霊の〝霊〟を当てるようです。その御沼オカミ神社に、確か木部姫と、一緒に入水した腰元の供養塔があったと思います。かなり古いもののようですよ」

　それだ！

「行ってみます。ありがとうございます」

　宮司に礼をいい、参道を下った。早速、榛名神社にお参りした御利益があったようだ。

　車に乗り、榛名湖を目指した。

　雨と霧の中を、さらに上る。フォグランプのスイッチを入れたが、視界は数十メートルしかない。それでも天神峠の頂上に出ると、まるで厚い雲を抜けたように空が晴れ渡った。眼下に西日に輝く湖面が広がり、左手には榛名富士の雄大な山容が佇んでいた。

「あれが榛名湖ね」

　伊万里が訊いた。

「そうだ。榛名湖だよ。左側に見える富士山を小さくしたような山が、榛名富士だ」

　間もなく道は、榛名湖の周回路に行き当たった。これを左に、鋭角に折れる。そのまま湖畔に沿った道をゆっくりと進むと、両側に土産物屋や貸ボート屋、食堂などが並ぶ一画を通り過ぎ、右手に石塔などが並ぶ神社らしきものが見えてきた。

「あれじゃないかしら」

「鳥居が立ってるな。どうやら、そうらしい……」

「ずいぶん、小さな神社だな……」

車を神社の反対側に駐め、歩いて道を渡った。

鳥居の前で一礼し、境内に入る。右手に〈――御沼龗神社――〉と彫られたまだ真新しい石塔があり、正面に小さな社が建っている。その先には湖面が広がり、右対岸に榛名山が見えた。

鳥居の脇に、神社の由緒が記された看板が立っていた。

〈――御沼龗神社
ご祭神は高龗神、水を掌る龍神で、祈雨・止雨の神として信仰されています。（中略）榛名湖には女人入水説話が諸説ありますが、境内には箕輪城落城に際し、木部駿河守範虎夫人長野姫・腰元九屋のものとされる供養塔があります。――〉

「間違いない。ここだな」

「木部姫の供養塔というのは、どこに立ってるんだ」

「もしかして、あれじゃないかしら……」

伊万里が、社の左手の一画を指さした。

行ってみると、石灯籠の背後に、冷たい湖面を望むように一対の苔むした石塔が立っていた。

それほど大きなものではない。高さは、子供の背丈（せたけ）ほどだろうか。もうひとつは、さらに小さかった。

おそらく大きい方が木部姫、小さい方が腰元九屋の供養塔だろう。

「どうやら、これらしいな」

「何か、書いてあるわね……」

迦羅守は、大きな供養塔の方に目を近付けた。何か、文字が彫られている。長年の風雪に耐えてきたために表面が風化しているが、何とか読めそうだった。

〈——一二月
龍體院殿自山貞性大姉　覚位
二七日　上州緑埜郡木部村——〉

「頭に〝龍體院殿（りゅうていいんでん）〟とあって、下に〝大姉（だいし）〟と付くところを見ると、これが木部姫の戒名のようだな……」

「でも、心洞寺の廟所にあった戒名とは、少し違うわ……」

確かに、そうだ。

心洞寺の戒名は〈——龍體院殿天生證真大姉——〉だ。同じなのは院殿号の〝龍體院殿〟の四文字と、そして位号の〝大姉〟の二文字だけだ。中間の道号と戒名が心洞寺では〝天生證真〟だったのに対し、御沼霊神社の供養塔では〝自山貞性〟になっている。

「おかしいな……」

「なぜ、違うのかしら……」

ギャンブラーと伊万里が首を傾げる。

「過去の人名や戒名が時代や場所によって変わることは、よくあることだからね……」

迦羅守がいった。

だが、そうはいったものの、これだけ大きく異なると何か意味があるのではないかと思いたくなる。今回のダイヤモンドの件と関連するのかどうかは別としても。

「さて、これからどうするんだ。おれたちは指示書にあったとおり、〝大蛇ヲ祀ル神社〟には立ったぜ。先に進むのか」

ギャンブラーがいった。

だが、時間は遅い。すでに日は大きく西に傾いている。腕にはめたオメガの時計を見ると、時間はすでに午後四時半を過ぎていた。

「私は、嫌よ。今日は寒いし、お腹が減ったわ……」

「そうだな。実は、今日はこれから正宗と落ち合わなければならないんだ。先に進むのは、明日にしよう……」

「賛成。私、今夜の宿を探すわ」

車に戻ろうと思い、歩き出した。その時、ふと何かの気配を感じたように思い、振り返った。

一瞬、黄昏の光に沈む榛名湖の湖面から、巨大な大蛇の化身が天に昇っていく姿が見えたような気がした。

11

時間が遅くなったために、榛名湖の近くには宿が取れなかった。仕方なく、前橋市内まで下ることになった。

市内で少しグレードの高いホテルに部屋を取り、正宗に連絡を取った。

正宗は、すでに前橋市内にいるらしい。おそらく、迦羅守たちは気付かないうちに、正宗に尾行されていたのだろう。

七時にホテルの近くの個室のある居酒屋を予約し、その店の名前と場所を正宗に知らせた。今夜は、いろいろと決めなくてはならないことがある。

熱いシャワーで体を温め、予約の時間ちょうどに店に着いた。掘炬燵式の、落ち着いた個室だった。その直後に、正宗も店に入ってきた。

四人分の生ビールを注文し、まずは咽を潤した。

「それで、〝様子〟はどうだ」

迦羅守が訊いた。正宗は、〝様子〟といっただけで理解している。

「不気味なほど静かだな。今日は朝から迦羅守たちのことを見張っていたが、他にはまったく尾行者はいなかった。完全に〝フリー〟だったよ」

正宗がいうと、伊万里とギャンブラーが顔を見合わせた。

「私たちのことを、ずっと見張ってたの……」

「まったく気が付かなかったぜ……」

二人とも驚いている。それはそうだろう。正宗は、尾行のプロだ。

「つまり、どういうことなんだ。この前、赤坂のぼくの事務所に忍び込んだ賊は、今回の我々の行動には気付いていないということなのかな」

「いまの段階では、何ともいえないな。気付いていないのかもしれないし、気付いた上で自由に泳がせているのかもしれない」

「油断はできないということか」

「そういうことだ。相手はプロではないが、あれだけ大胆な行動に出る人間だ。侮らない方がいい」

「わかっているさ……」

店員を呼び、とりあえず地鶏の焼き物や上州牛など肉料理を中心に注文した。最近は三浦に秘密基地を持っているので、魚料理にも少し飽きてきた。それに内陸の前橋で海の幸というのも、あまり気が向かない。

「ところで、そちらの首尾はどうだ。今日は高崎の心洞寺と榛名神社、榛名湖の御沼霊神社に行ったことはわかっているが」

伊万里とギャンブラーが、また驚いた顔をした。

「ちょっと待ってくれ。それなら今日、おれがいつどこで何を食べたか知ってるか」

ギャンブラーが口を挟んだ。

「午前一〇時半ごろに関越自動車道の高坂サービスエリアで、君はヒレカツ定食を食べた。そうだろう」

正宗がいった。

「わかった、まいったよ。先を続けてくれ……」

ギャンブラーの〝負け〟だ。

「話を進めよう」迦羅守がいった。「とりあえずは、順調に進んでいる。例の指示書にあった〝大蛇ヲ祀ル神社〟というのは、今日最後に行った榛名湖畔の御沼霊神社に間違いないようだ」

御沼霊神社は、別名〝木部神社〟とも呼ばれている。

「すると、次は〝神社ヲ越シテ更ニ、三百五十度ニ進ム〟の部分だな。〝行程五十二粁ノ処ニ名湯アリ〟か……」

「そうなんだ。五二キロの広範囲をカバーできる大きな地図はあまりないんだが、一応この地図を買ってきてみた」

迦羅守がそういって、『昭文社(しょうぶんしゃ)』の分県地図⑩の二〇万分の一の「群馬県」の地図をテーブルの上に広げた。

「今日行った、心洞寺はここだ。榛名湖の御沼霊神社は、ここ……」

迦羅守はバッグからペンを出し、御沼霊神社の位置に印を付けた。

「指示書ではここから更に、〝三百五十度ニ進ム。行程五十二粁ノ処ニ名湯アリ〟となっているな……」

ギャンブラーがポケットからメモを出し、読んだ。

「この五二キロというのは榛名湖の御沼霊神社からではなく、最初の〝廟〟、つまり高崎の心洞寺からの距離だろう。このあたりだな……」

正宗が、地図上の該当する一帯をペンで丸く囲んだ。

「このあたりには温泉地が多いわね。湯沢(ゆざわ)温泉に湯(ゆ)の平(たいら)、猿(さる)ヶ京(きょう)温泉、沢渡(さわたり)温泉、四万(しま)温泉、湯田中(ゆだなか)温泉……。温泉が多すぎて、わからないわ……」

伊万里が首を傾げる。

「もう少し、絞り込んでみよう」

迦羅守が巻尺を伸ばし、地図上の心洞寺と御沼霊神社の位置に合わせ、その延長線上にペンで線を引いた。

「この線上には、目ぼしい温泉は見当たらないな……」

「指示書の〝三百五十度ニ進ム〟というのは、どういう意味なんだろう……」

「心洞寺からの方角だとしたら、わざわざ中継地点として御沼霊神社の位置を設定する必要はないわけだな」

「そうすると、御沼霊神社からの方角を示しているのかもしれないわね……」

「確認してみよう……」

迦羅守はバッグからコンパスを出した。地図を動かしながら〝N〟――0度――の位置を合わせ、三五〇度の位置にドットを記す。巻尺をそのドットと御沼霊神社の位置に合わせ、線を引いた。

ほぼ線上に、ひとつの有名な温泉地が浮かび上がった。

四万温泉――。

「これか……」

「間違いないか。距離を確認してみよう」

巻尺で、距離を計った。二〇万分の一の地図では、一〇キロが五センチ。多少の誤差はあるが、四万温泉は心洞寺から直線でほぼ五二キロの位置にあった。

「どうやら指示書の〝名湯アリ〟というのは、中之条町にある四万温泉を指しているようだな」

迦羅守がいった。

――失礼します――。

外で店員の声がして、格子戸が開いた。料理が運ばれてきたようだ。迦羅守は地図やコンパスを片付け、料理がテーブルに並ぶのを待った。

「まずは食べましょう。お腹が減って死にそう……」

伊万里が迷わずに焼鳥を手に取った。

「そうだな。食べながら話そう」

「それで明日は、四万温泉に向かうのか」

正宗が訊いた。

「そうなるだろうな。指示書では、その名湯に行って〝大蛇ノ末裔ヲ探セ〟といっているんだ。四万温泉に行かなければ、話にならないだろう」

迦羅守がそういって、上州牛のステーキを口に放り込んだ。これは、なかなか美味い。

「私は賛成……。みんな、泊まるわよね。私、温泉宿を探しておくわ……」

伊万里はすっかり旅行気分のようだ。

「それにしても、〝大蛇ノ末裔〟というのは何のことなんだろうな……」

ギャンブラーがいった。

「あたり前に考えれば、木部家の末裔が四万温泉に住んでいるということなのかもしれない。いずれにしても、四万温泉に行かなければ何もわからないさ。ところで正宗、君は明日も我々を尾行してくるのか」

迦羅守が訊いた。

「それに関しては、おれにちょっと考えがあるんだ。迦羅守はいつものように、伊万里と二人で行動してくれ。おれは、ギャンブラーと二人で行動する」

正宗がいった。

「二手に分かれるということか。ぼくはかまわないけど……」

「私もかまわないわよ」

「おれも、それでいい。でもなぜだい」

ギャンブラーが訊いた。

「今日、追手が誰もいなかったことが気になってるんだ。もしかしたら三人で行動しているので、相手が警戒(けいかい)しているのかもしれないと思ってね」

「なるほどね。それで二人ずつに分かれて行動しようというわけか」

「そうだ。迦羅守と伊万里の二人になれば、相手も気を許して動き出すかもしれない」

「それじゃあ、私と迦羅守が囮（おとり）になるということ……？」

伊万里が抗議をするように、正宗を睨んだ。

「まあ、いいじゃないか。とにかく、相手の正体だけでも確かめないと安心できないからな。ところで正宗、君は相手の正体について何か調べがついてるんじゃないのか」

「調べがついているというほどではないが、実は先日、きわめて興味深い人物に会って話を聞いてきた。名前はいえないが、戦中戦後の日本の諜報機関の生き証人のような人物だ。その人物はライカビルの亜細亜産業にも出入りしていた……」

「例の老人か」

迦羅守がいった。その老人には、〝下山事件〟に関する本を書いている時にも情報を提供してもらったことがある。

「そうだ。その老人だ。彼は、伊万里の義理の祖父の塩月興輝のことをよく知っていたよ」

「私の義祖父のことを？　その人、何ていってたの？」

伊万里が驚いたように正宗の顔を見た。

「聞いたままを伝える。戦時中、塩月興輝は、アメリカと日本のダブルエージェント、つまり二重スパイだったそうだ。戦時中には亜細亜産業に籍を置いていたが、戦後はアメリカのＣＩＣの協力者として働いていた」

「CICって？」

伊万里が迦羅守に助けを求めた。

「ぼくの本を読んだことがあるんだろう。簡単にいってしまえばCIAの前身、戦後のGHQの諜報部隊さ。正宗、続けてくれ」

「わかった。その塩月興輝が亜細亜産業にいた昭和一八年から終戦後まで、バー・モウ政権の樹立に絡んでビルマにいたらしい。そして昭和一九年には一度、日本に帰ってきた。伊万里、そのことについて何か聞いていないか」

正宗が、伊万里に訊いた。

「私は何も聞いていないわ。だいたい塩月興輝という人は私の母の再婚相手の父親だったというだけで、会ったことすらないのよ……」

伊万里がいうのは当然だ。もし塩月興輝に実の孫がいたとしても、自分の過去については何も話さなかっただろう。

「正宗、その塩月興輝がビルマに行っていたということが、今回のダイヤモンドの件と何か関係があるのか」

「実は、そうなんだ。その老人がいうには、塩月興輝が昭和一九年にビルマから日本に戻ってきた時に、大きなダイヤモンドを二つ、持ち帰ったらしいんだ。ひとつは、五〇カラット以上。もうひとつは、二〇カラット以上……」

「何だって……」

「その内のひとつは、〝ダーミカラマの涙〟という有名なダイヤモンドだったらしい。どちらかはわからないけれどね」

　ダーミカラマの涙……。

〝涙〟というからにはブリリアントカットのものではなく、おそらくペアーシェイプのダイヤモンドだろう。

　迦羅守は伊万里と顔を見合わせた。

「その二つのダイヤモンドは、その後どうなったんだ」

「老人は、昭和一九年の〝軍需次官通達〟に乗じて、亜細亜産業が天皇家から出たものとして交易営団に供出したというんだ。その後は、行方不明になっている……」

「天皇家から出たものとして？」

　迦羅守が確認した。

「そうだ。老人は確かに〝天皇家から出たものとして〟といったんだ。迦羅守、その意味がわからないか」

「いや、わからないな……」

　正宗は、さらに説明した。

「その二つのダイヤモンドは交易営団に売られても、またライカビルの日本金銀運営会を介して亜細亜産業に戻ってきたらしい。しかし、こう考えてみてくれ。そのダイヤモンドを誰かが盗んだとしたら……」

迦羅守は、考えた。

つまり、どういうことだ……。

だが、ひとつ思い当たることがあった。もしかして松井英一のダイヤモンドのリストにあった二つの六芒星(ろくぼうせい)、〝✡〟の意味は——。

何かが見えてきたような気がした。

12

湯気の中に、白熱電球の光がぼんやりと灯っていた。

暗く、ぼやけた光の中に、湯に浸かる人影が二つ。闇の中からは、渓に水が流れる音が聞こえてくる。

二つの人影は、どちらも男だった。岩のような筋肉を持つ大柄な男と、色白の華奢(きやしや)な肩をした小柄な男。いや、小柄な男の方は、この暗がりの中では一見、女に見える。

離れた場所にいたもう一人の客が、湯から上がった。二人だけになるのを待っていたかのように、小柄な男——〝ヘルマ〟——が声を潜めながら話しはじめた。

「サムソン、今日はうまくいったわね。これで奴らを、出し抜くことができたわ……」

〝サムソン〟と呼ばれた大男は、無表情だった。ただ湯気の中の彫りの深い顔の中で、双眸だけが鈍く光っていた。

「そうか。うまくいったのならよかった。おれには何もわからないけれどな」

〝サムソン〟の声は、獣のように低い。

「あなたにはわからなくていいの。私のいうとおりにしてくれればそれでいい……」

〝ヘルマ〟がゆっくりと湯の中を移動し、〝サムソン〟に近付いた。だが、〝サムソン〟の表情は変わらない。

「おれたちは何を探しているんだ。そろそろ教えてくれてもいいだろう」

〝サムソン〟がいった。

「まだだめ。あなたは知らなくてもいいの。でも、地図は手に入れたし、〝それ〟がある場所はわかったわ。もう、私たちのものになったのも同じことよ……」

〝ヘルマ〟が、甘えるようにいった。

「もし〝それ〟を手に入れたら、おれたちはどうなるんだ」

「世界を手に入れたのと、同じことよ。私たちは、欲しいものをすべて手に入れることができる。あなたにも、何でも好きなものを買ってあげるわ。新しい車も、マンションも、そして〝私〟も……」

〝ヘルマ〟はさらに、自分の顔を〝サムソン〟の目の前まで近付けた。

「早く〝それ〟を見たいものだ。いつ、手に入る」

「明日……」

〝ヘルマ〟がいった。

13

ホテルのバイキングでゆっくりと朝食をすませ、前橋を発った。

迦羅守と伊万里の、久し振りの二人旅だ。ギャンブラーは早朝にホテルを出て正宗と合流し、先回りしている。

「今日は、どのコースで四万温泉に向かうの」

伊万里が、地図を見ながら訊いた。

「そうだな。今日は伊香保温泉側から榛名湖に上がってもう一度、御沼霊神社を見よう。そこから伊勢町上まで下って、四万温泉に向かう」

昨夜、正宗と綿密に打ち合わせた道だ。あらかじめコースを決めておけば、尾行者がいたとしても発見しやすい。

だが、伊万里はいつになく楽しそうだ。

「早く温泉に入りたいなあ……」

のんびりと、いった。

前日の雨が嘘のように、空は晴れ渡っていた。前橋市内を抜けると、道も順調に流れた。上野田から伊香保温泉を抜け、急な葛折の道を上り切る。唐突に視界が開け、前日と同じように榛名湖と榛名富士の目映い風景が広がった。

御沼霊神社の木部姫の供養塔も、湖畔につくねんと立っていた。神社の前には「木部神社前」と書かれたバス停があったが、ここで降りる者もなく、供養塔を拝む者もいなかった。

迦羅守は神社に着いた時点で一度、ギャンブラーにメールを入れた。

〈――いま、御沼霊神社に着いた。何か、変わったことはないか――〉

すぐに返信があった。

〈――何も問題はないよ。きわめて順調、尾行者の影もなし。問題があるとすれば、そろそろ腹が減ってきたことくらいかな――〉

ギャンブラーらしい答えだった。

それにしても、今日も尾行者はなしか。先日のことがあったからか、どうも疑心暗鬼になっているのかもしれない。

車に乗り、先に進んだ。

榛名湖をほぼ半周して湖畔を離れ、榛名富士の麓を抜けて東吾妻町側に下る。途中で吾妻川を渡り、大戸口を過ぎてJR吾妻線の線路を越えた。伊勢町上から国道三五三号線——四万街道——に入れば、あとはもう四万温泉までほぼ一本道だ。

四万街道は、快適な道だった。牧歌的な明るい山村の風景の中を、古いエンニオ・モリコーネのアルバムを聴きながら坦々と走り続けた。一本道になってさすがに姿を隠しきれなくなったのか、ルームミラーの遥か遠くに正宗とギャンブラーが乗るブルーのプリウスが見えていた。

「ねえ、迦羅守……。ちょっといいかしら……」

伊万里が、どこか意を決したかのようにいった。

「何だ」

迦羅守がオーディオの音を絞った。

「昨日のこと。正宗が話していた、私の義理の祖父のことよ……」

ちょうど迦羅守もそのことを話したいと思っていたところだった。

「塩月興輝が、日本とアメリカのダブルエージェントだったということか？」

　迦羅守がいった。

「そう、それもある。でも、もっと気になるのは、塩月興輝が昭和一九年にビルマから持ち帰った、二つのダイヤモンドのこと……」

　やはり、そのことか。

「その一つは、〝ダーミカラマの涙〟といった……」

〝ダーミカラマ〟とはマレーシアのペナン島にある古いビルマ寺院の名前、もしくはその寺院に祀られるビルマの女神のことを意味する。

「そう……。もしかしてその〝ダーミカラマの涙〟は、私が持っているこのダイヤモンドのことじゃないかと思って……」

　迦羅守もやはり、それが気になっていた。

「その可能性はあると思う」

「それならなぜ、そんなダイヤモンドを父が持っていたのだと思う？」

　伊万里が訊いた。

「あくまでも推理なんだけどね。ぼくは、こう思うんだ……」

　迦羅守はそう断わった上で、自分の考えていることを話した。

　そもそもその〝ダーミカラマの涙〟を含む二つの巨大なダイヤモンドは、亜細亜産業の命令で塩月興輝が日本に持ち帰ったものだろう。ダイヤの入手経路は塩月興輝が当時のビルマ政府から安く買ったのかもしれないし、ビルマを支配していたイギリスの植民地政府から奪い取ったものだったのかもしれない。亜細亜産業の目的は、もちろん昭和一九年に施行された〝軍需次官通達〟に乗じた転売による莫大な利益だ。

奇妙なのは、亜細亜産業が「天皇家から出たものとして……」〝交易営団〟に供出したという部分だ。なぜ、そんな回りくどいことをやったのか。

考えられるとしたら、目的は二つ。〝天皇家のもの〟と鳴り物入りで交易営団に持ち込めば特別な品として扱われ、高値で買い取られると目論んだのか。もしくは当時の陸軍と結託し、「天皇家もダイヤを供出した……」という実績を作って国民の危機感を煽るためだったのか。

「すると、あの松井英一のダイヤモンドのリストにあった、六芒星の意味は……」

どうやら伊万里は、迦羅守と同じことを考えていたようだ。

「何だと思う?」

逆に、迦羅守が訊いた。

「〝天皇家〟の意味ね。一部の人たちは、ダビデの星が天皇家のマークだと信じているようだし。最初にあのダイヤモンドのリストを見た時からそう思っていたわ……。それに昔、父が天皇陛下と一緒に写った写真を見た記憶があるのよ……」

「何だって？」

迦羅守は一瞬、伊万里が何をいっているのかわからなかった。

「別に驚くことではないわ。父は、外交官だったんだから。まだ父が若いころ、確か一九七五年の一〇月に撮られた写真よ。場所はアメリカで、一〇人くらいの人と一緒に父と昭和天皇、それに皇后様も写っていたわ……」

なるほど、そういうことか。おそらく昭和天皇が訪米した時にでも、伊万里の父親が随行員の中にいたのだろう。

「すると君のお父さんと昭和天皇は、顔見知りだった可能性があるわけか……」

「そういうことになるわね」

「もしそうだとすれば、なぜ君のお父さんがあのダイヤモンドを持っていたのかも、想像がつくな……」

迦羅守は、自分の推理を話した。

あのブルーダイヤモンド――おそらく〝ダーミカラマの涙〟――を亜細亜産業から持ち出したのは、迦羅守や伊万里、正宗、ギャンブラーたちの祖父や曾祖父、浅野秀政、小笠原久仁衛、南部潤司、武田玄太郎といった男たちだった。もちろん四人は、そのダイヤモンドが戦時中にビルマから奪われ、天皇家のダイヤという触込みで交易営団に売られたことを知っていた。

伊万里の父、外交官だった小笠原正貴も、おそらくそのダイヤの秘密を義祖父の小笠原久仁衛から受け継いだのだろう。そしてある時、おそらく一九七五年の一〇月にアメリカに随行した時に、その事実を天皇陛下に打ち明けた。

話を聞いた天皇陛下は、驚かれたことだろう。そして即座に、〝ダーミカラマの涙〟を含む二つのダイヤモンドを秘密裏にビルマに返還するようにと、伊万里の父に命じた。

「でも、わからないことがあるわ。父が亡くなったのは一九九二年よ。父と天皇陛下が会ったのが一九七五年。一七年も時間が開いているわ。どうしてダイヤモンドをすぐにビルマに返さなかったのかしら……」

伊万里が疑問に思うのも無理はない。

「小笠原久仁衛さんは、伊万里の曾祖父だったね。亡くなったのは、いつだ」

「正確には覚えていないけど、たぶん一九五〇年代の後半くらいだと思う……」

「それじゃあ、君のお祖父さん、何という名前だったっけ……」

「母の方のお祖父さんは、小笠原範久（のりひさ）という人……。確か、小さな貿易会社をやっていたと聞いているけど……」

「亡くなったのは」

「私がまだ四歳くらいのときだから、一九九一年ごろかしら。あ、そうか……」

やはり、そういうことか。

伊万里の祖父、小笠原範久が亡くなったのが一九九一年——。

父の小笠原正貴が亡くなったのが、翌一九九二年——。

つまり、こうは考えられないだろうか。先代が亡くなり、やっと小笠原家の当主になった正貴は、生前の天皇陛下との約束を守るためにダイヤモンドをビルマに返す機会を窺（うかが）った。だから、あのブルーダイヤモンドを手元に置いていた。その矢先に何者かにダイヤモンドを持っていることを知られ、ロサンゼルス総領事館に赴任中に殺された。

「ビルマでは一九六二年に軍事クーデターが起きて、その後は中国の支配を受けたり〝アヘン大戦争〟があったりして混沌（こんとん）としていたからね。一九八九年にはミャンマー連邦に国名が変わって、一九九二年はまだ軍事政権の真っ只中だったんだ。だから君のお父さんは、その軍事政権にダイヤモンドを返していいものなのかどうか、迷っていたのかもしれないな……」

昭和天皇が崩御（ほうぎょ）されたのは昭和六四年（一九八九年）一月七日。もし存命だったとしても、軍事政権下のミャンマーにダイヤモンドを返還することは望まなかっただろう。

「私の父は、やはり殺されたのかしら……」

「わからない。でも、そう考えた方が自然だろう」

否定するべき材料は、何もない。

「だとしたら、次に殺されるのはやはり私の番かもしれないわね……」

伊万里が冷静にいった。

やがて四万街道の沿道に、〝四万温泉〟と書かれた道標や旅館の看板を多く見掛けるようになってきた。道は四万川の清流に沿い、幾度となく渡りながら、川を遡るように走り続ける。やがて左手に桃太郎の滝を過ぎ、短いトンネルを二つ抜けると、右手に下る四万温泉の温泉街への分岐点が見えてきた。

この道を、右に逸れた。バックミラーの中に見えていた正宗の車はこの分岐点を直進し、視界から消えた。同行者だと悟られないための配慮だろう。

四万温泉は、山間の渓に古い旅館やホテル、土産物屋などがひっそりと軒を並べる情緒ある温泉地だった。

四万川に沿って狭い道を奥へと進んでいくと、河原に川石を積んだ素朴な公衆浴場があり、左手の道路脇に〝塩之湯飲泉場〟と書かれた小さな東屋が建っていた。その先の並びに饅頭屋が一軒あり、道はさらに奥へと進んでいる。

温泉街には、どこか寂れた空気が流れていた。古いスナックや食堂の看板も見かけたが、シャッターが閉まったままの店が多かった。平日のためか、人の気配もあまりない。

しばらく行くと右手に〝落合通り〟と書かれた横町の入口を過ぎ、左手の赤い橋の奥に古い旅館が建っていた。このあたりで温泉街は終わっていた。

「予約したホテルはここね。橋の奥の〝関文館〟というのがそうよ」

見るからに格式がありそうな旅館だった。伊万里の説明によると現存する日本最古の木造湯宿で、本館は元禄時代（一六八八〜一七〇四年）に建てられたものだという。約三〇〇年前だ。

「まだチェックインするのは早いな。温泉街でも歩いて〝大蛇ノ末裔〟を探しながら、昼飯でも食おう」

宿に声を掛け、予約客であることを断わって駐車場に車を置かせてもらった。荷物は宿の帳場に預け、手ぶらで温泉街に出た。温泉客と何人か行き交ったが、街はしんとして静かだった。

「正宗たちの部屋は、どこに取ったんだ」

「少し先の四万碓井館というホテルよ。私たちの宿から歩いても五分くらいだから、何かあっても安心だし」

別々に行動する距離感としては、ちょうどいい。

「その〝落合通り〟という横町を入っていけば、蕎麦屋くらいはあるだろう」

「お蕎麦、賛成！」

まるで昭和の時代に迷い込んだような、温泉街の風景だった。狭い、曲がりくねった路地の両側に、射的やスマートボール、一杯飲み屋や飯屋が肩をすくめるように軒を並べている。

手ごろな蕎麦屋の看板を見つけて、暖簾を潜った。古い見世構えの、気取りのない十割蕎麦の店だった。

テーブル席に、観光らしき初老の男女の客がひと組。田楽を肴に、昼間から一杯やっていた。

小上がりに上がり、品書きを見た。東京の町場の蕎麦屋とはまた一風変わった、食欲をそそる品書きだった。その中から迦羅守は〝上州豚汁せいろ〟を、伊万里は〝辛味大根おろし蕎麦〟を注文した。

迦羅守はその時、何気なく、注文を取りに来た店員に訊いた。

「この温泉地に、〝木部〟さんという方はいませんか」

〝大蛇ノ化身〟の末裔ならば、おそらく木部姫の子孫だろう。それならば、いまも〝木部〟という名字が残っているかもしれない。だが、中年の女性の店員は、なぜか驚いたような顔をした。

「〝木部〟さん……ですか……」

「そうです、〝木部〟さんです。それが何か……」

「いえ、実は昨日、まったく違うお客さんに同じことを訊かれたものですから……」

店員がいった。

第三章　絡繰（からくり）の箱

1

群馬県吾妻郡中之条町にある四万温泉は、四〇〇年以上もの歴史を持つ関東屈指の名湯である。

開湯は永禄六年（一五六三年）——。

さらに遡れば延暦(えんりゃく)年間に坂上田村麻呂(さかのうえのたむらまろ)がこの地で温泉に浸かったとする伝聞(でんぶん)があり、また永延(えいえん)年間に源頼光(みなもとのよりみつ)の家臣、碓井貞光(うすいさだみつ)が発見したとする説もある。ここにもやはり〝源氏〟の名が出てくる。

〝四万温泉〟の名は、その碓井貞光が「四万の病を治す霊泉……」と夢に教えられたという伝説が残っている。また〝上毛(じょうもう)かるた〟では、〈——世のちり洗う四万温泉——〉とも詠(うた)われる。

伽羅守と伊万里が宿泊する『関文館』は、四万温泉でも最古の旅館だった。〝関文館〟の〝関〟は、初代当主の関善兵衛(ぜんべえ)が源頼朝(よりとも)より関姓を賜(たまわ)った家系であったことに由来する。ここにもまた、〝源氏〟の末裔の影が見え隠れしている。

赤い欄干(らんかん)の小さな橋を渡り、関文館の正面の建物に入る。異次元の扉を抜け、一瞬にして数百年の時空を遡ってしまったような雰囲気に圧倒される。自分がいつの時代に生きる人間だったのかがわからなくなるような、そんな錯覚があった。

宿帳に記帳し、宿泊の手続をすませた。仲居に案内されて、部屋に向かった。狭く急な階段を上り、暗く長い廊下を歩く時の板の軋む音が、この古い建物に棲むものの怪の歓迎の声のように聞こえる。

「この宿には、著名な方が何人もお泊まりになっているのですよ。元首相の岸信介さんや、戦前には東條英機さんなんかも……」

東條英機がこの宿に泊まった……。

「それはいつごろのことですか。つまり、東條英機が泊まったのは……」

「確か昭和一七年の八月のことと聞いております。当時、この四万温泉の奥の沢田村で林業と木炭の製造が盛んでしてね。時の東條首相は、その木炭製造の視察にいらっしゃったと聞いておりますが……」

昭和一七年八月といえば太平洋戦争開戦の翌年、昭和一六年一二月八日の真珠湾攻撃から八カ月後のことだ。日本は六月のミッドウェー海戦においてアメリカの太平洋艦隊に大敗を喫し、一〇月のガダルカナル決戦を前に戦局が著しく悪化しはじめたころでもある。だが、いくら当時の日本が極度の燃料不足に苦しんでいたとはいえ、一国の首相であり陸軍大臣でもあった東條英機が木炭工場の視察のために泊まりがけでこのような山奥の温泉を訪れたという事実には、多少の違和感を覚えた。

さらに、戦費不足により例の〝ダイヤモンド買い上げ実施に関する件〟――「一九機第二三五一号」――が軍需次官名により制定されたのがその二年後、昭和一九年七月二二日だった。これは、東條内閣総辞職後の任期の最終日と一致する。そして東條内閣の内閣参事官だった迫田久光が後の鈴木貫太郎内閣の内閣書記官長になり、あのライカビルにあった〝日本金銀運営会〟の事実上の支配者となった。

奇妙なほど、時系列が一本の線でつながる。それがたとえ偶然だったとしても、因縁めいたものを感じる。

「迦羅守、あなたはいつも考え事をしているのね。何を考えていたの」

廊下を歩きながら、伊万里が訊いた。

「いや、たいしたことじゃない。今夜はどんな食事が出るのかと思ってね」

部屋は座敷童が出そうな、小ぢんまりとした和室だった。太い梁と白壁に囲まれた空間は、まるでそこが自分が幼少のころを過ごした場所であるかのように、ほっとして落ち着く。

「それではこれで。ごゆっくりお過ごしくださいませ」

下がろうとする仲居に、迦羅守が訊いた。

「すみません、この四万温泉に、〝木部〟という名字の方は住んでいませんか」

仲居が怪訝な顔で首を傾げる。

「さあ、どうでしょう。私は元々この土地の者ではありませんので、〝木部〟という方は存じませんが……」

先ほどの蕎麦屋の店員もそうだった。この四万温泉で、「〝木部〟という名字の人は聞いたことがない……」という。

もうひとつ、店員は奇妙なことをいっていた。前日の夕方にも、日本語の上手い外国人に「木部さんという人を知らないか……」と訊かれたらしい。どうも今回は、何者かに先回りされているような気がしてならない。

「そうでしたか。妙なことを訊いて、申し訳ない」

「いえ。お力になれなくて、こちらこそ申し訳ありません」

仲居が下がると、伊万里がそれを待っていたかのように、窓際の椅子に体を預けてくつろいだ。窓の外には、先ほどの赤い欄干の橋が見えている。

「素敵な部屋……。最近は海外のホテルの部屋にばかり泊まっていたけど、やっぱり日本間は落ち着くわ。こんな旅館に泊まってみたかったの……」

伊万里がのんびりといった。

「ぼくたちは温泉旅行に来たわけではないんだぞ。目的を忘れたのか。さあ、〝大蛇ノ末裔〟を探しにいこう」

迦羅守がいうと、伊万里が渋々立ち上がった。

帳場の前を通る時にも、そこにいた番頭に訊いてみた。

「つかぬことを訊きますが、この四万温泉に〝木部〟さんという方はいらっしゃいませんか」

だが、同じような答えが返ってくる。

「さあ、木部さんという方は存じませんが……」

礼をいって、靴を履き、外に出た。

赤い欄干の橋を渡り、再び温泉街を歩く。歩きながら、考えた。

四万温泉に、〝木部〟という人間は住んでいないのかもしれない……。

もし〝木部〟でないのだとしたら、あの指示書がいう〝大蛇ノ末裔〟とはいったい何を意味するのだろう。元より人間のことではないのか。もし人間だとしても、〝木部〟以外の名字なのか……。

「ねえ、迦羅守。その〝大蛇ノ末裔〟というのは、〝木部〟という名前じゃないんじゃないかしら。まったく別の名前の人とか……」

伊万里がいった。

「例えば？」

迦羅守が訊く。

「〝大蛇〟は木部姫。その木部姫は元々、上野国箕輪城主の長野業政の四女でしょう。それが、木部範虎の正室になった。つまり、〝木部〟じゃなくて、〝長野〟という人を探すべきなんじゃないかと思うの……」

伊万里の考えは、理路整然としていた。なるほど、一理ある。

「確かに、そうかもしれないな。〝長野〟という名字の人間も探してみるか……」

温泉街を、車で入ってきた方向に下っていく。しばらくすると四万川を橋で渡り、その左下の河原に〝河原の湯〟という小さな石造りの公衆温泉が見える。さらに川沿いに進むと右手に古い土産物屋があり、左手に薬屋があって、その並びに郵便局の赤いポストマークが見えてきた。

「郵便局があるな。あそこで訊いてみよう」

もしこの四万温泉に〝木部〟、もしくは〝長野〟という家があれば、郵便局は必ず把握していているはずだ。

〝四万温泉郵便局〟は、薄黄色に塗られた古い小さな建物だった。

左手にゆうちょ銀行のＡＴＭがあり、その前に色褪せた四角いポストが立っていた。右手のガラスの扉を引き、中に入る。

正面に小さなカウンターがあり、三人の局員が座っていた。客はいない。一番右の〝郵便物〟と書かれているカウンターの前に立ち、中に座っている中年の女性局員に訊いた。

「この温泉街で木部さん、もしくは長野さんという方を探しているんですが、ご存知ありませんでしょうか」

局員が、怪訝な顔をした。

「局としては個人情報に関することはお教えできないことになっているのですが、どのようなご事情なんでしょうか」

「失礼しました。私はこういう者です」迦羅守がそういって、名刺を差し出した。「実は私の祖父の知人が四万温泉に住んでいたことがわかったもので、もちろんその方はもう亡くなっているとは思うのですが、息子さんかお孫さんでもいらっしゃればと思ったものですから……」

迦羅守の祖父の知人——かつての仲間——がこの四万温泉に住んでいた可能性があることは、事実だ。

「そのような事情でしたら。ちょっとお待ちください」

局員がそういって、席を立った。背後の局長らしき年配の男に話し掛け、迦羅守の名刺を見せる。しばらくして男が頷き、電話の受話器を手に取った。

電話に、誰かが出たのだろう。後ろを向き、小声で何かを話している。だが、何を話しているのかは聞こえない。

しばらくして男が電話の受話器を押さえ、迦羅守に訊いた。

「浅野さん、長野さんがお祖父様のお名前を訊かれています」

どうやら〝長野〟という人がこの四万温泉にいるらしい。伊万里の当たりだ。

「浅野秀政といいます。秀政は秀才の〝秀〟に、政治の〝政〟と書きます」

男が頷き、また電話の先方と話した。しばらくして、話が終わったようだ。

「長野さんが、お会いになるとおっしゃっています」

局員が電話を切り、いった。

2

南部正宗はホテル〝四万碓井館〟の部屋でくつろいでいた。

ホテルとはいっても、いかにも温泉地の宿らしい広い和室だ。建物は高台にあり、窓を開けると四万川の輝く川面と、温泉街が一望できた。

「おい正宗、おれは風呂に行くぞ。お前はどうするんだ」

気の早いギャンブラーはすでに浴衣と丹前に着替え、手に手拭いを持っていた。

「先に行ってくれ。おれはもう少し、やらなくてはならないことがある」

「それじゃあそうさせてもらうよ」

正宗はギャンブラーが部屋を出ていくのを待って、ｉＰｈｏｎｅを開いた。メールが一件、入っていた。迦羅守からだった。

〈——どうやら「大蛇ノ末裔」を見つけたようだ。長野幸太郎という人物らしい。そこで、調べてもらいたいことがある。例のノーフォークの公文書館で見つけた〝Y・ブランチ〟のファイルに、ナガノという名前があったような気がするんだが。いま、わかるか——〉

メールの着信時間は一四時四九分になっていた。時計を確認すると、いま一四時五三分。四分前のメールだ。

正宗は早速、タブレットの資料を開いた。〝Y・ブランチ〟のファイルを確認する。ファイルに載っているメンバーの名前は、十数名。その中に確かに、〝サチオ・ナガノ〟という名前があった。

〈——Sachio・Nagano
一九一五年群馬県高崎市生まれ。陸軍中野学校出身。戦後、満州から帰国し、Y・ブランチに参加。一九四九年七月、CICの作戦行動中に行方不明——〉

書いてあったのはそれだけだ。だが、最後の一行。〈——CICの作戦行動中に行方不明――〉という部分が何とも意味深だった。いったいこの男に、何があったのか。
正宗は〝サチオ・ナガノ〟という男のプロフィールの部分をコピーして添付し、迦羅守宛のメールを作成した。
〈――確かにナガノ・サチオという男の名前が〝Y・ブランチ〟のファイルに入っていた。データを添付する――〉
メールを送信した。すると、一分もしないうちにまた返信があった。
〈――ありがとう。これからそのサチオ・ナガノの孫か息子かはわからないが、長野幸太郎という人物に会ってくる――〉
ｉＰｈｏｎｅを閉じ、何気なく窓の外を眺めた。温泉街を抜ける道に、足早に歩く迦羅守と伊万里の姿が見えた。

3

長野幸太郎という人物は、四万温泉の温泉街から少し離れた場所に住んでいた。旧四万街道をさらに小泉ノ滝に向かっていくと小さな稲荷神社があり、家はその少し先だという。

「だから私は車で来ようっていったのに……」

途中で伊万里が泣き言をいった。

「だいじょうぶだ。もう、それほど遠くないよ」

迦羅守がｉＰｈｏｎｅのナビを見ながら答える。その横を、黒い大きな車が掠めるように走り過ぎていった。

次のコーナーを曲がると、古く、それほど大きくない旅館のような建物が見えた。周囲には他に、人家らしきものはない。どうやら、ここらしい。

建物の前に立つ。汚れた看板に〝長野荘〟と書かれている。

間違いない。旅館が営業しているのかどうかはわからないが、軽自動車が一台置いてある。人の生活の気配はある。

迦羅守は敷地の中に入り、玄関の呼び鈴のボタンを押してみた。家の中で鳴っている音はするのだが、誰も出て来ない。

「すみません、誰かいませんか」

大声で呼びながら、戸を叩いてみた。やはり、応答はない。

「おかしいわね……。誰もいないのかしら……」

伊万里がいった。

「いや、そんなことはないだろう。車があるし、ぼくたちがここに来ることは郵便局の人に聞いて知っているはずなんだから……」

もう一度、呼び鈴を押した。やはり、応答はない。試しに戸に手を掛けてみると、動いた。

鍵が掛かっていない。やはり、誰か人がいるようだ。

「すみません、浅野ですが」

声を掛けながら、戸を開けた。明かりが消えていて、部屋の中は薄暗い。目が慣れてくると、少しずつ室内の様子がわかってきた。

正面に、おそらく昭和のころのものと思われる古い応接セットがひとつ。その向こうに帳場らしきカウンターがある。奥に向かう廊下には摩り切れた赤い絨毯が敷いてあり、左手に二階に上がる階段が見えた。

「誰もいないみたいだわ……」

伊万里が迦羅守の後ろに隠れながら、中を覗き込む。

「いや、誰かいるようだ……」

帳場の中にドアがあり、その隙間からかすかに明かりが洩れていた。

「迦羅守、どうするの」

「上がってみよう」

迦羅守は靴を脱ぎ、上がり框に上がった。古い応接セットを回り込み、帳場に入る。カウンターの奥のドアを開けた。

部屋には、明かりがついていた。狭いが、事務所のようだ。

「誰か、いませんか」

部屋に入った。奥に、進む。その時、異様な光景が目に入った。

事務用のデスクの陰に、人が倒れていた。

4

黒いメルセデス〝G〟が、狭い四万街道の旧道を温泉街の方に向かって走っていた。

助手席に乗るスーツ姿の〝ヘルマ〟が、前方を見据えている。忌々しそうに黒縁の眼鏡を外し、鼻の下の付け髭を剝がし取った。そして七三に分けた髪を搔き乱し、溜息をついた。

「それで、どうだったんだ。〝本物〟の地図は手に入ったのか」

運転席でステアリングを握る〝サムソン〟が訊いた。

「わからない。あの爺さんを痛めつけてそれらしきものは出させたけど、それが本物かどうか確かめる前に、迦羅守たちがこちらに向かってくるのが見えたから……」

前日、〝ヘルマ〟は亜細亜産業の社員、長野幸雄の住所を訪ねた。長野幸雄は亡くなっていたが、現在は息子の代になり、長野幸太郎という男がそこに住んでいた。〝ヘルマ〟はごく普通の男の姿に〝変装〟し、浅野迦羅守と名告り、相手を信用させた。そして長野幸太郎から、父親が〝昔の仲間から預かっていたもの〟を手に入れた。

それが、一枚の地図だった。そこまでは、うまくいったと思っていたのだが……。

だが、その地図が〝贋物〟だった。今日になって地図を頼りに調べてみると、その地点はすでに奥四万湖——四万川ダム——の湖底に沈んでしまっていた。

〝ヘルマ〟は地図がおかしいことに気付き再度、長野幸太郎に会いにいった。老人を問い詰め、〝本物〟の地図はどこにあるのかを訊いている時に、誰かから電話が掛かってきた。その電話が原因で、〝ヘルマ〟は浅野迦羅守ではないことを見破られた。

「これから、どうするんだ。いま手に入れた地図を元に、もう一度ダイヤモンドを探してみるか」

〝サムソン〟がいった。

「そうね……。でも、浅野迦羅守たちの動きがわからない。いまごろはあの老人を〝発見〟しているかもしれないし、だとしたらどう出るのか……。宿に戻って、しばらく様子を見るべきかもしれないわね……」

〝ヘルマ〟がそういって、また溜息をついた。

5

迦羅守は、床に倒れている老人に歩み寄った。

手足をガムテープで雁字搦めにされている。目と口も、塞がれていた。

どこかで見たことがあるやり方だった。そうだ。六本木ヒルズの自室に倒れていたギャンブラー、あれと同じだ。

「どうしたの……」

背後から、伊万里の声が聞こえた。

「人が倒れている……」

迦羅守は床に腰を落とし、老人の肩に触れた。体が動き、ガムテープで塞がれた口の奥から呻き声が聞こえた。生きている。

「いま助けますから、お待ちください」

迦羅守はまず、老人の腕を後ろ手に固定しているガムテープを外した。老人が自由になった手で口と目のガムテープを剝がす。その間に、両足首に巻かれているガムテープを解いた。

老人が体を起こし、両手首をさすった。

「面目（めんぼく）ない……」

「いったい、何があったのですか」

迦羅守が訊いた。

「不覚にも、男にやられました。スタンガンのようなもので……」

スタンガン――。

やはり、ギャンブラーの時と同じだ。

「どのような男にやられたのですか」

「小柄で、スーツを着た男でした。黒縁の眼鏡に、口髭を生やしていました。〝浅野迦羅守〟という名刺を出されたので、完全に信用したわけではなかったのですが、つい油断しました……」

「〝浅野迦羅守〟の名刺ですか」

「そうです。これです……」

老人がデスクで体を支え、立ち上がった。椅子に座り、引出しの中から名刺を出した。やはり、迦羅守自身の名刺だった。

「これは、私の名刺だ……」

おそらく迦羅守の部屋に侵入者があった時に、盗まれたのだろう。

「それで、あなた様は……」

老人が訊いた。

「私が〝本物〟の浅野迦羅守です」

「やはり、そうでしたか。郵便局から浅野迦羅守という人が訪ねてこられていると電話があった時に、おかしいと思ったんです。ちょうど、その男が私の目の前にいたので問い詰めたところ、いきなりやられてしまいました。それで、あなた様のお祖父様の名前を、もう一度お聞かせいただけますか」

迦羅守は頷き、答えた。

「浅野秀政と申します。もう三〇年以上も前に、亡くなりましたが……」

「今度こそ、間違いありません。長年、お待ちしておりました……」

老人が、穏やかにいった。

窓の外から、四万川のせせらぎの音が聞こえてくる。

長野幸太郎は客間――かつては客間であった部屋――の座椅子に体を預け、肩で大きく息をする。贋の〝浅野迦羅守〟に痛めつけられたショックから、まだ完全に立ち直っていないようだ。

「だいじょうぶですか。無理をなさらないでください」

迦羅守は、気を遣った。

「なあに、だいじょうぶですよ。かつては柔道で親父に鍛えられたものです。これしきのことで……」

確かに、長野がいうように筋骨は逞しい。頭は白髪になり、歳は七十代も半ばに差し掛かろうという風貌だが、どこか武士を想わせるかのような威風がある。例えば、そう、迦羅守の祖父浅野秀政の晩年のような――。

長野が大きく息をしながら、話をはじめた。その話の内容は、迦羅守にとってきわめて興味深いものだった。

老人の父、長野幸雄がこの地に移り住んだのは、昭和二五年のことだという。土地を買い、温泉宿を建てて暮らしはじめた。それ以前、一家は東京の三鷹に住んでいたが、父親がどのような仕事をしていたのかは知らない。

四万温泉に移り住んだ後は、老人は小さな旅館の長男としてごく普通に育った。家族は母親と、妹が二人の計五人。温泉街の中心地から離れてはいたが、昭和四十年代までは旅館業も順調で、地域に馴染む平穏な生活だった。

長野が父の幸雄から奇妙な話を聞いたのは二人の妹が嫁いだ後、昭和五十年代の初頭になってからのことだった。そのころ、父の幸雄は肺癌に体を蝕まれ、余命幾許もない状態だった。

――いつの日かこの家に、浅野迦羅守、南部正宗、武田菊千代、小笠原伊万里という者たちが現れる。この四人はお前よりも歳が若く、四人が一緒に現れるかもしれない。もしくはその中の三人、二人、一人だけが個別に来るのかもしれない。

彼らは私のかつての仲間の孫や曾孫たちだ。もし来たら本人であることを確認し、これを渡してほしい――。

そういって、長野幸雄は息子の幸太郎に〝あるもの〟を手渡した。それが、父の遺言となった。その後、長野幸太郎は、ずっとこの地で父の仲間の子孫たちが現れるのを待ち続けた。

「その、お父様から授かった〝あるもの〟とは……」

迦羅守が訊いた。

「地図でした。この四万温泉の山奥に、大切なものが埋まっている。その場所を示すものでした」

地図……。

迦羅守は横に座る伊万里と、顔を見合わせた。

「その地図というのは、いまどこにあるのですか」

伊万里が訊いた。

「私を襲った〝浅野迦羅守〟を名告る男に、昨日渡してしまいました……」

何ということだ……。

だが、長野が続けた。

「父から授かった地図が示す場所は、この川の上流に一九九九年に完成した四万川ダムの底に沈んでしまいました。私はダムが着工する前にその場所に行き、埋められていたものを他に移しました。昨日、ここを訪れた男は信用ならないと思いましたので、父から預かった役に立たない地図を渡して様子を見たのです」

その男が、地図が示す場所がダムに沈んでいることを知り、今日ここに戻ってきた。そこにたまたま郵便局からの電話が掛かってきて、トラブルになったということか――。

「それで、その〝大切なもの〟というのはいまどこにあるのですか」

「私しか知りません。新たな地図にその場所を記してあります」

「それで、その新たな地図はどこに……」

「つい先程、例の〝浅野迦羅守〟と名告る男に奪われてしまいました……」

長野がそういったまま、その場に崩れるように倒れた。

6

奥四万湖は、四万川ダムの建設によってできた人造湖である。

ダムは一九八〇年（昭和五五年）に着工。一九年もの歳月を掛けて一九九九年に完成した。湖水は透明度が高く、絵の具を混ぜたような鮮やかなコバルトブルーに輝き、見る者を神秘の世界に引き込んでやまない。

湖を周回する道路を走っていくと、東側の湖岸に小さな公園がある。その駐車場にブルーのプリウスと白いミニ・クロスオーバーが駐まっていた。

夕刻だった。日はすでに西側の稜線（りょうせん）に沈みはじめている。その黄昏（たそがれ）の淡い光の中で、展望広場のベンチに二人の男が座っていた。浅野迦羅守と、南部正宗の二人だった。

「その長野幸太郎という老人を襲った男は、確かにスタンガンを使ったのか」

正宗が訊いた。

「そうだ。しかも老人はガムテープで手足を縛られ、男から渡されたぼくの名刺を持っていた」

迦羅守がいった。

「スタンガンにガムテープ、名刺……。つまりその男は、ギャンブラーを襲ってお前の部屋に侵入した奴と同一人物の可能性があるというわけか。そうか、やはり〝男〟か……」

「そういうことになるな」

「その男の人相は。長野という老人は、どういっていた」

「小柄で、スーツ姿。年齢は三〇歳くらい。黒縁の眼鏡に、口髭を生やしていたらしい。男としては、かなり美形だったともいっていた」

「黒縁の眼鏡に、口髭か。おそらく、変装だな。その人相は、あてにならない……」

二人は話しながら、湖面を見つめていた。黄昏は、見る間に周囲の風景から光を奪い、ついいましがたまでコバルトブルーに輝いていた湖面も暗く沈んでいる。

「何か、他に手懸(てがか)りはないのか。その〝小柄〟な〝美形〟の男について」

正宗は、あえてその二点を強調した。つまりその単純明快な特徴が、最も重要だということだ。

「特に、手懸りはない。伊万里に訊いてみたんだが、例のディオールの〝ジャドール〟の匂いは老人の家で感じなかったそうだ。でも、もしかしたらたったひとつだけ……」

「何だ」

「ぼくと伊万里が長野幸太郎の家に向かう途中、あの狭い川沿いの山道で黒い大きな車が掠めていったんだ。その車は長野老人の家の方から走ってきて、温泉街の方に走り去っていった……」

他に、車とはすれ違わなかった。

「その車の車種は」

正宗が訊いた。

「メルセデスGクラス、黒のゲレンデヴァーゲンだ」

「黒いGクラスか。けっして少ない車ではないが、目立つ車ではあるな。今日、我々が泊まっているホテルでも一台見た記憶がある……」

「どんな奴が乗ってるか、調べてみてくれないか」

「わかった。やってみよう。それでその小柄な髭の男が、〝ビーンズ〟の在り処を描いた地図を奪っていったわけか」

「そうだ。しかし長野老人は、そう簡単にその地図は解読できないだろうといっている。どうやら、細工(さいく)がしてあるらしい」

「しかし、いずれにしても問題はないだろう。その〝ビーンズ〟の隠し場所は、長野老人が知っているわけだろう」

「それが、ダメなんだ……」

「どうしてだ。その老人が、他の場所に移したんだろう」

「ところがその長野老人が、話の途中で倒れてしまったんだ。救急車を呼んで、いまは中之条町の病院に入院している」

「意識は？」

「何とか意識があるという程度だ。話くらいはできるが、その場所に案内することはしばらく無理だろう……」

迦羅守が、静かにいった。

「つまり現状では、その長野老人をスタンガンで襲った小柄な男を捕まえて、地図を取り戻すしか方法はないということか……」

「そういうことになるだろうな……」

すでに黄昏の時間は、終わった。鏡面のような湖水も、周囲の山々の稜線も、すべてが夜の帳(とばり)に包み込まれはじめた。

かすかな残光の中で、二人の男の影がベンチから立った。

二人はそれぞれ別々の車に乗り込み、眼下の温泉街の光に向かって走り去った。

7

夕食は華やかな懐石料理だった。

けっして贅沢(ぜいたく)ではない。だが、見た目も味わいも十分に満足し、楽しませてくれた。

それでも迦羅守は、酒を慎(つつ)しんだ。今夜は、何が起こるかわからない。

「迦羅守、夕方にどこに行ってたの。一人で、車で出掛けたでしょう」

伊万里は料理に箸をつけながら、浴衣姿で呑気にビールを飲んでいる。

「正宗と会ってきた」

「それで？」

「長野老人を襲った奴を捕まえるといっている。それより伊万里、浴衣の胸元から大切なものがこぼれてるぞ」

伊万里が舌を出し、そそくさと浴衣の胸元を合わせた。

食事を早めに終え、迦羅守は風呂に向かった。もちろん、温泉を楽しみたいという気持ちもあった。だが、本当の目的は、人捜しだ。もしかしたらこの宿に、〝小柄な美形の男〟が泊まっている可能性もある。

最初にこの宿の名物でもある大浴場、本館一階の〝元禄の湯〟に入ってみた。天井が高い広大な浴室に、大小五つの四角い湯船。クラシカルなアーチ型の窓が特徴的な大正ロマネスクの内湯だ。

脱衣所のようなものはない。浴室に入ってすぐのところで浴衣を脱ぎ、体を流して湯に浸かる。そして周囲の他の客の様子に、気を配る。

迦羅守以外に、客は四人。三人は湯船に浸かり、一人は体を洗っている。

この中で一番、若い男でも六十代か。他は全員、老人といってもいい歳だ。〝小柄で美形〟に該当する若い男は一人もいない。

途中で二人出て、もう一人別の男が入ってきた。だが、この男も違う。

三〇分ほど入って、今度は露天風呂に向かった。雨避けの屋根のある岩風呂だった。ここは広く、暗い。

なかなか良い雰囲気の風呂だった。ゆっくりと、体を湯に浸す。

暗さに目が慣れてくると、周囲の様子がわかってきた。迦羅守以外に、客は二人。どちらも〝小柄で美形〟には該当しない。だが、湯煙の中にぼんやりと浮かぶ一人の男の横顔に、見覚えがあるような気がした。

そう思った時に相手がこちらを振り向き、二人同時に気が付いた。

「左利番先生ではないですか」

「これは、浅野さん。このようなところでお会いするとは、奇遇ですね」

相手は迦羅守がよく知る『神奈川キリスト教大学』の国文学教授、ケイシー・サリヴァンだった。学会などではよく話をするが、プライベートで顔を合わすのは初めてだった。

「なぜ、こちらに。ご旅行ですか」

迦羅守が訊いた。

「はい。私は日本の温泉を巡るのが趣味でしてね。浅野さんは」

「私もです……」そういった時、迦羅守は心に引っ掛かっていたことを思い出した。「もしかしたら左利番先生は、木部姫のことを調べにいらしたのではありませんか」

左利番が、驚いた顔をした。

「どうしてそれを」

「昨日、左利番先生は温泉街の落合通りにある蕎麦屋で蕎麦を食べたでしょう」

「はい、確かに……」

「その店で、木部家の末裔について訊ねませんでしたか」

左利番が、いかにも外国人らしく大きなアクションで頷いた。

「はい、訊きました。それ、私ですね。実はいま、木部姫の伝説について興味を持っているのですよ。それで、木部姫の足跡を巡りながらここまで来てしまいましてね……」

左利番が、楽しそうにいった。

「そうでしたか。実は私も、木部姫伝説に興味を持っているんです……」

迦羅守はそう話しながら、心の中で〝奇妙だな〟と思った。

左利番は、なぜこの四万温泉に木部姫の末裔が残っていることを知ったのだろう。高崎市にある心洞寺の木部姫の廟所から榛名湖畔の御沼霊神社へと辿ってきただけでは、この四万温泉まで行きつけるはずはないのだが。しかもこの四万温泉に住む木部姫の末裔の名字は、〝木部〟ではなく〝長野〟だ。

それからもしばらく、木部姫について話した。左利番はさすがに国文学の教授だけあって、ジャンルは違うものの、木部姫伝説の時代的背景についてよく調べていた。

だが、その話の内容にも違和感を覚えた。高崎の心洞寺や、榛名湖の御沼霊神社に話を向けると、うまく逸らされてしまう。どうやら左利番の知識は、文献上の付焼刃のものであるらしい。

左利番が話の途中で、大きく息を吐いた。

「少し、温まりすぎたようです。私は先に上がらせてもらい、部屋に戻りますね。では、ごゆっくり……」

「お疲れ様でした……」

迦羅守はいつの間にか、広い露天風呂に一人になっていた。澄んだ星空を眺めながら、考える。

左利番はこの四万温泉に、本当は何をしにきたんだ……。

ケイシー・サリヴァンは湯から上がり、窓のない、まるで洞窟(どうくつ)のような長い廊下を歩き部屋へと戻った。

大好きな、畳の部屋だ。部屋にはすでに、蒲団(ふとん)が敷かれていた。

蒲団の上に座り、冷たい水を一杯飲んだ。夕飯の時に日本酒を少し飲んだが、頭は冴(さ)えていた。

グラスを持ったまま、考える。浅野迦羅守は、やはり侮れない。あの奇妙な暗号文を解読し、ここまで辿り着いたのだから。

もしかしたら〝大蛇ノ末裔〟もすでに捜し出したのかもしれない。だが、例のダイヤモンドはまだ手に入れていないようだ。もし手に入れていたとすれば、もうこの四万温泉にはいないだろう。

それよりもいま目の前にある最大の問題は、むしろ〝ヘルマ〟だ……。

あの男はすでに、制御不能になっている。何をしでかすか、わからない。もしダイヤモンドを手に入れれば、私を裏切り、姿を消すだろう。

そうなる前に、〝ヘルマ〟をどうにかしなくてはならない。

8

伊万里は一人で、風呂に入っていた。

いや、〝一人〟というのは正確ではない。いまこの旅館の地下にある岩風呂には、伊万里の他に四人の男が入っている。

ここが〝混浴〟であることは知っていた。でも、中を覗いてみると、誰も入っていなかった。ちょっとした悪戯心に冒険心も手伝って、気が付くと裸になって湯船に浸かっていた。

そこに次々と、男の客が入ってきた。最初に、二人。さらに一人ずつ、計四人。全員が、物珍しそうに伊万里を見ている。

こんな時に限って、手拭いは洗い場のシャワーに引っ掛けたままだ。体を隠すようなものは、何も持っていない。これでは出るに出られない。

誰か、助けて……。

せめて迦羅守でも来てくれれば。部屋に戻って伊万里がいないことに気が付けば、館内を捜してくれるかもしれないけれど。

だが、時間はもう一一時近いはずだ。迦羅守はもう、寝てしまったかもしれない。

この男たち、早く出ていってくれないかしら……。

だが、誰一人として、一向に湯から上がる気配はない。この裸の女一人と男四人という官能的な情況を、徒に楽しもうとしているかのようだ。

そこにさらに、脱衣所に人の気配がした。また、誰か入ってくる。

万事休すだ……。

だが、戸が開いて浴室に入ってきたのは、手拭いで体を隠した若い〝女〟だった。伊万里は思わず、安堵の息を洩らした。これで、助かった……。

〝女〟は、美しかった。男が四人も入っているのに、堂々としていた。周囲を見渡しながら、ゆったりとした足取りで湯船に向かってくる。

〝女〟が、伊万里を見た。目と目が合った。小さく頷き、笑みを浮かべた。

〝女〟が、伊万里の前に立つ。湯船に入ろうとして、体を隠していた手拭いを外した。その時、伊万里の目に、有り得ないものが飛び込んできた。

ペニス……。

〝男〟だ……。

頭の中で、目まぐるしく思考が回転する。瞬間で、考えがまとまった。

いま目の前にいるのは、ギャンブラーを襲った〝男〟……。

迦羅守の部屋に忍び込んだ〝男〟……。

そして長野老人から、地図を奪った小柄で美形の〝男〟……。

伊万里は、体が固まった。その横に、〝男〟がゆっくりと体を沈める。そして、耳元で囁いた。

「あなた、小笠原伊万里さんね……」

伊万里はその声で、我に返った。裸のまま湯から飛び出し、足を滑らせながら走った。

「待って！」

男が追ってくる。伊万里は濡れたままの体に浴衣を羽織り、帯で縛っただけで、スリッパも履かずに脱衣所を飛び出した。

「伊万里さん、待って！」

男も浴衣だけを羽織り、追ってきた。

階段を駆け上がり、板の軋む廊下を走る。振り向くと、男が影のようについてきていた。手に、奇妙な鉄の棒のようなものを持っている。

――迦羅守、助けて――。

声にならない叫びを上げた。

どこをどう走ったのか、わからなかった。時間が遅いので、誰とも出会わない。そのうち気が付くと、窓のない、暗く長い洞窟のような廊下に迷い込んでいた。

――助けて――。

廊下を、走った。男が足音を立てずに、ついてくる。そのうち廊下が、行き止まりになった。

突き当たりに、古いエレベーターが一台。伊万里はそのエレベーターのボタンを押した。だが、扉は開かない。

――お願い、早く来て――。

振り返った。男が、もう目の前まで迫っていた。右手に黒い棒のようなものを持ち、ゆっくりと笑いながら歩いてくる。

伊万里はその場に座り込んだ。

——やめて、殺さないで——。

男が、黒い棒のようなものを伊万里に向けた。金具が付いた先端を、濡れた胸に押し付けられた。稲妻(いなずま)に打たれたような衝撃を受け、目を見開いたまま崩れ落ちた。

エレベーターのドアが開いた。その中に、男の足で蹴り込まれた。

南部正宗は、車の中にいた。

旅館〝関文館〟の駐車場に、ブルーのプリウスを駐めている。少し離れた場所に、黒いメルセデス〝G〟が見えていた。

正宗が泊まっているホテル〝四万碓井館〟にあった車だ。夕食後、見張っていると、男が二人乗り込んで走り出した。その車をすでにバンパーの裏に取り付けてあったGPS発信機の位置情報で尾行すると、すぐ目と鼻の先のこの〝関文館〟の駐車場に入ったことがわかった。

どうも、おかしい。一人はかなりの大男で、ボディービルでもやっているような体形をしていた。もう一人は小柄で、一見して女のようでもある。もしかしたらその小柄な方が、迦羅守がいっていた長野という老人を襲った男なのかもしれない。

駐車場に着くと、まず小柄な方の男が一人で車から降りたのがわかった。大男の方だけが、車に残っている。いったい、何をするつもりなのか。

正宗は迦羅守の携帯にメールを入れた。

〈――いま、例の長野老人を襲ったと思われる男が、そちらの宿に入ったようだ。注意せよ――〉

だが、返信はない。

一五分ほどすると、今度は大男の方が車から降りた。いまは誰も、車に乗っていない。

いったい、何が起きているのか――。

さらに、五分ほど待った。もう一度、迦羅守に連絡を入れようかと思っているところに、二人が戻ってきた。

大男の方が、肩に何かを担いでいる。浴衣を着た、女だ。あれは、伊万里だ……。

伊万里はまるで死んでいるように、ぐったりとしている。いったい、何があったんだ？

どうする？　助けるか？

だが、迷っているうちに、大男はメルセデス〝G〟の荷台に動かない伊万里を放り込んだ。そして二人で車に乗り込み、エンジンを掛け、走り去った。

正宗は、プリウスでその後を追った。

助手席の〝ヘルマ〟は手拭いで、顔と首の汗を拭った。

温泉に入ってから体を動かしたために、なかなか汗が止まらない。

「ふう……。嫌になっちゃう……。お化粧が崩れちゃうわ……」

〝ヘルマ〟が苛立つようにいった。

「それよりヘルマ、なぜこんな女を連れてきたんだ。浅野迦羅守を捕まえてくるはずじゃなかったのか」

運転しながら、〝サムソン〟がいった。

「仕方ないでしょう。たまたま混浴風呂に入ったらこの女が目に付いたのよ。だから思わず捕まえちゃったのよ」

「しかし、この女ではあの地図を解読できない。浅野迦羅守でなければ無理だ」

「それならこの女を餌にして、浅野迦羅守を誘き出せばいいわ。少し痛めつけてその写真でも送りつけてやれば、のこのこ出てくるわよ。どうせあいつらだって、警察には通報できない弱味があるんだし……」

そこまでいった時に、〝サムソン〟が急に道を曲がった。

「どうしたの」

〝ヘルマ〟が訊いた。

「誰かに、尾けられてる……」

「嘘……」

〝ヘルマ〟が振り返った。

本当だった。ライトを消しているが、車だ。黒っぽい車が、一定の距離を保って尾いてくる。

「どうする」

〝サムソン〟が訊いた。

「浅野迦羅守かもしれないわね。ちょうどいいわ。四万川ダムの方に誘き出して、決着を付けましょう」

「わかった」

〝サムソン〟が、メルセデス〝G〟のアクセルを踏んだ。

前方を走るメルセデス〝G〟が、急に速度を上げた。

気付かれたか……。

正宗も前を走る車に合わせ、アクセルを踏み込む。

黒のメルセデス〝G〟は、暗い山道を登っていく。正宗のプリウスのナビには、その道に走ったばかりのマークが点々と残っていた。夕刻に迦羅守と行ったばかりの奥四万湖の方角に向かっている。

正宗は、前の車との距離を詰めた。車は何の変哲もないプリウスだが、このような時のために足回りだけは固めてある。ただ大馬力のエンジンを積んでいるだけの鈍重な四輪駆動車よりも、このような山道では速い。

黒いメルセデス〝G〟は国道三五三号線に突き当たると、それを右折した。やはり、奥四万湖の方角だ。そして四万川ダムまで来ると、堰堤の上の道をまた右折した。

奴らは、ここで勝負を付けるつもりなのか……。

どうやら、そのつもりらしい。黒いメルセデス〝G〟が、堰堤の上で停まった。左側の運転席のドアが開き、ゴリラのような大男が降り立った。

正宗もライトをハイビームにしたまま、一〇メートルほど手前に車を停めた。ドアを開け、降りる。ここで勝負を付けるなら、その方が有難い。

CIAの局員の時代から、格闘技の訓練は受けてきた。ただ体がデカいだけのゴリラに負けるつもりはない。

大男が、こちらに向かってくる。正宗も腰から特殊警棒を抜いた。それが合図だった。

相手の大振りな打撃を躱す。その瞬間に、脇腹に特殊警棒を叩き込んだ。相手がよろけたところに、肩のあたりに強烈な一撃を振り下ろした。

一瞬で、決まった……。

だが、相手は倒れなかった。肩をさすりながら、笑っている。

こいつ、化け物か……。

その時、車のライトの光の中に、相手の男の顔が浮かび上がった。

お前は、プロレスラーの……。

油断した。大男が、意外な俊敏さで飛び掛かってきた。その肩にさらに一撃を加えたが、組みつかれた。

「うわっ……」

とてつもない力で絞められ、担ぎ上げられた。体が宙に浮き、ダムの堰堤の欄干を越えた。そのまま、投げられた。

「うわぁぁぁぁ……」

正宗は、奈落の闇に落ちていった。


迦羅守は部屋の座椅子に寄り掛かりながら、ふと目を覚ました。

どうやら、寝落ちしていたらしい。テレビから、ニュース番組が流れている。時計を見ると、もう午前〇時になろうとしていた。

だが、部屋に伊万里の姿が見えない。蒲団も、使った形跡がない。

あいつ、どこに行ったんだ……。

ｉＰｈｏｎｅの電源を入れた。メールが、一本入っていた。正宗からだった。

〈――いま、例の長野老人を襲ったと思われる男が、そちらの宿に入ったようだ。注意せよ――〉

一時間以上も前のメールだった。嫌な予感がした。

迦羅守は伊万里のｉＰｈｏｎｅに、電話を入れた。呼び出し音が鳴っている。それと連動するように、マナーモードのバイブレーションの音が聞こえた。

この部屋の中からだ……。

迦羅守は音を頼りに、伊万里のｉＰｈｏｎｅを探した。バイブレーションの音は、近い。窓際のテーブルの上の化粧道具の入ったポーチをどけると、その下でｉＰｈｏｎｅが振動していた。

迦羅守は、電話を切った。

伊万里に何かあったようだ……。

そう思った。

9

まんじりともしない夜を過ごした。

明け方近くになって少し眠った気がするが、それほど時間が経たないうちにまたパトカーのサイレンの音で目が覚めた。

こんな朝早くから、いったい何事だろう……。

浅野迦羅守は蒲団から抜け出し、部屋の明かりをつけた。時計の針は、午前六時を回っていた。だが、隣の蒲団に伊万里の姿はなかった。

ｉＰｈｏｎｅの電源を入れ、メールを確認した。正宗からの返信はない。昨夜、あれからギャンブラーにもメールを送ってみたが、やはり返信は入っていなかった。

また、サイレンが聞こえた。今度は、消防車のサイレンの音だ。どこかで、火事でもあったのだろうか――。

迦羅守は浴衣を服に着替え、部屋を出た。階下に下り、帳場に向かう。帳場には、もう番頭が立っていた。

「お早うございます。朝から、外が騒がしいですね。火事でもありましたか」

番頭に訊いた。

「お早うございます。いえ、いましがた警察から電話があって、四万川ダムの方で自殺があったとか。お客様の方には、お変わりありませんか」

〝自殺〟と聞いて、嫌な予感がした。

「実は、昨夜から連れが部屋に戻らないんです……」

「それはご心配ですね……」

「ちょっと、四万川ダムの方に行ってみます。朝食は、用意していただかなくてけっこうです……」

帳場に部屋の鍵を預け、外に出た。その時、ポケットの中でｉＰｈｏｎｅが振動した。

電話だ。伊万里か……。

だが、伊万里のわけがない。伊万里のｉＰｈｏｎｅは、部屋に残っていた。

電話は、ギャンブラーからだった。

――いま目が覚めて、メールに気が付いた。伊万里に何かあったって――。

ギャンブラーの声にも、いつもより心なしか落ち着きがない。

「昨日の夜から、姿が見えない。服も携帯も残したまま、朝になっても戻ってきていないんだ……」

伊万里は、浴衣のまま姿を消してしまった。

――実は、こちらもだ。正宗が昨夜、出掛けたまま戻ってきていない――。

やはり、正宗もか。

「正宗は昨夜、我々を尾けていた奴らを見つけて追っていたらしい。ぼくの携帯に、メールが入っていた」

だが、正宗とはその後、連絡が取れなくなった。

——伊万里と正宗は、一緒に行動しているんじゃないのか——。

だといいのだが。

「違うと思う。伊万里は浴衣一枚で部屋を出ているし、携帯も置いていっている……」

——何か、あったんだな。そういえば朝から、サイレンの音がうるさいが——。

「いま宿の帳場で聞いたんだが、四万川ダムの方で自殺騒ぎがあったようだ……」

——まさか——。

「わからない。いまから現場に行ってみようかと思っている」

「わかった。五分後にそちらの宿に迎えに行く」

——おれも、一緒に行こう——。

電話を切り、溜息をついた。

現場は、ごった返していた。

四万川ダムの堰堤の上に一〇台以上の警察車輌や消防車、救急車が集まり、無数の赤色灯が回転しながら朝靄(あさもや)を赤く染めていた。

周囲には地元の車も何台か集まりはじめていた。車から人が降り、欄干の上からダムの水面を眺めている。

迦羅守も現場の少し手前に、ミニ・クロスオーバーを駐めた。ギャンブラーと二人で車から降りる。そこから現場まで、堰堤の上を歩いていった。

途中で、二人の警察官に止められた。

「ここから先は立ち入り禁止です。下がってください」

目の前に、現場保存用の黄色いテープが張られていた。赤色灯を回すパトカーと消防車の陰に、正宗のブルーのプリウスが見えていた。

「あの車は、友人のものです。東京から旅行に来たのですが、昨夜からその友人が部屋に戻ってきていません……」

迦羅守が説明した。

「そうでしたか。ちょっと、お待ちください……」

歳上の方の警察官が少し下がり、無線機で誰かと話しはじめた。その中に〝被害者(ガイシャ)〟の〝知人〟という言葉が聞き取れた。

間もなく、奥のパトカーの陰からコートを着てハンチングを被った男が歩いてきた。おそらく、担当の刑事だろう。男は現場保存のテープを跨(また)ぎ、迦羅守とギャンブラーの前に立った。

「あんたら、このダムから〝飛び込んだ男〟の知り合いかね」

〝飛び込んだ男〟……。

目の前が、真っ暗になった。だが、〝男〟というからには正宗なのだろう。伊万里ではない。

「もしかしたらそうかもしれません……。あの車は友人のものだし、昨夜から部屋に帰ってきていないんです……」

「そうですか。それは〝ご愁傷様〟でしたな。それなら、ちょっと見てもらいたいものがあるんだがね。こっちへついてきてくれんかね」

刑事がそういって、また現場保存テープを跨いで戻っていった。

〝ご愁傷様〟か……。

迦羅守はギャンブラーと顔を見合わせ、溜息をついた。つまり正宗は、もう死んでしまったということなのか。いつもはクールな正宗の、それでいて時折、はにかむように見せる笑顔が目蓋の裏に浮かんだ。

「あいつ、変わってたけど、いい奴だったよなあ……」

ギャンブラーが歩きながら、呟くようにいった。

刑事は、ブルーのプリウスの前で立ち止まった。そして、いった。

「この車、本当にあんたらの友達のものに間違いないかね」

迦羅守とギャンブラーは、ナンバープレートを確認した。見覚えのある品川ナンバーだった。

「ああ間違いないよ……」ギャンブラーがいった。「おれは、数字を記憶するのが得意なんだ。この車は間違いなく、正宗のだ……」

窓から覗くと、センターコンソールに鍵が入っていた。

「車は昨夜から、ここにあったようだね。深夜〇時ごろに、ダムの職員が巡回中に確認している。その時はドアが開いてライトがついたままになっていた。朝、五時ごろにもう一度ここを通ったらまだ車があったんで、これはおかしいということで警察に通報したらしい……」

刑事が説明しながら、ダムの湖水の側を覗き込む。

迦羅守とギャンブラーも、欄干の上から下を見た。水面までは二〇メートルほどあるだろうか。湖水には消防のボートが下ろされ、ウェットスーツを着たダイバーが水中を捜索している。

「それで、正宗は……」

迦羅守が訊いた。

「こっちへ来てくれ」

刑事が行く方に、ついていった。警察のバンと、消防車の間に入っていく。コンクリートの堰堤の上に、ブルーシートが敷かれていた。「これだ……」刑事がブルーシートの上に並べられているものを指さした。「これは、あんたらの友達のものかね」

黒いフリースのタクティカル・ジャケットが一着に、同じ黒のスニーカーが一足。いずれも見覚えがある。正宗のものだ。

「そうです。我々の友人のものに間違いありません。それで、正宗はどうなったんですか……」

「まだ〝遺体〟は上がっていない。ここは水深があるし、水温が低いからね。しかし、そう長くは掛からんだろう……」

東の山の稜線の上に、日が昇った。カラスの群れが耳ざわりな声で鳴きながら、南の空に飛んでいった。

「それで、我々はどうすれば……」

「仏さんが上がったら、確認してもらう。それまで、事情聴取に付き合ってもらえんかな。そのバンに乗ってくれ」

刑事がいった。

10

部屋の中は、暖かかった。

伊万里はカーテンの隙間から射し込む陽光で目を覚ました。

着ているものは昨夜と同じ旅館の浴衣一枚と、帯だけだ。だが帯は腰ではなく、手首を縛(しば)るために使われている。手を動かすことができない。

ここは、どこだろう……。

昨夜は旅館の混浴風呂であの〝女のような男〟に会い、逃げた。だが廊下の行き止まりのエレベーターの前で追い付かれ、黒い棒のようなもの——おそらくスタンガン——を胸に押し付けられた。そこで、記憶が途絶えてしまった。

いまも右の乳房の上が、火傷(やけど)をしたようにずきずきと痛む。昨夜、起きたことは、夢じゃない。

伊万里はベッドから体を起こした。裸同然の、酷い恰好だった。だが、幸い、足は縛られていなかった。

ベッドから降りて、窓辺まで歩いた。縛られている手でカーテンを少し開き、外を見る。平穏な秋の森の風景の中に野鳥が鳴きながら飛んでいる以外には、何も見えなかった。

もう一度、思った。

ここは、どこだろう……。

だが、伊万里が迦羅守と泊まっていた旅館でないことは確かだ。

「お早う。目が覚めたのね」

男の声に、振り返った。部屋の奥の暗がりの中に、人影があった。男が一人、ソファーに座って足を組んでいた。

「お早う……」

昨夜の〝女のような男〟だ。

「気分はどう。よく眠れたかしら」

〝男〟がいった。体を見られているような視線を感じ、縛られた手で浴衣の前を合わそうとしたが、うまくいかなかった。

「ねえ……。トイレに行かせて……」

「わかったわ。いらっしゃい」

〝男〟がソファーから立ち、手首を縛った帯を摑んで手を引いた。部屋のドアが開けられ、明るい場所に連れ出された。薪(まき)ストーブのあるリビングのような空間を横切り、狭い、窓のないユニットバスに押し込まれた。

「ドアの外にいるから、終わったら呼んでね。いっておくけど、大声を出しても無駄よ。ここは、山奥の山荘なんだから」

〝男〟のいうことは、本当だろう。いま一瞬、リビングの窓から見えた風景も、森の樹木と遠くの山々だけだった。

トイレに、座った。どうやら私は、あの〝男〟に拉致され、監禁状態にあるらしい。どうして私は、いつもこうなっちゃうんだろう……。

用を足して、〝男〟を呼んだ。リビングに戻るともう一人、上半身裸のゴリラのような〝大男〟が立っていた。

「ひっ……」

伊万里は、足がすくんだ。

〝大男〟は、黒い革の覆面を被っていた。顔が、わからない。身長一九〇センチ以上はあるだろう。胸に、丸太のように太い腕を組んでいた。

「〝サムソン〟……」

〝女のような男〟がいった。

「何だ、〝ヘルマ〟……」

〝サムソン〟と呼ばれた男が、答える。

「この女は、あなたの好みかしら……」

〝ヘルマ〟と呼ばれた〝女のような男〟が伊万里の背後に回り、浴衣を胸まで下ろした。

「ああ、好みだ……」

〝サムソン〟が頷く。

「それならば、あなたにあげる。好きなようにしていいわ……」

〝ヘルマ〟が、いった。〝サムソン〟が、低い声で笑った。

「やめて……」

伊万里が首を振った。

いったい、何がはじまるの……。

「伊万里さん、あきらめて。これからあなたを痛めつけて、少し酷い目にあってもらわなくてはならないの……」

〝ヘルマ〟が、伊万里の耳元で囁いた。

11

午前中の捜索では、正宗の遺体は発見されなかった。

迦羅守とギャンブラーは、東吾妻町の吾妻警察署に移され聴取が続けられた。

二人共、すでに本名と身分を警察の方に明かしていた。だが、正宗に関しては、〝南部いない。

正宗〟という名前以外はわからないと伝えてある。幸い、正宗の身分証もまだ発見されて

しばらくして担当の刑事――猪又勝という男だった――が、聴取の席を外した。一五分ほど待たされた後で、少し慌てた顔で戻ってきた。

「いま、車のナンバーから所有者が割れたんだがね……」

正宗の車には、なぜか車検証が入ってなかったらしい。

「そうですか。それであの車、誰の名義でしたか」

刑事がメモを見た。

「南部情報研究所という非営利団体の名義になっていましてね……」

迦羅守とギャンブラーが顔を見合わせた。

「はあ……そうでしたか……」

そんな研究所の名前など、聞いたこともなかった。

「ところがその研究所のことを調べてみたら、内閣府の外郭団体であることがわかりましてね。何か、聞いてないかね……」

正宗の奴、そんな〝仕事〟をやっていたのか。内閣府には、『CIRO』――内閣情報調査室――がある。聞いてはいなかったが、正宗ならば有り得ないことではない。

「知りませんね……」

「聞いてないな……」

迦羅守とギャンブラーが、口を合わせる。

「それにしても、なぜそんな人が旅先で〝自殺〟なんかしたのかね。あんたら何か、心当たりはないですかね……」

先程から何度も、同じことを訊かれている。

「だから〝自殺〟ではないと思いますよ。〝事故〟か、もしくはそれ以上の〝何か〟があったのか……」

迦羅守とギャンブラーは、同じことを答える。

もし正宗が〝自殺〟をしようとするなら、ダムの湖水の方ではなく堰堤の外へ飛び降りるはずだ。その方が、確実に死ねる。そもそも正宗は、何があろうと〝自殺〟するような男ではない。

「それじゃあなぜ、あんたらの友達はあんなところからダムに飛び込んだんだね……」

先程から堂々巡りだ。

「さあ。彼は、飛び込んだりもしないと思いますよ……」

不慮（ふりょ）の事故により落ちたのか。もしくは何者かに、落とされたのか——。

結局いくら話しても埒が明かず、午後になって吾妻署を解放された。

二階建の警察署の建物を出て、正面に駐めてあるミニ・クロスオーバーまで歩く。車に乗るまでの間、迦羅守もギャンブラーも無言だった。エンジンを掛けてひと息ついた時、やっとギャンブラーが口を開いた。

「これから、どうするんだ……」

「まったく、ノーアイデアだ……」

迦羅守が溜息まじりに、いった。

「現場に戻って、正宗が発見されるのを待つか……」

だが、迦羅守は、いくら待っても正宗は発見されない気がした。

「それよりも、伊万里のことが心配だ」

迦羅守は、最悪の事態を想定した。

「そうだな。宿に帰って、まず伊万里を捜すか……」

だが、おそらくそれも難しいだろう。伊万里に関しては忽然(こつぜん)と消えてしまっただけで、何の手懸りもない。

その時、迦羅守は、昨夜旅館で会ったケイシー・サリヴァンの顔を思い出した。もしサリヴァンが四万温泉に姿を現したのが偶然ではないとしたら、伊万里の失踪(しっそう)には彼が関与しているのではないのか……。

「迦羅守、どうしたんだ」

「いや、何でもない。その前に、行きたいところがある。例の〝大蛇ノ末裔〟の長野老人が、この近くの病院に入院してるんだ。面会に行こう」
迦羅守が車のギアをドライブに入れた。

長野老人は中之条町の〝中之条島田病院〟に入院していた。総ベッド数が二〇あるかないかの小さな病院だ。前日、緊急入院した時点では個室で面会謝絶扱いになっていたが、今日は四人部屋に移されていた。

迦羅守とギャンブラーが見舞いに行くと、長野はベッドに座り上機嫌だった。

「やあやあ浅野さん、昨日はお騒がせしました。面目ない。体調の方はもうすっかり良くなりましてね……」そこまでいった時に、長野は迦羅守の様子がおかしいことに気付いたようだった。「今日は伊万里さんが見えないようですが、何かあったのですか……」

「実はその伊万里が昨夜、失踪しました。今日になっても、戻ってきていません」

「何ですと……」

長野老人が驚いたように、迦羅守とギャンブラーの顔を見た。

「彼は、武田菊千代です。お父様の幸雄さんの遺言の中に出てきた、四人の仲間の子孫の内の一人です」

迦羅守がギャンブラーを紹介した。

「すると、もう一人の方は……」

「はい、南部正宗です。しかし、その南部正宗も、昨夜から連絡が取れなくなっていま
す。彼の車が四万川ダムの堰堤の上に乗り捨てられていて、警察が〝自殺〟と見て捜索し
ていますが……」
「な、なんということだ……。まさか、私を襲ったあの男が……」
長野が苦汁を嘗めたように声を絞り出す。
「わかりません。しかし、その可能性はあると思います」
「私の責任だ……。私さえ、あの男に騙されたりしなければ……」
長野が、天を仰いだ。
「いえ、長野さんの責任ではありません。私たちのミスです。敵を侮り、油断した結果で
す……」
迦羅守がいったことは、事実だ。相手が〝小柄な美形の男〟というだけで、すっかり油
断していた。伊万里はまだしも、正宗まで〝やられる〟とは想定すらしていなかった。
「それで、いかがいたしますか。私に、できることがありますか」
長野老人がいった。
「はい、ひとつお願いがあります。実は例の、お父様が我々に残した物、それを早急に入
手しなくてはなりません、〝奴ら〟の狙いは、それです」
そうだ。〝奴ら〟だ。あの〝小柄な美形の男〟一人だけではない。絶対に、仲間がいる

はずだ。

そしてもし、伊万里か正宗のどちらかでも生きていて、〝奴ら〟に拉致監禁されているのだとすれば……。

こちらが先にダイヤモンドを入手すれば、身柄と交換するための切札になる。

「わかりました。〝例のモノ〟を取りに行きましょう」

「お体の方は……」

「もう、だいじょうぶです。すっかり良くなりました。そうと決まれば、すぐに病院を抜け出しましょう」

その時、迦羅守のｉＰｈｏｎｅがメールを着信した。

まさか、正宗が……。

だが、違った。まったく知らないメールアドレスからだった。

メールを、開く。タイトルはない。短い、奇妙な本文が入っていた。

〈――ハーイ！　迦羅守！　伊万里は最高の女だぜ！　楽しませてもらってるよ！――〉

他に、写真が二件。迦羅守はその写真を開いた。

伊万里の、写真……。

迦羅守はその写真を見た時に、息が止まりそうになった。

〝奴ら〟は、伊万里に何ということを……。

「迦羅守、どうしたんだ。メールは、誰からだ」

ギャンブラーが訊いた。

「一刻も早く、伊万里を助けないと……」

それだけをいうのが、精一杯だった。

12

伊万里は、泣いていた。

裸でベッドの中に蹲り、全身の痛みに耐えていた。動こうと思っても、手足をガムテープで縛られていてどうにもならなかった。

あの〝サムソン〟と呼ばれていた、革の覆面を被ったサディスト……。

女の体に興味がないのなら、なぜ私にあんなことをしたの。散々プロレスの技を掛けられて、遊び半分に痛め付けられた。

それをもう一人の〝ヘルマ〟という〝女のような男〟が、タブレットで写真を撮った。

私の恥ずかしい、嬲り者にされている写真を。そしてその写真を、私に見せびらかしながら、迦羅守のｉＰｈｏｎｅに送信した……。

もう、終わりだ……。迦羅守には見られたくなかった……。生きていたくない……。

体を、動かした。激痛で、体がバラバラになりそうだった。

伊万里は学生時代に、新体操をやっていたことがある。身長が高すぎて一流にはなれなかったが、体は柔らかい。もしそうでなかったら、本当に骨をバラバラにされていたかもしれない。

でも、なぜなの……。

二人とも女に興味がないのなら、なぜあんなことをしたの。しかしその写真を、なぜ迦羅守に送ったの……。

考えられるとしたら、ひとつだけ。私の写真を餌にして、迦羅守を誘き出そうとしているに違いない。そうに決まってる。

迦羅守に知らせないと……。

でも、どうやって。知らせるどころか、私はここから一歩も動けない。

それに、ここはどこだろう……。

いままで部屋の作りや家具を見た限りでは、ホテルや旅館ではないようだ。一軒家だが、かといって普通の家のような生活感も感じられない。広さと、森の中にあるらしいという立地条件を考えると、誰かの別荘か貸別荘だろうか。

何とか、逃げられないだろうか……。

だが、手足をガムテープで縛られている。さらに、ロープでベッドに固定されている。これではどうにもならない。

隣の部屋——あの薪ストーブのあるリビング——からは、時折誰かの話し声が聞こえてくる。おそらくあの〝ヘルマ〟と〝サムソン〟の声だ。だが声が低くて、話の内容は聞き取れない。

しばらくすると、外に車のエンジン音が聞こえた。車が走ってきたらしい。車は、この家の近くで止まった。

ドアが開き、閉じる音。誰かが歩いてくる足音。足音が止まり、家の中でチャイムが鳴った。

誰かが来たらしい……。

家の中にもう一人、男が入ってきた。〝ヘルマ〟と話している。誰だろう。

伊万里はベッドの中で体を丸め、息を潜める。神経を研ぎ澄ませ、耳を傾ける。何を話しているのだろう。

会話の中で、ひと言だけはっきりと聞き取れた。

——殺したのか——。

殺した？　いったい誰が、殺されたの？

伊万里は泣きながら、心を閉じた。

ケイシー・サリヴァンは目の前に座っている〝ヘルマ〟を見据えた。

だが、〝ヘルマ〟は笑っている。

この男はいつも、何を考えているのかわからない。〝今回のこと〟をこの男にまかせたのは、失敗だったかもしれない。

「本当に、殺したのですか」

左利番が、もう一度確認した。

「たぶん、ね。〝サムソン〟が奴らの仲間を一人、四万川ダムの上から放り投げちゃったのよ。暗闇で見えなかったけど、あそこから落ちたら誰も助からないわ」

背後に〝サムソン〟という大男を従えているからなのか、〝ヘルマ〟は口調までいつもより強気だった。

「トラブルは起こさないという約束でした。忘れましたか」

左利番がいった。

「先生、こんなことくらいトラブルの内に入らないわ。奴らの仲間が一人減った。もう一人、小笠原伊万里も捕えたから二人減った。それだけのことよ」

「もし警察が介入してきたら、どうしますか」

それでも〝ヘルマ〟は笑っている。

「奴らだって、警察に疚しいことがあるはずよ。私たちのことは、絶対にタレ込めない。心配はいらないわ。それに今回の〝企画〟を〝ロッジ〟に持ち込んだのは、私よ。好きなようにやらせていただくわ」

左利番は、溜息をついた。〝ヘルマ〟は本当に、制御不能だ。どうにもならない。

「それならばなぜ、私をここに呼び出したのですか。好きなようにやりたいのなら、私は邪魔でしょう」

左利番をこの山の中の一軒家に呼んだのは、〝ヘルマ〟だった。元々、〝組織〟のメンバーに当たってこの別荘を手配したのは左利番だった。だが、〝ヘルマ〟が本当に自由にやりたいのなら、自分をここに呼ぶ理由がわからなかった。

「左利番先生に、見ていただきたいものがあるの」

〝ヘルマ〟がいった。

「何を、ですか」

「これよ……」

〝ヘルマ〟がそういって上着のポケットから折り畳んだ紙片を出した。紙を広げ、左利番の前のテーブルの上に置いた。

「これは……」

半紙だろうか。黄ばんだ古い紙に、おそらく毛筆で地図のようなものが描いてある。かなり、大雑把(おおざっぱ)な地図だ。水辺に山と川、道路。鳥居のようなものは、神社か何かのマークだろうか。左上に方角を示す十字が記されていて、〝N〟のマークが入っている。他には鶴らしき鳥が二羽向き合う家紋のようなものと、おそらく梵字(ぼんじ)と思われるものが一字書かれている。

地図の中央より少し左上に、〝×〟印がひとつ。どうやらここに、何かがあるという意味らしい。

「〝ヘルマ〟さん、この地図はどこから手に入れたのですか」

左利番が訊いた。

「〝大蛇ノ末裔〟から。他には考えられないでしょう」

〝ヘルマ〟が、得意そうにいった。

「それでは、四万温泉で〝木部〟の子孫を見つけたのですね」

「違うわ。〝大蛇ノ末裔〟は、〝長野〟という男よ。最初はまんまと贋物を摑まされたけど、今度は〝本物〟のはずよ」

なるほど。そういうことだったのか。四万温泉でいくら〝木部〟という男を探しても、見つからなかったわけだ。

「それで、この地図を私にどうしろと……」

左利番と〝ヘルマ〟の話を、黒い覆面を被った大男が黙って聞いている。この男が、何を考えているのかわからない。

「左利番先生に、解読していただきたいの。先生も、ダイヤモンドが欲しいんでしょう。その〝×〟印のところに、ダイヤモンドが隠されているのよ」

〝ヘルマ〟がいった。

だが、本当にそうだろうか。この地図は、莫大なダイヤモンドの隠し場所を示すものとしてはあまりにも稚拙(ちせつ)なような気がした。もし〝本物〟の地図だとしても、隠した人間が自分がその場所を忘れないために書いたメモランダムのようなものだろう。

「もし私が、この地図を解読できなければ？」

「その時は、あの小笠原伊万里という女を餌にして、浅野迦羅守を誘き出すわ。もしくはもう一度、長野という男に訊けばいい。奴らならば、この地図の示す場所がわかるはず……」

「それでは、もし私がこの地図を解読できたとしたら」

左利番がいうと、ヘルマが楽しそうに笑った。

「そうしたらあの小笠原伊万里という女も、用なしね。〝サムソン〟に始末させるわ」

それまで黙っていた〝サムソン〟が、野獣のように咽を鳴らした。

「わかりました。その地図を解読して、現地に行きましょう。そして、ダイヤモンドを見つけましょう。しかし、ひとつお願いがあります」

「あら、何かしら」

〝ヘルマ〟が小首を傾げた。

「もし地図が解読できたら、小笠原伊万里だけでなく、浅野迦羅守も始末してもらえませんか。他に、もう一人の仲間と、この地図を持っていた長野という男も。彼らを生かしておくと、面倒なことになります……」

「さすが、左利番先生はわかってるわ。〝サムソン〟、お願いね」

〝サムソン〟がまた、野獣のように咽を鳴らした。

13

一日が経つのは早い。

四万温泉に戻り、長野老人を家に送り届けた時にはもう日は西に沈みはじめていた。

迦羅守はまず『関文館』に帰り、自分と伊万里の荷物を片付けて部屋をチェックアウトした。その足で、『四万碓井館』に移る。こちらの方が部屋が広かったし、もしかしたら長野老人を襲った〝小柄な美形の男〟もここに泊まっている可能性がある。

食事は、三人分を予約した。迦羅守とギャンブラー、そして長野老人の分だ。長野老人も、あの家で一人でいればまた襲われる可能性がある。

長野老人は宿に着くと、しきりに周囲を見渡した。そしてぽつりと呟いた。

「立派な宿ですなぁ……。四万温泉にこんなホテルがあるなら、うちの旅館にお客様が来なくなるわけだ……」

長野は四万温泉で他の宿に泊まるのは初めてらしい。自分が経営していた『長野荘』は、もう一〇年近く前に廃業している。

「それで、〝例の場所〟にはいつ案内していただけますか」

迦羅守が長野老人に訊いた。

「山の中の危険な場所なので、夜は無理です。このあたりは、熊も多いですから。明日にしましょう……」

長野がいうことは、もっともだった。伊万里のことが心配だが、仕方がない。

迦羅守は先程から幾度となく、メールで伊万里の写真を送ってきた相手に返信を打っている。〈――伊万里は無事なのか――〉、もし無事ならば〈――引き渡しに応じる。要求は何なのか――〉。

だが相手はあれから、何もいってきていない。相手の真意が読めない。

こんな時に、正宗がいてくれたら……。

夕食の膳を囲みながら、今後のことについて話し合った。料理は山海の幸を集めた華やかなものだったが、伊万里のことを想うと咽を通らなかった。ギャンブラーと長野老人の声も聞こえない。

「おい、迦羅守。聞いてるのか」

ギャンブラーの声に、我に返った。

「ああ、聞いてるよ……。それで、何の話だっけ……」

「これだよ……」ギャンブラーが呆れたように、溜息をついた。「長野さんは、簡単な山歩きの靴や装備がなければ無理だといっているんだ。おれは、そんなものを持ってきていない」

迦羅守は、考えた。だが、小説の取材などでよく山に入るし、トレッキングは苦手ではない。

「ぼくは車にトレッキングシューズくらいは積んであるし、雨具も持ってきている」

「それなら迦羅守、君は明日、長野さんと二人で山に行ってくれないか。おれは、山登りは苦手なんだ」

「ギャンブラー、君はどうするんだ」

「おれは宿で待機している。万が一、伊万里が帰ってこないとも限らない。それに正宗の件で動きがあれば、警察から連絡が入るかもしれないしな」

ギャンブラーがいうのも、もっともだった。

「わかった。明日はぼくと長野さんとで行ってくる。しかし、留守中は気をつけてくれよ」

「だいじょうぶだよ。心配はいらない。ここはホテルだし、おれだって同じ奴に二度もやられるほど間抜けじゃないさ」

だが、本当にそうだろうか。相手は、あの正宗だってやられたような奴だ。もちろん迦羅守自身も、けっして安全だとはいえないのだが。

「ところで長野さん、明日、我々が行く場所というのは、どのようなところなのですか。例の髭を生やした男に奪われた地図には、細工がしてあるとのことでしたが……」

迦羅守が、訊いた。長野は黙々と箸を口に運び、熱燗の日本酒を注いだ猪口を傾けている。

「はい、地図には細工がしてあります。その細工は、迦羅守さんたちにしか見破れないでしょう。もし知らない者があの地図を持ってこのあたりの山に入れば、遭難してしまうでしょうな」

長野がそういって笑い、猪口を空けた。

迦羅守のｉＰｈｏｎｅが振動した。電話だ。

伊万里を拉致した男か……。

だが、違った。先程の吾妻署の猪又という刑事からだった。

「はい、浅野です……」

――いま、どちらに――。

「四万温泉の〝四万碓井館〟にいます。ここで待機しています……」

遺体が発見されたのかもしれない。

――実は、南部正宗さんの件なんですがね――。

覚悟はできていた。

「見つかったんですか」

――いえ、まだです。今日は日没までやったのですが、そこで捜索を一旦中断しました。明日、早朝から再開する予定です。一応、お知らせしておこうと思いましてね――。

電話を切った。

「いまの電話、警察だろう。正宗の死体が上がったのか」

ギャンブラーがいった。

〝死体〟という言葉を聞いて、ますます食欲が失せていった。

「いや、まだだ。明日も早朝から、捜索するそうだ……」

「そうか……」ギャンブラーが伏せてあるグラスを返し、迦羅守に差し出した。「お前も、飲めよ。考えてたって、何も解決しないぜ」

「そうだな……」

グラスを手にし、ギャンブラーからのビールを受けた。それを一気に飲み干すと、少し気分が楽になったような気がした。

いずれにしても、明日だ。

今夜は、動きようがない。

14

〝ヘルマ〟と〝サムソン〟、さらにもう一人の男は、夜明け前に山に入った。

伊万里も、連れてこられていた。いまは〝ヘルマ〟の女物の服を着せられ、スニーカーを履かされている。身長が一六五センチある伊万里には服も靴も少し小さかったが、裸で山の中を歩かされるよりはましだった。

先程から伊万里は、〝先生〟と呼ばれている男を観察していた。昨日、あの別荘のような家を訪ねてきて、〝ヘルマ〟と〝サムソン〟の二人に合流した男だ。

この男は、誰だろう……。

年齢は五十代の半ばから、六〇歳くらい。ニット帽を被りサングラスを掛けているが、おそらく外国人だ。日本語が上手いが、英語圏の人間特有のイントネーションがある。

〝先生〟と呼ばれるだけあって、男はこの三人の中で地位が最も上らしい。〝サムソン〟

はひと言も話さないが、少なくとも〝ヘルマ〟は〝先生〟に敬語を使っている。

だが時折、〝ヘルマ〟が〝先生〟に対して我を通そうとする場面もあった。〝先生〟は憤慨した表情を見せるが、何もいい返さない。どうやらこの三人の力関係は、見かけ以上に微妙らしい。

〝先生〟は地図のようなメモを見ながら歩き、時々立ち止まっては首を傾げる。おそらく、長野老人から奪った地図だ。

「おかしいですね……。方向は間違ってないはずなんですが……」

「先生、しっかりしてくださいよ。本当にこの道で合ってるの……」

〝ヘルマ〟が〝先生〟の横に立ち、ハイキング用の二万五〇〇〇分の一の地図を開いて見比べる。

「この地図は、小学生が描いた絵のように不正確なのですよ。この水辺のようなものは、おそらく四万川ダムです。そこから我々は、南に下ってきて山に入った……」

「それはわかるわ。だからこの〝滝〟のようなマークは、さっき通ってきた〝ガマ石の滝〟と〝小倉の滝〟でしょう」

「そうです。この地図にはスケールが描き込まれていて、ひと目盛りが二〇〇メートルですから、方角も距離もだいたい合っています……」

「それで、〝×〟印はこのあたりね……」

〝ヘルマ〟が両方の地図を覗き込み、その場所を指さす。

「はい、そうですね。さらにここから西へ向かった方に山があって、その山頂の手前です。その地図を見ると、この〝木戸山〟という山のようですが……」

〝先生〟が首を傾げる。

「このハイキング地図には、そこに行く道は何も書いてないわ……」

「わかりません。とにかく、行ってみましょう……」

〝先生〟が歩き出した。〝ヘルマ〟も、後に続く。伊万里も〝サムソン〟に背中を押され、仕方なく後を追った。

歩きながら、伊万里は周囲の様子に気を配った。

先程の小倉の滝があったあたりまでは、遊歩道が付いていた。そこから道が急に細くなり、いまは地元の人が山菜採りか猟にでも使うような険しい山道になっている。しかも、途中にいくつも分岐点があったので、どこをどう歩いてきたのかはわからない。

もしかしたら、道に迷っているのかもしれない……。

周囲の三人は、まだ気付いていないようだ。だが、ここにいる全員が、あの長野という老人の罠にはまったのだとしたら……。

伊万里は自分もまた、二度と戻ることのできない迷路を歩かされているように思えてならなかった。

15

迦羅守と長野老人は、早朝七時に宿を出た。

まず車で四万川ダムの堰堤に向かった。正宗の捜索は、夜明けと共に再開されていた。猪又刑事がいたので少し立ち話をして、その場を離れた。

「さあ、山に向かいましょうか」

迦羅守が車に乗った。

「その前に、ちょっと確認したいことがあります。温泉街の方に、少し戻っていただけませんか」

長野がいった。

「わかりました……」

迦羅守はいま走ってきた道を、四万温泉の方に戻った。最初の分岐点を旧四万街道に曲がらずに、バイパスの方に直進する。トンネルを三本抜けたところで、長野老人が指示した。

「その林道を、右に曲がってください」

指示されたとおりに、林道を右に曲がった。そのまましばらく、小さな流れに沿(そ)って進んだ。

「その駐車場に入れてください」

立札に〝ガマ石の滝・小倉の滝〟と書かれた四万野外スポーツ林の駐車場に車を入れた。奥に、車が一台駐まっていた。

黒いメルセデス〝G〟、ゲレンデヴァーゲン……。

「なぜ、ここに奴らの車が……」

迦羅守がいった。

「地図に細工をしておいたといったでしょう。車がここにあるということは、奴らが、その罠に引っ掛かったということです。さあ、行きましょう」

「ちょっと待ってください……」

迦羅守が、車から降りた。

メルセデスに歩み寄る。運転席と助手席には、人は見えない。だが、伊万里が乗っているかもしれない。

車に近寄り、後部座席と荷室を覗き込む。窓に濃いフィルムが貼ってあるので、車内がよく見えない。だが、〝荷物〟のようなものは何も載っていないようだった。

念のために、荷室のドアをノックしてみた。応答はなかった。やはり、伊万里も車の中にいないようだ。

ミニ・クロスオーバーに戻り、運転席に乗った。

「行きましょうか……」

駐車場の中で車をターンさせ、林道を戻った。

「国道に出たら、四万川ダムの方に戻ってください……」

長野老人の指示どおりに、国道を左折した。またトンネルを三回潜り抜け、四万川ダムの堰堤の前を通った。警察の捜索は、まだ続いている。そのまま直進し、ダムを周回する道に入っていく。

「このまましばらく道なりに走ってください。ダムの北側に出ると、湖水を渡る大きな橋があります。その橋の手前の林道を、左へ……」

迦羅守は、道を車のナビで確認した。確かに道は、長野老人が指示したとおりになっている。だが、不思議だった。

「ひとつ、お訊きしてもよろしいでしょうか」

迦羅守がいった。

「はい、何でございますか」

「長野さんは、〝そう簡単にその地図は解読できないだろう〟とおっしゃっていましたね。どのような細工をしたのですか」

奴らは、四万川ダムを中心に南西側の沢に入っている。だが、これから迦羅守と長野が向かおうとしているのは、ダムの北側の沢だ。まったく、逆だ。

「簡単な細工ですよ。地図に方位マークを描き込んでおいたのですが、その南北の方角を逆にしておきました……」

迦羅守は、呆れた。もしそんな地図を頼りに山に入れば、命取りだ。確かに、下手をすると遭難してしまう。

「それでは、もしその地図を我々が手に入れていたとしても……」

「いや、その心配には及びません。浅野さんや南部さんがその地図を見れば、ちゃんとわかるようにはなっています」

長野が、得意そうに説明する。

地図には、方位マークの下に〝二羽鶴〟の家紋を描き入れておいた。いわゆる〝南部鶴〟と呼ばれるもので、南部氏に代々伝わる家紋である。

もしこの家紋が何らかの暗号――メッセージ――であると気付けば、あとは簡単だ。長野が描いた地図の方位マークには〝N〟は入っているが、〝S〟はない。つまりこの〝N〟が〝南部〟のイニシャルであり、〝南〟を指すことがわかれば、方位マークが南北逆転している罠を見破ることができる。

「つまり地図を回転させないと、まったく違う沢に入り込み、別の山に登らされてしまうわけです。そのために、ダムの形や道路もわざと大雑把に描いておきました……」

長野がそういって、声を押し殺すように笑った。善良そうな顔をしているが、なかなか阿漕(あこぎ)な爺さんだ。

「そんな方法を、よく思いつきましたね……」

「いやいや、私というよりも父から授かった知恵ですよ。秘密の地図を描く時には、何か策を講じろと。実はもうひとつ、あの地図には罠が仕組んでありましてね……」

長野によると、地図にはひとつ梵字が書き込まれているらしい。〝智〟を意味する梵字だが、実はこれも左右が逆転している。つまり地図は南北を回転させ、さらに左右を反転させないと正常な向きにはならないように仕組まれている。

怖ろしい。だが、長野もまた、迦羅守や伊万里、正宗、ギャンブラーと同じ血脈の仲間であることを証明している。

前方に、湖面の遥か上を渡る高い橋が見えてきた。林道の入口まで、もう少しだ。

「次のカーブを曲がったあたりですね……。ああ、あれです。あの道を左に入ってください……」

長野にいわれたとおり、林道を左に折れた。間もなく右手に〝しゃくなげの滝〟と書かれた看板が立っている、小さな駐車場があった。車は一台も駐まっていない。

「先程のところにも、確か滝がありましたね……」

駐車場の前をゆっくりと通過しながら、迦羅守がいった。

「はい。〝ガマ石の滝〟に〝小倉の滝〟ですね。しかし地図には滝のマークのようなものが入っているだけで、滝の名前は書いていません。奴らはきっと、〝小倉の滝〟を〝しゃくなげの滝〟だと信じて山奥に迷い込んでおるのでしょう」

長野老人が、おかしそうに笑う。

だが、迦羅守は不安だった。伊万里はいまごろ、どうしているのだろう……。

もし奴らと行動を共にし、あの沢に迷い込んだのだとしたら、一緒に遭難してしまうことになる。もしどこかに監禁され、奴らが遭難して帰らないとすれば、発見されずに餓死してしまう可能性もある。もしくは、すでに伊万里は生きていないのか……。

いずれにしても、いまは伊万里の運と知恵を信じるしかない。

入口から一キロほど入ったところで、林道が行き止まりになった。

「車をその広くなっているあたりに駐めてください。ここから、歩きましょう」

迦羅守はいわれたとおりに車を駐め、エンジンを切った。周囲の鬱蒼とした森は、秋の色に染まりはじめていた。

車の荷台に回り、スニーカーをトレッキングシューズに履き替える。宿に用意してもらった弁当や飲み物、雨具の入った小さなバックパックを背負う。今日は雲が多いので、山は午後から天候が崩れるかもしれない。

「このあたりはツキノワグマが多いので、これを持っていてください」

長野から、熊避けのスプレーを渡された。

「これから、どちらに向かうのですか」

迦羅守が訊いた。

「北西の方角です……」長野が使い古した二万五〇〇〇分の一の地図を広げた。「ここに栂ノ頭山の山頂のマークがありますね。こちらの方角に向かいます。距離は片道二・五キロほどですが、道が険しいので覚悟してください。では、行きましょう」

長野が使い込んだカンバスの背嚢を背負い、山道に分け入った。

迦羅守も一度、息を大きく吸い、その後に付いていった。

16

もし、自分が格闘技に精通し体を鍛えていなかったとしたら……。

おそらく二〇メートルの高さからダムの水面に激突した瞬間に、受け身を取れずに首を折って死んでいただろう。

だが、いまこうしていても、確かに首の骨はつながっている。内臓破裂も起こしてはいないらしい。

南部正宗はまだ夜露の湿気が残る森の下草の中に大の字に倒れたまま、梢の間から差し込む目映い陽光を見つめていた。そして少しぼんやりとした頭で小鳥のさえずりを聞きながら、この二日間——おそらく二日間だ——に自分の身に起きたことを整理した。

一昨日の夜、自分は〝ゴリラのような大男〟に担ぎ上げられ、四万川ダムの堰堤から投げ込まれた。一瞬の出来事だった。だが、あの大男には確かに見覚えがあった。

プロレスラーの、サムソン村上……。

かつては総合格闘技にも参戦し、海外でも活躍した実力派の格闘家だった。だが、数年前に試合中に右膝の半月板損傷と後十字靭帯断裂という大怪我を負い、引退同然になっていたはずだ。しばらく見ないと思っていたが、なぜあの男が今回のことに首を突っ込んできたのか。

どうやら、油断したようだ。相手がサムソン村上だとわかっていたら、もう少し有利な戦い方ができたのだが。

水面に叩きつけられた時点では、まだ意識はあった。暗闇の湖水に浮かびながら、〝死なない〟ためにはどうするべきかを考えた。まず泳ぎやすいように上着と靴を脱ぎ捨て、水音を立てないように陸へ向かって泳いだ。

堰堤の上のエンジン音と気配で、奴らが立ち去ったことがわかった。そこまでは覚えている。だがその直後に、気を失った。

次に気が付いた時には、明け方だった。正宗は、堰堤から少し離れた岸に漂着していた。どうやってそこまで辿り着いたのかはわからなかったが、流木にしがみついていたので、それにつかまったまま流されてきたのかもしれない。

陰から顔を出して様子を見ると、堰堤の上に何台かパトカーが停まり、赤色灯が回転していた。どうやら、自分を捜索しているらしいことがわかった。警察に見つかると厄介なことになると思い、物陰に隠れながら陸に上がった。

濡れた体で、森の中を歩いた。体が冷えているためか、意識が朦朧としていた。水面に激突した時に肋骨が折れたのか、胸に激痛が疾り、息が苦しかった。

正宗は森の中を歩きながら、腰のホルスターの中のｉＰｈｏｎｅを確認した。軍用の防水ケースに入れてあったので、機能は生きていた。だが、迦羅守に連絡を取ろうと思っても、圏外になっていて電話もメールも繋がらなかった。

そのうちにまた意識が朦朧としてきて動けなくなり、森の中に横になった。そこでまた、気を失った。

長い夜を過ごしたような気がした。凍えるように寒く、魘された。生きたまま、獣や魔物に体を貪られるような嫌な夢を見た。

そして一時間ほど前に、また意識が戻った。最初は夢と現実の間を行き来していたが、いまははっきりとしている。陽光が当たり、体が温まってきたためか、手足も動くようになってきた。

正宗は、ゆっくりと体を起こした。胸に激痛が疾り、思わず声が出た。そこでしばらく蹲り、また体を起こす動作を続行した。

何とか、立ち上がった。それだけで、息が切れた。しばらくは木で体を支えていたが、周囲の風景が歪んで見えた。

体がまだ、濡れていた。頭が痛み、寒気がした。熱があるのかもしれない。

だが、一刻も早く迦羅守に連絡を取らなくては……。

正宗は一度、大きく息をすると、森の中をふらつきながら歩き出した。

17

午前中も遅い時間になるにつれて、気温が上がりはじめた。

森の中とはいえ、陽差しが強い。一〇月の群馬県北部、しかも標高一〇〇〇メートル近い山中とは思えないほどの暖かさだった。

いや、それとも、高い緊張状態を保ったまま長時間歩き続けていたために、そう感じるだけなのか――。

「このあたりで、少し休みましょう……」

ケイシー・サリヴァンは岩の上の見晴らしのいい場所に出た時、後続の三人にそう声を掛けた。自分を含め、全員がかなりバテているようだった。周囲の山々と深い森の風景を見ると、よくこの軽装備でここまで登ってきたものだと思う。

「左利番先生、本当にこの道で合ってるんですか……」

〝ヘルマ〟が岩の上に座り込み、息を切らしながら訊いた。

「おそらく、間違いありませんね。あと、もう少し。三〇分くらい歩けばこの地図の〝×〟印の地点に着くと思います……」

左利番がコンパスで方角を確認し、二枚の地図を見比べながら答える。答えながら、三人の様子を細かく観察した。

〝ヘルマ〟はかなり辛そうだ。口では強がりをいっているが、山歩きには慣れていないらしい。それにあの薄っぺらなスニーカーでは、足にマメでもできているに違いない。

大男の〝サムソン〟は、さらに堪（こた）えているようだった。もうかなり前からこの男は額（ひたい）に脂汗（あぶらあせ）を滲ませ、足を引き摺（ず）っている。おそらく、右足の膝でも傷（いた）めているのだろう。この先、一番早く脱落するのはあの男に違いない。

意外にタフなのが、伊万里という女だ。きつそうなショートパンツに足に合わない〝ヘルマ〟のスニーカーを履かされているが、けっこう身軽に左利番の後に尾いてくる。贅肉（ぜいにく）のない均整の取れた体形を見ると、何かスポーツでもやっていたのだろう。この素晴らしい人間の〝牝（めす）〟を殺してしまうのは惜（お）しいが、大きな目的のためには仕方ない。

「すみません。私はちょっと〝もよおし〟ました。ここを少し離れますが、私が戻るまではけっして動かないでください」

左利番がいった。

「〝もよおし〟って、何よ……」

〝ヘルマ〟が不思議そうな顔をして、左利番の顔を見た。

「日本語がわからないのですか。〝もよおす〟というのは、〝便意を感じる〟という意味です。私はこの下の沢に下りて、排便してきます。見たいですか」

「まさか。勝手にしてきて……」

〝ヘルマ〟がいかにも不快だといわんばかりに、顔を背けた。

左利番は来た道を戻り、森の中に入っていった。しばらくすると沢の方角に下りる獣道があったが、そこは曲がらなかった。急ぎ足に通り越し、さらに来た道を下っていった。

〝もよおした〟というのは嘘だ。奴らは、まんまと騙されてくれた。

この地図には、トラップが仕掛けられている。四万川ダムを中心にして、南北と東西が逆になっているのだ。ダムの形も冷静に見れば、一目瞭然だ。左利番は最初からどこかおかしいと思っていたが、奴らはまだ気付いていない。

左利番は、二度と奴らの待つ場所に戻る気はなかった。このまま地図を見ながら、一人で目的地に向かうつもりだった。そうすれば、ダイヤモンドはすべて自分のものになる。

奴らはあの場所から動けない。もし動いたとしても、地図もコンパスもなしではこの山から抜け出せない。よほど運が良くなければ、遭難する可能性が高いだろう。

奴らが死ねば、面倒もなくなる。残された問題は、浅野迦羅守ともう一人の男を自分の手で何とかしなくてはならないことだ。

左利番は急ぎ足で、山を下った。行きは上りだったし、奴らの前で道に迷う振りをしながら歩いていたので時間が掛かったが、帰りは早かった。

約一時間後――。

左利番は小倉の滝とガマ石の滝の前を通り、車を駐めた駐車場まで戻ってきた。残念なのは、目の前にある高級車――〝サムソン〟という大男が乗っていた黒のメルセデス〝G〟――の鍵を自分が持っていないことだった。だが、問題はない。

ポケットから、iPhoneを出した。電波が通じることを示す〝4G〟のマークが表示されていた。

ブラボー!

左利番はGoogleで地元のタクシー会社の番号を調べ、電話を掛けた。

「いま小倉の滝の駐車場にいるのですが、タクシーを一台お願いできますか。私の名前は〝ブラウン〟といいます……」

電話を切った。

左利番はリュックを下ろし、近くのベンチに座った。

タオルで汗を拭い、ステンレスボトルから冷たい日本茶を飲んだ。

18

浅野迦羅守は長野老人の背中を追った。

〝道〟というよりも、森の中の斜面や岩場をよじ上るような険しいルートだった。

だが、麓から二時間近く進む間に、何度か樹々の間に縄を張り渡した結界の印や、岩の上に置かれた古く小さな道祖神(どうそじん)のようなものを見た。険しい岩場には、鎖場(くさりば)もあった。

ここは昔、確かに人が通った〝道〟なのだ。

長野はこの〝道〟に慣れているのか、七〇歳を超えた老人とは思えない健脚で楽々と上っていく。迦羅守も多少は山歩きの経験はあるが、とてもついていけない。長野老人の背が、次第に離れていく。

「長野さん……。少し、ゆっくり行きませんか……」

迦羅守が息を切らしながらいった。長野老人が立ち止まり、振り返る。

「やはり、きついですか。この山は修験者(しゅげんじゃ)以外、ほとんど人が通いませんからね。この森を抜けると岩場に出ますから、そこでまた少し休みましょう」

そこから森を抜けるまでの、たかだか一〇〇メートルほどの急斜面が足が上がらなくなるほど辛かった。最初に長野老人から、目的地までは二・五キロほどだと聞いていたが、この調子では何時間掛かるかまったくわからない。

森を抜けると、まるで断崖のような岩場に出た。人工的なものなのか、それとも自然の地形なのか岩場の一部が階段状になっていた。その一段に腰を下ろし、息を吐いた。

秋の陽差しと、冷たい風が心地好かった。ペットボトルからミネラルウォーターを飲むと、急激に汗が引いた。眼下に、四万川ダムのコバルトブルーの水面が輝いていた。

「この道は、古くからあるんですか」

何げなく、訊いた。

「わかりません。おそらく数百年前から修験者は通っていたのでしょうが、記録は何も残っていませんので。私も、父に教わったんです」

長野老人も古い軍用の水筒から水を飲み、どこか懐かしげな眼差で遠くの景色を見つめている。

「長野さんのお父様というのは、どんな方だったのですか」

それまで心に引っ掛かっていたことを、訊いた。

「実は、息子である私が、どうもよくわからんのですよ。子供のころはただ厳しいだけの、ごく普通の父親だと思っていたんですがね。浅野さんは、私の父のことを、何か知っているんですか……」

長野が、逆に迦羅守に訊いた。

本当のことを話すべきかどうか、少し迷った。だが、長野は迦羅守のことを信頼してくれている。それならば、長野もまた自分たちの仲間の一人として、すべてを知る権利があるはずだ。

「長野さんは、〝亜細亜産業〟という会社のことを知っていますか」

迦羅守がいった。

「はい、会社の名前だけは知っています。父が、戦後の昭和二十年代の前半に勤めていた会社ですね。父の死後、遺品を整理していたら金庫の中からその会社の給与明細のようなものが出てきました……」

だが長野が亜細亜産業について知っていることは、それだけだった。

「亜細亜産業というのは戦時中にできた旧日本陸軍の軍需産業のコンツェルンのような会社でした。戦後はGHQのG2傘下で、特務機関として生き残っていたようです。私の祖父、それに小笠原伊万里や武田菊千代、もう一人の仲間の南部正宗たちの祖父や曾祖父たちも皆、亜細亜産業の仲間でした」

「そうでしたか。そんなことだろうとは思っていました。それで私の父は、その亜細亜産業でどのような仕事を……」

迦羅守はまた、少し迷った。だが、話すことにした。

「アメリカ国立公文書館のマッカーサー記念館に、ごく僅かですがお父様の長野幸雄さんの資料が残っていました。Y・ブランチ……特務機関としての亜細亜産業のコードネームなのですが……そのY・ブランチのファイルにサチオ・ナガノという人物について、こう書かれていました。一九一五年、高崎市の生まれ。陸軍中野学校の出身。満州から帰国後にY・ブランチに参加し、一九四九年七月に、CICの作戦行動中に行方不明になった、と……」

陸軍中野学校、満州、CICと聞いても、やはり長野は驚かなかった。

「そうですか……。父は、CICの作戦行動中に行方不明になったのですか……。それでその一九四九年の七月というのは、日本で何がありましたかな……」

長野が、おっとりといった。

「初代国鉄総裁が暗殺された、下山事件。三鷹駅で無人列車が暴走した、三鷹事件。福島県の松川(まつかわ)で列車が脱線転覆(てんぷく)した、松川事件。多くの犠牲者を出した、国鉄の三大事件ですね……」

迦羅守の話に耳を傾けながら、長野が静かに頷いた。

「そうですか、三鷹事件ですか……。一九四九年というと、昭和二四年ですか。その当時は父も私も、東京の三鷹に住んでいたはずです。これで父のことが、何となくわかったような気がします。さて、そろそろ行きますか……」

長野が岩から立ち上がり、背嚢を背負いなおした。

「目的地まで、あとどのくらいですか」

「もう、半分以上は来ています。しかしこの先はほとんど道のない場所を行くので、気を付けてくださいよ」

長野がそういって、岩に渡した鎖を握り、歩きはじめた。

19

小笠原伊万里は倒木の上に座り、二人の男を観察していた。

〝サムソン〟という大男の方は、物静かだった。右足を傷めたのか、伊万里から少し離れた岩の上に座り、しきりに膝のあたりを揉んでいる。

だが〝ヘルマ〟という小柄な男の方は、パニックに陥っているようだった。先程からあたりを行ったり来たり歩き回りながら、しきりに何かを喚き散らしている。

「いったい、左利番はどこに行ったの。もう、一時間以上よ。何が〝もよおした〟よ。あの糞ジジイ、逃げたんだわ。私たちを置き去りにして。ダイヤを独り占めにする気よ。でも、どうするの。左利番が、地図もコンパスも持っていってしまった。私たちは、ここから動くこともできない。あの糞ジジイ、私たちを遭難させるつもりなのよ。捕まえたら、殺してやる……」

切れ長の美しい目が、般若（はんにゃ）のように吊り上がっている。

「〝ヘルマ〟、よせ。少し頭を冷やせ」

〝サムソン〟がいった。やはり、大男の方が冷静だ。

「〝サムソン〟、何をいってるの。私たちはこの山の中に地図も食べ物もなしで取り残されたのよ。ここでこのまま死ぬかもしれないのよ」

「だからこそ、頭を冷やせといってるんだ。考えて、慎重に行動するんだ」

「私は冷静よ！　あなたは黙ってなさいよ！」

「うるさい！」

〝サムソン〟が急に立ち上がり、〝ヘルマ〟の頰を平手で張り飛ばした。

痛そう……。

伊万里は思わず、目を手で被った。

殴られた〝ヘルマ〟は、今度は火が付いたように泣きはじめた。まったく、手に負えない男だ。

「それなら、どうすればいいのよ……。私たち、このままだと遭難しちゃうわ……」

ひとしきり泣きじゃくって気がすんだのか、ヘルマも少し落ち着いたようだ。

「まず、これからどうするかを決めよう。ここに残って左利番が戻るのを待つか。それとも、左利番を追ってここを離れるのか」

〝サムソン〟がいった。この男は見た目はゴリラだが、頭はそれほど悪くないらしい。

「左利番は、絶対にここには戻らないわ……。私たちを置き去りにして、ダイヤモンドを探しにいったのよ……」

伊万里も、そうだと思った。どう考えたって、あの地図を持っているサリヴァンという男の勝ちだ。ここに戻ってくるわけがない。

「それなら、おれたちが取るべき方法はひとつだけだ。いますぐここを離れて、左利番を追うんだ。車に戻ろう」

「でも、道に迷ったら……」

「ここに残っていたって、いずれは死ぬのを待つだけだ。死にたくなければ、おれのいうことを聞くんだ。行くぞ」

〝サムソン〟が一人で歩き出した。

「〝サムソン〟、待ってよ。私を置いていかないで……」

〝ヘルマ〟も、その後を追った。伊万里も仕方なく倒木から立ち上がり、二人の後についていった。いったいこれから、どうなるんだろう……。

歩きはじめて一〇分もしないうちに、また問題が発生した。

「右よ。絶対に〝右〟よ」

「違う。おれたちは、あの岩を左に見ながら上がってきた。だから〝左〟だ」

「そうじゃない。私、あの木に見覚えがあるもの。絶対に、右だってば！」

〝ヘルマ〟は頑として譲らない。だが伊万里も、大男の〝サムソン〟に賛成だった。間違っているのは、たぶん〝ヘルマ〟の方だと思う。確証はないけれども……。

勝ったのは、〝ヘルマ〟の方だった。〝ヘルマ〟のいうとおりに、右の森に下りていった。落ちていくような、急斜面だった。

仕方なく、伊万里もついていった。だが、これは〝まずい〟と思った。このまま二人についていくと、巻き添えで本当に遭難してしまう。

伊万里は先程から、もうひとつまったく別なことを考えていた。

ゴリラと熊は、どちらがマシだろう……。

この山には、ツキノワグマがいるかもしれない。先程、足跡を見た。でも、あのゴリラよりは熊の方がマシだ……。

突然、伊万里がころんだ。斜面をころがり、太い木の幹にぶつかって止まった。倒れたまま、腰を押さえて呻いた。

「痛い……」

〝ヘルマ〟と〝サムソン〟が気付き、近寄ってきた。

「どうしたの。早く立ちなさい。急いでるんだから」

〝ヘルマ〟がいった。

「腰が、痛い……。動けない……」

〝サムソン〟が体を屈め、伊万里の腰に触れた。

「やめて、痛い！　触らないで！」

伊万里が下生えの中で体を丸めたまま、叫んだ。足が、奇妙な方向に曲がっている。

「これは、ダメだな……」

〝サムソン〟が、立った。

「ダメって、どういうことよ」

「腰の骨が折れているのかもしれない。この女はもう、これ以上は歩けないということだ」

「歩けないなら、あなたが背負ってよ。この女はまだ、使い道があるかもしれないんだから」

「いや、無理だ。おれは、膝を傷めている。この女を背負っては、山を下りられない」

〝サムソン〟が、いった。

「仕方ないわね……。それじゃあここに、置いていくしかないわ……」

〝ヘルマ〟が冷たい目で、伊万里を見下ろした。

「助けて……。置いていかないで……」

伊万里が、二人に手を伸ばした。

「無理なのよ。助かりたいんだったら、自分の力で下りてきて。さあ、私たちは行きましょう……」

二人はもう一度、伊万里を一瞥すると、森の急な斜面を下っていった。

「待って……。私を、一人にしないで……」

だが二人は、二度と振り返らなかった。やがてその姿が、見えなくなった。気配も、森の中に消えた。

伊万里が、それを待っていたかのように体を起こした。立ち上がり、体に着いた枯れ葉を払い落とした。口元に、笑みを浮かべる。

うまくやったわ……。

森の中でころんだのは、わざとだった。怪我をした振りも、演技だった。新体操をやっていたころから体は柔らかかったので、足を奇妙な方向に曲げておくくらいのことはお手のものだ。

伊万里は〝ヘルマ〟と〝サムソン〟とは逆の方向に、森の斜面を上がった。尾根を越える。そして来た道を、駆け足で下った。

ゴリラと熊は、どちらがマシかって？

いまは、熊の方がマシに決まっている。

20

背丈の高いクマザサの群棲(ぐんせい)の中を進んだ。

すでに標高一〇〇〇メートルは超えているだろう。

いつの間にか雲の中に入ったのか、周囲を霧に包み込まれていた。

迦羅守は霧の中に霞む長野の背を追った。濃いガスで、視界が悪い。時折、視界の中に現れては消える灌木(かんぼく)の影が、山の亡霊のように見えた。

栂ノ頭は、山岳信仰の山であるらしい。山頂近くになるほど、小さな地蔵や道祖神を多く見掛けるようになった。

しばらくすると少し大きな道祖神が立っていて、前を行く長野がそこで登山ルートを逸れた。クマザサの群棲に、分け入る。そこから数分歩いたところで長野が立ち止まり、振り返った。

「ここです……」

クマザサの群棲から顔を出すように、祠が建っていた。

それほど古いものではない。軽量ブロックを積み上げた台座の上に、木祠が載っている。屋根には緑青が吹いた銅板が張られていたが、どこか作りが稚拙な雰囲気があった。

「これは……」

迦羅守が視線を向けると、長野が照れたように笑った。

「実は、私が自分でこれを作ったんですよ。ここは山岳信仰の山だし、祠ならば誰にも悪戯されないと思いましてね……」

「この、ブロックもご自分で運んだんですか。大変だったでしょう」

「いや、なんの。若いころから柔道で足腰を鍛錬していましたし、これを作った時はまだ若かったですからな。それよりも、祠の中を覗いてみてください」

「はい……」

迦羅守は長野にいわれたとおり、祠の中を覗き込んだ。中には朽ちかけて黄ばんだ紙垂と白い瓷器の瓶子、その奥に絵馬のようなものが入っていた。

「その絵馬を手に取って、裏を見てくださいませ」

迦羅守はいわれたとおり祠の中に手を入れて絵馬を取った。裏を見る。絵馬には、こう書かれていた。

〈——叶
浅野迦羅守

南部正宗
武田菊千代
小笠原伊万里――〉

思わず、顔がほころんだ。

もし長野にここに案内されたのではなく、自分たちの力で辿り着いたのだとしたら、この絵馬を手にした瞬間に神秘的な気分に浸(ひた)れたことだろう。できれば伊万里や正宗、ギャンブラーとも、この感動と価値観をこの場で共有したかった。

「それで、お父様の長野幸雄さんから預かった〝大切なもの〟は……」

迦羅守が訊いた。

「その祠の中に隠してあります。ちょっと下がっていてください」

長野はそういうと背嚢を下ろし、中から軍用の折り畳み式スコップツルハシを出した。

ツルハシの方の歯を起こすと、それを無造作に祠に叩きつけた。

ツルハシが、木祠の屋根に突き刺さった。それを引くと、いとも簡単にばらばらになった。残った木片を払うと、ブロックの四角い台座だけが残った。

「この中です……」

長野がさらに、ツルハシを打ち込んだ。台座の上のコンクリートで塞いだ部分に、穴が開いた。中が、空洞になっていた。

迦羅守はそれを見ながら、過去に見たひとつの光景を思い出していた。あの〝M〟の金塊を探している時に城ヶ島の海南神社の分霊で見つけた砲弾の記念碑だ。あの時も砲弾の下の六角形の石の台座が空洞になっていて、その中に次の指示書が隠されていた。

まったく、同じだ……。

「浅野さん、どうかしましたか」

長野老人の声で、我に返った。

「いえ、別に……。ただ、ちょっと疑問に思ったものですから。この〝隠し方〟は、長野さんがご自分で考えたのですか」

迦羅守が訊くと、長野が怪訝そうに首を傾げる。

「私が考えたというよりも、元々このようにして親父が隠していたんですよ。その祠が四万川ダムの湖底に沈んでしまうことになったので、私が同じようなものをここに建てたのですが……」

やはり、そうか。この祠と海南神社分霊の記念碑は、物の隠し方として同じ人間の発想だ。もしくは、同じ仲間の発想といってもいい。

「続けましょう。それで〝大切なもの〟というのは、この空洞の中にあるんですね」

「そうです。ちょっとお待ちください。いま取り出しますので……」

長野はそういうと、ツルハシをさらに振り下ろしてコンクリートの穴を広げた。そして穴の中に両手を差し入れ、オイルを含んだカンバスのような生地の包みを取り出した。

「これですか……」

中に入っているのがダイヤモンドだったとしても、小さな包みだった。

「そうです。父から受け継いだ〝大切なもの〟というのはこれです」

「中に、何が入っているんですか」

「わかりません。私も中を見たことはありませんから。それよりも、一刻も早くここを立ち去りましょう。いくら山奥とはいえ、誰に見られているかわかりません……」

迦羅守は自分のリュックを下ろし、その中に包みを入れた。

「行きましょう」

長野と共に、来た方向に戻った。

灌木の森の中に白い霧が流れ、祠の残骸を見る間に被い隠した。

21

〝ヘルマ〟と〝サムソン〟は、森の中の急斜面にいた。

背後は、いま下ってきたばかりの絶壁だった。目の前の足元も深く抉れていて、眼下に渓(たに)が流れている。

前には進めないし、絶壁を戻ることもできない。二人とも、木で体を支えて立っているだけで精一杯だった。

「どうやら、道を間違えたようだな……」

〝サムソン〟が木の枝を摑み、渓を見下ろす。ここから渓底までは、一〇メートルはある。もしここから落ちて岩に叩きつけられれば、どんなに体を鍛えた者でも絶対に助からないだろう。

「仕方ないでしょう……。私は、こっちだと思ったのよ……」

〝ヘルマ〟は木にしがみつき、下を見ないように目を閉じて震えている。

「どうするつもりなんだ。ここから、動けないぞ」

〝サムソン〟の口調は、冷徹だった。

「そんないい方をしないで……。私だけが悪いわけじゃないわ……。あの時、もしあなたがもっと強く強く止めてくれていたら、こんなことにならなかったのよ……」

〝ヘルマ〟が、いまにも泣き出しそうな声でいった。その身勝手な言い方に、〝サムソン〟が呆れたように苦笑いを浮かべた。

「ここにこうしていても、仕方ない。おれは、行くぞ」

「行くって、どこに行くのよ……」

「この崖に沿って、渓の下流に向かう。そうすれば、登山道か何かに出るかもしれない」

「もし崖から落ちたら、どうするつもりなのよ……」

「知ったことか。嫌なら、ここに一人で残ればいい。おれはこんな所で死にたくはない」

〝サムソン〟はそういうと、木から木へと伝いながら、崖を渓の下流に向かって進みはじめた。

「〝サムソン〟、待って、待ってよ……。私を、置いていかないで……」

〝ヘルマ〟も這うように斜面のクマザサや木に摑まりながら、〝サムソン〟の後を追った。


そのころ、伊万里は尾根の反対側にいた。

息を切らしながら、森の中を駆け下った。

大きさの合わないスニーカーを履いた足は、靴ずれやクマザサで切った傷でもうぼろぼろだった。顔や、薄いニットとショートパンツしか身に着けていない体も傷だらけだ。

それでも伊万里は、自分を信じた。この道で合っている。自分の判断は、絶対に間違っていない……。

あれから、三〇分は経っている。あの二人との距離も、かなり離れたはずだ。このまま、逃げ切れる……。

だが、次の瞬間、伊万里は突然その場に立ち止まった。

嘘……。

行く手に、黒く大きなものが見えた。動いている。〝動物〟だ。

伊万里の気配に気付いたのか、その動物がゆっくりと振り向いた。前肢(まえあし)を上げて立ち、伊万里の正体を確かめるように鼻をひくつかせた。胸に、白い三日月のような紋様が入っていた。

ツキノワグマ……。

確かにゴリラよりは熊の方がマシだとは思ったけど、まさか本当にツキノワグマが出るとは思わなかった。

迦羅守……正宗……ギャンブラー……。あのゴリラのような大男でもいいから、誰か助けて……。

伊万里は、ツキノワグマを見据えた。ツキノワグマも、伊万里を見据えている。もし目を逸らしたら、襲われる。

逃げたり、死んだ振りをしてもだめだ。そんなことをしても、助からない。子供のころに、絵本か何かにそう書いてあったのを読んだような気がした。

体が金縛りに遭ったように、動かなかった。ツキノワグマも、動かない。そのまま睨(にら)み合い、しばらく膠着(こうちゃく)状態が続いた。

お願い、誰か助けて……。

ところが突然、ツキノワグマの方が目を逸らした。くだらない遊びには付き合っていられないとでもいうように伊万里に背を向け、ゆっくりとした足取りで立ち去った。

助かった……。

伊万里は腰が抜けたようによろけ、近くの木に摑まった。心臓が、胸を突き破りそうなほど大きな音を立てていた。そのまましばらく、息が鎮(しず)まるのを待った。

でも、どうしよう……。

このまま東に進めば、またあのツキノワグマと出くわすかもしれない。南に向かえば〝ヘルマ〟と〝サムソン〟がいる。西に引き返せば、またあの山に戻ってしまう。

考えている時間はなかった。伊万里はそれまでのルートをあきらめ、北に進路を取った。運を天にまかせ、道もない森を下った。

近藤勉(こんどうつとむ)と民江(たみえ)の夫婦は、四万川ダムの東側湖畔(こはん)にある『いなつつみせせらぎ公園』にいた。

小さな公園だった。ダムを周回する道路から公園に入る道を下ると、車が七～八台分の駐車場がある。そこに車を駐めて遊歩道を下っていくと、ベンチを置いた展望台がある。

「綺麗(きれい)ね……。まるで、絵に描いたみたいな景色……」

妻の民江が、眼下に広がる湖に見とれながらいった。

「本当だな。まるで絵の具を流したような水の色だ……」

夫の勉が、妻の肩を抱いた。

二人は六十代の夫婦だった。夫の勉が長年勤務した会社を二年前に定年になり、いまは年に数回の二人で行く温泉旅行を楽しみに暮らしている。今回も、東京の自宅から群馬県の伊香保温泉、四万温泉を二泊三日で回るドライブ旅行の最終日だった。

まだ行楽シーズンに入る前の平日ということもあってか、公園には二人の他には誰もいなかった。野鳥の鳴き声以外には、何も音は聞こえない。まるで地の果てに夫婦二人で残されてしまったように、静かだった。

「あなた、そろそろ行きましょうか。帰りの運転が大変でしょう」

民江がいった。

「そうだな。帰りに、晩飯にすぐ食べられるようなものでも買って帰るか……」

勉はそういった時、小さな異変に気が付いた。背後で車のドアを開閉する気配がし、続いてエンジンを掛ける音が聞こえた。

振り返った。駐車場に駐めてあった自分の車――トヨタ・カローラ――が、タイヤを鳴らしながら走り去るのが見えた。

「しまった……」

「あなた、どうしたの」

「車を、盗まれた……。誰もいないと思ったんで油断して、鍵を差したままにしておいたんだ……」

「まあ大変。どうしましょう……」

夫婦は息を切らしながら、駐車場に戻った。やはり車は、消えていた。貴重品や現金を車内に置いたままにしておかなかったのは不幸中の幸いだったが、こんな人気のないところに夫婦だけで取り残されたらどうすればいいのか……。

「あなた、早く一一〇番に電話して……」

「そんなことといったって、ここじゃ電波が通じないよ……」

夫婦はその時、奇妙なものに気が付いた。ちょうど自分たちが車を駐めていた区画のタイヤがあったあたりに、木の棒のようなものが立っていた。

車を駐めた時には見た覚えがない。誰かが故意に立てていったものらしい。よく見るとこの木の棒には、人間の顔らしきものが彫られていた。

「これ、仏像だわ……」

「本当だ。ちょっと怖い顔をしているが、確かに仏像だな……」

荒々しい彫り方だが、どこか円空仏に似ていた。

「ちょっと待って。仏像の下に何かはさんであるわ……」

民江がそういって、仏像の下からメモ用紙のようなものを取った。手帳のページを破り取った紙片だった。

「何か、書いてあるな……」

紙片には、こう書かれていた。

〈――車の持ち主の方へ。

緊急の用があり、断わりもせずに車をお借りしました。申し訳ありません。用が済んだら、車は必ずお返しいたします。

タクシーを手配しますので、四万温泉の関文館という旅館でお待ちください。なお、ここに残しましたものはご迷惑をおかけしたことに対するせめてものお詫びと、心ばかりのお礼です。ご笑納くだされば幸いです。

罪びとより――〉

「まあ、ずいぶんと丁寧な泥棒さんですこと……」

民江が紙片の文章を読みながらいった。

「しかし、〝お詫び〟と〝お礼〟っていったい何だろうな……」

勉が首を傾げる。

「待って。この仏像、何か持ってるわ……」

見ると、胸で手を合わせている内側の切れ込みに、何かがはさまっていた。

「何だろうな……」

勉が落ちている小枝を拾い、それをほじくり出した。やはり、折り畳んだ紙片だった。

だが、ただの紙片にしてはいやに重い。

紙片を、広げてみた。中からマッチ箱を少し薄くしたくらいの大きさの、長方形をした金色の板が出てきた。

「何、これ……」

「重いから、金じゃないのか……」

「まさか。もし純金だとしたら、かなりの金額よ……」

勉は金色の板を手に持ったまま、雲の流れる空を見上げた。

自分たちの車を盗んだのは、天狗(てんぐ)だったのかもしれない……。

ふと、そんなことを思った。

22

山岳地帯のトレッキングの時は、いつも同じだ。

たとえ本格的な登山でなくても、帰りは行きよりも早く感じるものだ。途中の険しい岩場さえ越してしまえば、あとは楽だった。頂上付近から一時間と少しで、もう麓の普通のハイキングの客でも入るような場所まで下りてきていた。

長野の速度についていくのも、難しくなかった。だが、久々の山歩きの疲れで、膝が笑っていた。帰路は一度も休まずに下りてきたので、ひと息入れたかった。

迦羅守の様子を察したのか、長野が太い倒木がある所で立ち止まった。

「もうすぐですが、だいじょうぶですか。少し休みましょうか」

「そうしましょう……」

迦羅守は肩からリュックを下ろして、倒木に腰を下ろした。このリュックが、意外に重かった。あのカンバスの包みの中には、何が入っているのだろう……。

「浅野さん、ひとつお訊きしてよろしいですか」

横に座る長野がいった。

「何でしょう。私の答えられることでしたら」

「あの、包みの中身です。私は親父に〝見てはならぬ〟といわれたので、あの包みを一度も開けずにきました。しかし、私もこの歳です。冥土（めいど）の土産に、教えてはいただけませんか……」

迦羅守は、考えた。

本来、ダイヤモンドは、迦羅守、正宗、伊万里、ギャンブラーの四人に託(たく)されたものだ。少なくとも四人の祖父や曾祖父たちには、その意志があった。だとすれば、その託されたものについても、四人だけで秘密を共有するべきなのかもしれない。

だが長野親子は、すでに七〇年近くもこの山中の温泉地で、ダイヤモンドを守り通してきた。いうならば四人の祖父や曾祖父の遺言の守護者だった。その長野が自分たちが何を守り続けてきたのかを知りたいのであれば、その権利はあるはずだ。

「ダイヤモンドです……」

迦羅守がいった。

「ダイヤモンド、ですか……」

長野が驚いて、迦羅守を見た。

「はい、ダイヤモンドです。長野さんは、戦後間もないころに〝サンフランシスコ事件〟というのがあったのを知りませんか」

「〝サンフランシスコ事件〟ですか……」

長野は何も知らないようだった。

「そうです。一九四七年二月、当時のＧＨＱのＥＳＳに所属するアメリカ軍のエドワード・Ｊ・マレー大尉という将校が、日銀から五二八個ものダイヤモンドを持ち出して本国で拘束された事件なんですが……」

迦羅守はペットボトルのミネラルウォーターを飲みながら、長野に事件の経緯を説明した。

静かな時間だった。迦羅守の小さな話し声の他には、どこからか流れてくるかすかなせせらぎの音と野鳥のさえずりしか聞こえない。その中で長野は、まるで不思議な御伽噺でも聞くように耳を傾けていた。

「すると戦後、日銀から消えた大量のダイヤモンドの一部が、先程の包みの中に入っているかもしれないわけですね……」

長野が訊いた。

「その可能性はあると思います」

迦羅守が答える。

「そしてその中に、戦時中に亜細亜産業の社員がビルマから持ち帰った〝ダーミカラマの涙〟という伝説のダイヤモンドも入っているかもしれない……」

「そうです。その可能性も、なきにしもあらずです……」

「本当に不思議な話ですな。私ども親子が、そんな貴重なものを守っておったとは。父はそれを、知っていたのかどうか……」

「私は、お父様は知っていたのだと思います。お互いに強い絆で結ばれていなければ、我々の祖父や曾祖父たちも大切なダイヤモンドを長野さんのお父様に預けたりはしなかったでしょう」

　絆は、信頼だ。本当に信頼し合える仲間であれば、預けたものの中身がダイヤモンドであることを隠す必要はない。

「さて、そろそろ行きますか。もう、午後二時を過ぎました」

　長野が時計を見て、倒木から立った。

「そうしましょう……」

　時間のこともそうだが、何より伊万里と正宗のことが心配だ。

　道は次第に広く、平坦になった。間もなく前方に、林道が見えてきた。迦羅守の白いミニ・クロスオーバーが駐まっている。

　車に異状がないことを確認し、荷室にリュックを積んだ。泥で汚れた重いトレッキングシューズを脱ぎ、履き慣れたスニーカーに履き替えた。迦羅守が運転席に、長野が助手席に乗った。

「さあ、行きましょう……」

　車をターンさせ、林道を下った。これから、どうするか。まず宿で待っているギャンブラーに連絡を取らなくてはならない。だが迦羅守のｉＰｈｏｎｅは、まだ圏外になったままだった。

　間もなく〝しゃくなげの滝〟を通り越す。駐車場には、車は一台も駐まっていない。だが、人が一人立っていて、車に向かって手を振っていた。

迦羅守は車を停め、窓を開けた。

「左利番先生ではないですか……」

トレッキングの軽装備をした、ケイシー・サリヴァン教授だった。

「これは、浅野さんではありませんか。よかった、助かりました……」

左利番が、窓から車内を覗き込む。

「こんなところにお一人で、どうなさったんですか」

迦羅守が訊いた。

「〝しゃくなげの滝〟を見ようと思って、ここまで来たのですよ。少しトレッキングもしたかったのでタクシーを帰してしまったのですが、後になってここは携帯が通じないことがわかって困っていたのです……」

「そうだったのですか……」

迦羅守は左利番と話しながら、あたりの様子を窺った。だが、左利番以外には誰もいないようだ。一時は左利番も一味だと思ったのだが、邪推だったのかもしれない。

「浅野さん、お願いがあります。私を四万温泉まで乗せていってもらえませんか」

左利番がいった。

「もちろん、かまいません。後ろにお乗りください」

まさか同じ大学教授として学会の付き合いのある左利番を、この山の中に置き去りにするわけにはいかない。

迦羅守が一度、車を降り、リアドアを開けた。そこに、左利番が乗った。

「ありがとうございます。本当に、助かりました……」

迦羅守が運転席に戻り、ギアを入れた。車は間もなく、ダムの周回道路にぶつかった。


ケイシー・サリヴァンは、心の中で密やかに微笑んだ。

どうやら自分の正体は、まだ浅野迦羅守に気付かれていないようだ。

車に揺られながら、さりげなく背後を見た。荷室に古い軍用の背嚢と、まだ真新しいリュックがひとつ。それを見て左利番は、また密やかに微笑んだ。

どうやら浅野は、〝例のもの〟を山から持ってきてくれたらしい。これで、手間が省けたというものだ。おそらくこの背嚢かリュックのどちらかに、ダイヤモンドが入っているのだろう。

左利番は、どうすればそのダイヤモンドを手に入れることができるかを考えた。

いま後ろから浅野迦羅守の首を絞めて車を止めれば、ダイヤモンドを奪うのは簡単だ。だが相手は二人だし、事故を起こされてもかなわない。自分はまだ、ダムに落ちて死にたいとは思わない。

それよりもいまは、慎重に行動した方がいい。せっかく厄介な〝ヘルマ〟と〝サムソン〟を片付けたのだ。黙っていても、チャンスは向こうからころがり込んでくる。

「ところで浅野さんは、今夜も〝関文館〟の方にお泊まりですか」

左利番がさりげなく訊いた。

「いえ、私は昨夜から、別の宿に移りました」

「そうですか。それは残念です。もし同じ宿でしたら、この機会にぜひ浅野さんと一献傾けたいと思ったのですが……」

左利番が、おっとりといった。

23

南部正宗は、老夫婦から〝借りた〟車を『関文館』の駐車場に駐めた。

腰のホルスターから防水ケースに入れたiPhoneを出し、まだ多少はバッテリーが残っていることを確認した。地元のタクシー会社の番号を調べ、電話をかけた。

「タクシーを一台、お願いしたい。四万川ダムの〝いなつつみせせらぎ公園〟に近藤さんというご夫妻がいるので、その人たちを乗せて四万温泉の〝関文館〟に送り届けてほしい……」

正宗は、車の中に残されていた〝近藤勉〟名義の免許証を見ながら話した。

「それと、近藤さんに伝言をお願いしたい。〝車は関文館の駐車場に鍵を差したまま置いてある〟といってくれ。あと、そのタクシー代はこちらで支払う。いまそちらの電話のモニターに表示されている携帯番号を記録しておいてくれ。私は〝南部〟という……」

電話を切り、鍵を差したまま車を降りた。周囲に誰もいないことを確かめ、次は浅野迦羅守に電話を掛けた。


迦羅守は四万川ダム沿いの道を、車で四万温泉の温泉街に向かって走っていた。

道はそろそろ、観光施設がある場所まで下っていた。小さな公園を通り越し、左手に公衆浴場が見えてきたところでベストのポケットの中のｉＰｈｏｎｅが振動した。

迦羅守はその先の駐車スペースに車を入れた。どうやらやっと、携帯が繋がる〝下界〟まで下りてきたらしい。

ディスプレイを見た。正宗の番号からだった。

「ちょっと失礼します……」

迦羅守は長野と後ろのケイシー・サリヴァンに断わり、車を降りた。歩きながら、電話に出た。

「正宗、生きていたのか！」

口から思わず、言葉が出た。

——ああ、何とか生きているよ。ダムに落ちて時間の感覚がなくなっているが、確かに足は生えているようだ——。

「それで、いまどこにいるんだ」

——〝関文館〟の駐車場だ。靴をなくして、裸足なんだ。おれのバックパックの中に予備のスニーカーが入っているから、それを持って迎えに来てくれないか——。

「わかった。ギャンブラーに迎えに行かせる。事情は後で話すが、ぼくたちも旅館を〝四万碓井館〟に移したんだ。いま四万川ダムの方にいるので、こちらもいまから〝四万碓井館〟に向かう……」

電話を切り、車に戻った。

「何か、あったのですか」

助手席の長野が訊いた。

「いえ、大したことじゃありません。後でお話しします……」

迦羅守は運転席に座り、ギャンブラーにメールを打ちながらバックミラーで後部座席を見た。左利番は何食わぬ顔で、窓の外を眺めている。

左利番は今回のダイヤモンドの件に係わっているのか。それとも、無関係なのか。その表情からは何もわからなかった。

迦羅守はメールをギャンブラーに送信した。

「では、行きましょうか……」

ギアをドライブに入れ、車を出した。


『関文館』の前で左利番を降ろし、『四万碓井館』に戻った。部屋に入ると、もう正宗がギャンブラーと共に待っていた。

「正宗、無事だったか……」

迦羅守は座って寛ぐ正宗に近寄り、思わず手を握り合った。

「何とか、死なずにすんだようだ……」

よほどのことがあったのだろう。正宗はこの二日間で髭が伸び、まるで別人のようにやつれていた。だが、特に大きな怪我はしていないようだった。

迦羅守はまず、正宗に長野老人を紹介した。おそらく、かつては正宗の祖父と長野の父もある種の絆で結ばれた仲間だったはずなのだが、二人が会うのはこれが初めてだ。

「いったい、何があったんだ」

迦羅守が正宗に訊いた。

「伊万里が拉致されるのを見たんだ。それで例の〝美形の男〟ともう一人の大男を車で追った……。ダムの上まで追い詰めたんだが、その大男の方にやられた……。担ぎ上げられて、ダムに投げ込まれた……」

正宗の話を聞いていて、ぞっとした。まだ、不幸中の幸いだった。ダムの堰堤の外に投げ落とされていたら、いくら正宗といえども即死だったろう。

「しかし、正宗を担ぎ上げて投げるなんて、いったいその大男は何者なんだ」

ギャンブラーがいった。

「サムソン村上という元プロレスラーだよ。最初からわかっていれば何とかなったんだが、油断していた。ところで、伊万里はどうしたんだ。戻ってないのか」

正宗が、迦羅守に訊いた。

「まだだ。二日前から連絡も取れていない……」

迦羅守がいった。

「あの〝美形の男〟と大男の二人に拉致されたままということか。あれから奴らから、何かいってきたのか」

「一度、メールが来ただけだ……」

「そのメールを見せてくれ」

迦羅守は、躊躇(ちゅうちょ)した。いくら仲間でも、伊万里のあの写真を見られたくはなかった。

だが、伊万里を助け出すためには、そんなことはいっていられない。

「これだ……」

迦羅守はｉＰｈｏｎｅのメールを開き、それを正宗に見せた。

正宗は顔色ひとつ変えず、メールに見入っていた。途中で、何かを考えるように小さく頷く。そしてメールを閉じ、ｉＰｈｏｎｅを迦羅守に返した。

「この伊万里と写っている覆面の大男が、サムソン村上だ。奴らからの連絡は、これだけか」

「そうだ。昨日このメールが来てから、何もいってきていない」

「そうか……」

正宗がしばらく考え、頷いた。そして続けた。

「伊万里が危険だな。もし行き掛かりで拉致されたのだとしたら、無用だと判断された時点で始末される可能性もある……」

正宗が、〝伊万里はすでに殺されている〟可能性を含んでいっていることがわかった。

「正宗、どうしたらいい。何か、方法を考えてくれ」

迦羅守がいった。

「ひとつ、あるかもしれない。〝例のもの〟は見つかったのか」

正宗にいわれ、迦羅守はダイヤモンドのことを思い出した。伊万里のことばかり考えていて、すっかり忘れていた。

「山から掘り出してきた。いま、ここにある……」

迦羅守がリュックを引き寄せ、開く。中からカンバスの包みを取り出し、四人の中央に置いた。

長さ二五センチ、幅二〇センチ、高さ一〇センチほどの長方形の包みだが、中に石でも入っているように重い。中身がすべてダイヤモンドだとすれば、とんでもない量になるだろう。カンバスの上から、まるで中を見ることを拒むかのように、厳重に紐で縛られていた。

「まだ、開けてないのか」

「そうだ。中身は確かめていない」

「それならば、開けてみよう」

正宗がベルトのケースから、BUCKのフォールディングナイフを抜いた。刃を起こし、紐に当てる。髭も剃れるほどの鋭い刃が触れただけで、紐が切れた。

「開けるぞ」

正宗がそういって、カンバスの布を捲った。迦羅守……ギャンブラー……長野……全員が、息を吞む。布を外すと、中から黒光りする金属の煉瓦のようなものが出てきた。

「何だ、これは……」

「箱、じゃないか……」

「そうだ。蓋がどこかはわからないが、箱のようだ……」

「どうやって開けるんだ……」

「待て、もうひとつ何かあるぞ……」

カンバスの布の中に、古い紙の茶封筒がひとつ入っていた。迦羅守がそれを手に取り、中を見た。封筒から折り畳んだ紙が一枚、出てきた。

紙を広げると、中に奇妙な文章が書いてあった。

「どうやらこの箱は、〝絡繰箱(からくりばこ)〟になっているらしい……」

紙には、こう書いてあった。

〈——コノ絡繰ノ箱ヲ手ニシタ者へ。
箱ヲ無理ニ開ケルベカラズ。壊スベカラズ。モシ指示ニ従ワザレバ、ソノ者ハ十中八九死ス。絡繰ヲ解キ明カシ手順ニ沿ッテ開ケヨ。ナラバ安全ナリ。賢明ナ判断ト好運ヲ祈ルモノナリ——〉

それだけだった。

「どうやらこの箱は、箱根(はこね)の寄木細工(よせぎざいく)にある〝秘密箱〟と同じような仕掛けになっているらしいな……」

ギャンブラーが手に取り、箱の裏や表面を調べる。確かに表面には、寄木細工のような幾何学的な紋様が全体的に刻まれている。しかも加工が精密なので、継目がまったくわからない。そこも寄木細工と同じだ。

「おい、ギャンブラー。その箱をあまり乱暴に扱うな。〝十中八九死ス〟と書いてあるんだ。爆発するかもしれないぞ」

正宗がいった。

「だいじょうぶだよ。いままで爆発しなかったんだから、これからもしないさ」

ギャンブラーが箱を〝ぽん……〟と上に放って、それを手で受け止めた。

「ところで正宗、この箱をどうするつもりなんだ。伊万里を助ける方法というのは……」

迦羅守が訊いた。

「簡単なことだ。この箱の写真を撮って、メールで奴らに送るのさ。その写真に、〝ダイヤモンドを手に入れた、この箱と伊万里の身柄を交換したい〟とコメントを付けておけばいい。奴らがそのメールを見たら、必ず何か反応があるはずだ」

「なるほど……」

「もし必要ならば、この箱ごと奴らにくれてやればいい。ダイヤモンドよりも、仲間の命の方が大切だ」

正宗がいった。

24

〝サムソン〟は、森の中を歩いていた。
道はない。渓に沿って、急な斜面を下っている。
自分がどこに向かっているのかは、わからなかった。地図もコンパスも持っていない
し、昔、試合で傷めた膝と靭帯は、すでに限界に達しようとしていた。このまま進み、も
しその先が行き止まりになっていたら、二度と元の場所には戻れなくなる。
〝サムソン〟は時折立ち止まり、振り返る。二〇メートルほど後方から、〝ヘルマ〟がつ
いてきていた。だが、いまはあの男にかまってはいられない。
腕の時計――Gショック――を見た。ライトのスイッチを押すと、文字盤のライトがつ
き光の中に針が浮かび上がった。
すでに、午後四時を過ぎていた。間もなく日没になる。周囲を闇に包まれれば、この森
の中で動けなくなる。
〝サムソン〟は、しばらくその場で待った。木に摑まり、足元を気にしながら〝ヘルマ〟
が追いついてきた。
「どうしたの……」

〝ヘルマ〟が不安そうに訊いた。

「もうすぐ、日が暮れる。これ以上進むのは、危険だ。方角もわからなくなっているし、もし渓にでも落ちれば助からない」

〝サムソン〟がいった。

「そうね……。どうしたらいいの……」

「動けるのは、あと三〇分だ。その間に、ビバークできる場所を探そう」

「ビバークって、私はこんなに薄着なのよ。いまだって寒くて死にそうなのに、こんな山の中で野宿したら本当に凍死しちゃうわ……」

「だいじょうぶだ。二人ならば、凍死はしない」

もし雨が降らなければ、だが……。

「そうね……」

「よし、先に進むぞ」

〝サムソン〟がまた、急斜面を下りだした。だが、ほとんど進まないうちに、また立ち止まった。木に摑まって体を屈め、苦痛に顔を歪めた。

「どうしたの……」

〝ヘルマ〟が〝サムソン〟の巨体を支えた。

「膝が、痛む……。もう、これ以上は歩けない……」

「そんなことといわないで……」

「〝ヘルマ〟、お前がビバークできる場所を探してこい。おれは、ここで待つ。見つかっても、見つからなくても、暗くなるまでにここに戻ってこい……」

〝サムソン〟の顔を、〝ヘルマ〟が見つめた。しばらく、そうしていた。やがて、小さく頷いた。

「わかった、行ってくる……」

〝ヘルマ〟がそういって、斜面を下っていった。

〝サムソン〟は、その後ろ姿を見守った。薄暗い森の中を、次第に〝ヘルマ〟の背が遠ざかっていく。視界から消えたと思った瞬間、〝ヘルマ〟の悲鳴が聞こえた。

渓に落ちたか……。

そう思った。


伊万里も、山の中で迷っていた。

クマザサの群生の中を抜け、いまは誰かが足で踏み固めた森の中の〝道〟のようなところを歩いていた。

この獣道のような〝道〟が、はたして登山道の一部なのか、遊歩道なのか、ごく昔に修験者が通った痕跡(こんせき)か何かなのかはわからなかった。だけど、何らかの〝道〟であることは確かだった。もしかしたら、先刻に出会ったツキノワグマやカモシカが通る本当の〝獣道〟かもしれないけれど。

手足も、顔も、傷だらけだった。ショートパンツに薄手のニットが一枚なので、日が暮れはじめてからは凍えるように寒くなってきた。それでも伊万里は、何かに取り憑かれたように歩き続けた。

間もなく、暗くなる。もう、足元もよく見えない。でも、こんな山の中で、しかも一人で一夜を過ごすのは絶対に嫌だった。

昔、何かの本で読んだことがあった。もし山の中で遭難したら、無闇に動いて体力を消耗してはならない。一カ所に落ち着いて助けを待つか、日中に必要最小限度動いた方が、助かる可能性は高い――。

だが、伊万里には無理だった。こんな山の中で、しかも闇の中で一人でじっとして待つなんて、そんな怖いことができるはずはない。その方が、死んでしまいそうな気がした。

伊万里は、歩き続ける。空腹だった。さきほど岩から流れ落ちる水を少し飲んだが、咽も渇いていた。

このまま、いつまで歩き続けられるのだろう……。

日没後は、周囲から見る間に光が奪われていった。体力も、精神も限界だった。

もう、だめだ……。

そう思った時だった。どこか遠くから、車のエンジン音が聞こえたような気がした。

空耳だろうか……。

そう思った次の瞬間、今度は森の向こうの山陰に光が見えた。ライトの光だ。光は伊万里の眼下を山陰から出たり入ったりを繰り返しながら、エンジン音と共にこちらに向かってくる。

車だ。この下に、道路がある……。

「待って！　助けて！」

伊万里は走った。足元の木の根に躓いて転び、飛び起き、また走った。森の中にハイビームの光軸が差し込み、樹木の影が生き物のように蠢く。

だが車は、伊万里には気付かずに通り過ぎた。白い、軽トラックだった。

伊万里は、車が見えた方に向かった。しばらくすると森が開け、道路に出た。

路面が舗装されていない、荒れた林道だった。周囲は真っ暗になっていたが、轍の感触で道がどちらからどちらに向かっているのかがわかる。

車は、いま伊万里が立っている場所の左から来て、右に走っていった。伊万里は少し迷ったが、車が走り去った方向に歩き出した。最初の人家までどのくらいの距離があるのかわからないが、おそらくこちらが四万温泉の方角だ。

伊万里は寒さに自分の肩を抱きながら、空を見上げた。

森の樹木が林道の形に切り取られ、そこに見える空が星の光る川のように見えた。

〝ヘルマ〟は、水の冷たさに目を覚ました。

どうやら浅い水の中に、横たわっていたらしい。

自分はなぜ、ここにいるのだろう……。

体を起こし、目を開けた。頭が、痛む。どうやらどこかに、ひどくぶつけたらしい。

辺りは、真っ暗だった。だが、闇に慣れてくると、少しずつ周囲の情況が見えるようになってきた。見上げると、森の樹木ではなく梢の間に星の光る空が見えた。

下は、地面だった。そこに丸太が並べて敷かれ、階段のようなものが作られている。ここは、遊歩道だ……。

そこまでわかった時に、〝ヘルマ〟は自分に何が起こったのかを思い出した。森の中を歩いているうちに、急に足元の地面が消えたような気がして、落ちた。途中で木に体をぶつけ、頭を何かに打ちつけた。どうやらこの遊歩道に叩きつけられて、涌き水の水溜り（みずたま）の中で気絶していたらしい。

どこからか、人の声が聞こえた。

——おーい、〝ヘルマ〟……。だいじょうぶか……。聞こえたら、返事をしろぉ——。

〝サムソン〟だ。

「私はここよ。だいじょうぶ。ここに、遊歩道があるわ。私の声の聞こえる方に、下りてきて！」

大声で、返事をした。

――わかった……。いま、そこに行く――。

声のした方を見上げた。切り立った崖になっていた。よくあそこから落ちて、この程度の怪我ですんだものだ。

しばらくすると、頭上に物音が聞こえた。

「〝サムソン〟、その先は崖になってるわ。気をつけて」

間もなく頭上の森から、〝サムソン〟の影が姿を現した。木に摑まりながら、慎重に崖を下ってきた。

「ここは、〝道〟か……」

地面に下り立った〝サムソン〟がいった。

「そう、遊歩道らしいわ」

「もしかしたら、小倉の滝から上がってきた道かもしれない。だとしたら、これを右に下っていけば、車の置いてある場所まで辿り着けるはずだ」

「違うわ。車の置いてある場所は、左よ……。いえ、ごめんなさい。今度は、あなたのいうことを聞くわ……」

「とにかく、行こう」

〝サムソン〟が足を引きずりながら歩き出した。

〝ヘルマ〟が、その後についていった。

25

夕食の時間の前に、正宗が東吾妻町から戻ってきた。

「警察はどうだった？」

迦羅守が訊いた。

「別に、どうということはない。担当の猪又という刑事は、おれのことを内閣府の人間だと信じ込んでいた。機密の任務中にダムに落ちたと説明したら、それ以上は何も追及せずに車や服を返してくれたよ。それで、例の〝絡繰の箱〟はどうなった」

「いま、ギャンブラーが箱を開ける作業に取り掛かってる。箱の表面に彫ってある寄木細工のような紋様に、数字が隠されているらしい。その数字の意味を解読すれば、あの箱は開くんじゃないかといっている」

「そうか、それなら箱の件はギャンブラーにまかそう。残る問題は、伊万里か……」

そうだ。伊万里を助け出さなくてはならない。まだ生きているならば……。

「ひとつ、手懸りがある。今朝、山に入る前に、長野老人に案内されて小倉の滝の駐車場に立ち寄ったんだ。そこで、黒いメルセデスのＧクラスを見掛けた」

「おれを襲った、サムソン村上の車か……」

正宗が、顔を顰めた。

「そうだ。車内を覗いてみたんだが、誰も乗っていなかった。長野さんは、例の〝小柄な美形の男〟が細工をされた地図を見て、あのあたりの山に迷い込んだんじゃないかといっている」

「〝遭難した〟ということか」

「その可能性もあるな。もしかしたら伊万里も、奴らと一緒に山に入っているのかもしれない……」

迦羅守と正宗は、しばらく考えた。だが結論を出すまでに、それほど時間は掛からなかった。

「とりあえず、その駐車場に行ってみよう。そのメルセデスの中を見れば、何か伊万里に関する手懸りが見つかるかもしれない」

正宗がいった。

迦羅守と正宗、長野老人は、ミニ・クロスオーバーとプリウスの二台の車に分乗して

〝ガマ石の滝・小倉の滝〟駐車場に向かった。

ギャンブラーは、留守番として宿に残してきた。先に食事をすませ、〝絡繰の箱〟を開ける作業に専念する。それがギャンブラーの役目だ。

「その林道を、左です……」

助手席の長野老人がいった。暗闇の中を、朝とは逆方向から来ると、林道の入口を見落としそうになる。迦羅守はいわれたとおりに、左折した。バックミラーの中に、少し距離を取って正宗の車が尾いてくる。

小さな橋を渡り、T字路を右折。その先の駐車場に車を入れて降りた。後から正宗の車も入ってきた。だが、他に車は一台も駐まっていなかった。

「黒のメルセデスは、ないな。この駐車場で間違いないのか」

「間違いない。そこに〝ガマ石の滝・小倉の滝〟と書かれた立札がある……」

「車は、どこに消えたんだ……」

「おそらく、奴らは山から無事に戻ってきたんでしょうな……」

長野老人がいった。これで完全に、手懸りがなくなった。

「どうする。何か方法を考えてくれ」

迦羅守がいった。

「とにかく、ここを早く出よう。宿に戻って、奴らからの連絡を待つんだ。いまはそれしか方法はない」

正宗がいった。

26

〝ヘルマ〟と〝サムソン〟は、〝別荘〟に戻ってきていた。

二人とも、ぼろぼろだった。〝ヘルマ〟はリビングのストーブに薪を焼べ、バッテリーの上がったiPhoneを充電器に繋いだ。

〝サムソン〟は冷蔵庫からロースハムを一本取り出し、厚切りにして噛りつき、それをビールで腹に流し込んだ。その後で風呂に熱い湯を溜めて、二人で体を温めた。

「左利番の車がなくなってるわ。あいつ、ここに戻ってきたんだわ……」

「あの男のことは、忘れろ。放っておけ」

風呂から上がり、〝ヘルマ〟は充電したiPhoneを確認した。メールが一本、入っていた。

「浅野迦羅守から、メールが来ている……」

「何といってきている」

〝サムソン〟が、右膝にバンデージを巻きながら訊いた。

「どうやら、ダイヤモンドを見つけたらしいわ……」

〈——今日の午後、栂ノ頭山の山頂からダイヤモンドが入っていると思われる絡繰の箱を掘り出した。箱はまだ開けていない。もしこれが欲しければ、小笠原伊万里と交換しよう。連絡を待つ。

浅野迦羅守——〉

〝ヘルマ〟は、メールの全文を読み上げた。そして添付されている写真を〝サムソン〟に見せた。

「ほう……。面白いな……」

〝サムソン〟が、バンデージを巻く手を止めた。

「どうしよう……」

「相手が交換だといっているんだから、応じてやればいい」

「だってあの女は、山の中に置いてきちゃったのよ。もう死んでるかもしれないわ」

「心配するな。いまから浅野迦羅守を呼び出そう。例のダムに、ダイヤを持って一人で来るようにいうんだ。女がいなくても、その〝絡繰の箱〟とやらを奪うのは簡単だ」

〝サムソン〟が、口元に笑いを浮かべた。

27

迦羅守と正宗、長野老人は、午後七時に宿に戻った。

夕食はすでに、別室に用意されていた。部屋に、〈――先に食事に行く――〉というギャンブラーの書き置きがあった。

いまはとても食事という気分ではないはずなのに、体は正直に空腹を訴えていた。とりあえずは、奴らからの連絡待ちで手の打ちようがない。それならば、いまの内に腹ごしらえをしておいた方がいい。

「迦羅守、どうした。元気がないぞ」

ギャンブラーが一人でビールを飲みながらいった。

「別に、そんなことはない……」

迦羅守が、箸を持ったまま答える。

「そんなことあるさ。さっきからほとんど食べてないじゃないか」

「わかった。食べればいいんだろう」

迦羅守が牛肉の陶板焼きを口に放り込み、飯を掻き込んだ。

その時、ポケットの中でマナーモードのｉＰｈｏｎｅが振動した。

「待ってくれ。メールだ」

迦羅守は箸を置き、メールを確認した。奴らからの返事だった。

〈――浅野迦羅守殿。例の箱と女との交換条件を承諾した。今夜午後11時、四万川ダムの堰堤にて待つ。必ず箱を持ち、貴殿1人で来られたし。もし同行者ある場合には、女をダムに放り込む。
ヘルマ――〉

メールにはご丁寧に、伊万里の裸の写真が添付されていた。

「奴らは、何といってきた」

正宗が訊いた。

「伊万里との交換に応じるそうだ。今夜、一一時に、箱を持って一人で四万川ダムの堰堤まで来いといっている……」

「おれが投げ込まれた場所に、一人でか。それは危険だ……」

「迦羅守、やめた方がいい……」

「浅野さん、奴らは伊万里さんを返したりはしない。行ってはいけません……」

正宗、ギャンブラー、そして長野も、迦羅守を引き留めようとしている。

「なあ、迦羅守。ひとつ、いい手がある」

正宗がいった。

「どんな手だ」

「奴らが指定した一一時までは、まだ三時間以上の余裕がある。おれがこれから四万川ダムに行って、堰堤の周囲に身を隠して奴らが来るのを待つ……」

「いや、だめだ。奴らはもう、先に現地に入って様子を見ているかもしれない。もし正宗の姿を見られたら、伊万里は殺されるだろう……」

もし、まだ伊万里が生きていればだが。

「それなら、どうするつもりだ。一人で行く気なのか」

迦羅守が頷いた。

「行くつもりだ。今回だけは、ぼくの我儘を聞いてくれないか。もし、ダイヤを奴らに取られてしまったら……」

「ダイヤなんか、どうでもいい」

「仕方ないな……。それなら迦羅守が出掛ける前に、何とかあの箱を開けよう……」

ギャンブラーがいった。

28

そのころ伊万里は、一人で夜の林道を歩いていた。

すでに、一時間以上は歩き続けている。だが、あれから一台も車は通っていない。人家の明かりも見えてこない。

光は、時折雲間から顔を出す月明かりだけだ。それでも次第に、闇に目が馴れてきていた。いまは林道の轍で抉(えぐ)れた路面くらいは見えるようになっていた。

暗さよりも、むしろ寒さの方が身に染みた。日没から急激に気温が下がってきたせいか、吐く息が白い。すでに歯が鳴るほど、体が冷えきっている。

そして、怖かった。いつまたあのツキノワグマが樹木の陰(かげ)から出てくるかわからない。風で梢が揺れる度に、心臓が止まりそうになった。

迦羅守……助けて……。

伊万里は歩き続けた。サイズの合わない薄い靴底のスニーカーを履いた足もすでにぼろぼろで、一歩進むだけでも激痛が疾る。でも、歩き続けるしかなかった。

その時、背後からエンジン音が聞こえた。

まさか……。

立ち止まり、振り返った。森の向こうの空が、明るくなっている。車だ……。

音と光が、次第に近付いてくる。森を回り、車のハイビームになった光が林道に現れた。伊万里は道の真中に立ち、両手を振った。

お願い、止まって……。

車が急激に減速した。路面の砂利を鳴らし、急ブレーキを掛けながら止まった。普通の乗用車だった。

助かった……。

伊万里は助手席側に回り、ドアを開け、飛び乗った。

「止まってくれてありがとうございます。助かりました。できたら、四万温泉まで……」

インパネの暗い光の中で、男がゆっくりとこちらを向いた。まさか……。

「これはこれは。こんな所であなたに出会うとは……」

伊万里の咽元にナイフを突きつけ、ケイシー・サリヴァンが笑った。

29

時計の針が、一〇時を回った。

ギャンブラーは部屋に戻り、〝絡繰の箱〟と格闘していた。

他の三人がそれを見守る。だが、まだ箱は開いていない。

「もう、時間がないぞ」

正宗が、急かした。

「まあ、待て。いま、いいことを思いついた。誰か、押入れの中に予備のシーツがあったら取ってくれないか。なかったら、枕カバーでもいい」

迦羅守が押入れの中を見てシーツを出した。

「これでいいか」

「ああ、かまわない。あと、誰か下の帳場に行って、墨があったら借りてきてくれないかな。書道に使う〝墨〟だ。できたら墨汁(ぼくじゅう)の方がいい」

「わかりました。私が行ってきましょう」

長野がそういって、部屋を出ていった。

「他に、必要なものは」

迦羅守が訊いた。

「大きなハサミか、ナイフがあるとありがたい」

「これでいいか」

正宗がベルトからBUCKのナイフを抜いた。

「ああそれでいい。貸してくれ」

ギャンブラーは正宗からフォールディングナイフを受け取って刃を起こし、それをシーツに当てて一気に切り裂いた。

「何をやってるんだ……」

「まあ、いいから見ていろよ」

そこに長野老人が、墨汁の瓶を持って戻ってきた。

「ありました。旅館やホテルは歓迎の札を書いたり、送迎用のマイクロバスに団体客の名前を書いた半紙を貼ったりしますから、墨汁は切らせませんからね」

「よし、これで揃ったぞ。あとは、墨汁を入れる器だな……」

ギャンブラーはまず、切り裂いたシーツでテルテル坊主のようなものを作った。次に急須や茶葉が入った茶櫃(ちゃびつ)の蓋を裏返し、その中に墨汁を入れて水で薄めた。さらに五〇センチ四方くらいの大きさに切ったシーツを、〝絡繰の箱〟の上に被せた。

「何をするつもりなんだ」

「まあ、だまって見ていろってば……」

ギャンブラーがテルテル坊主の頭を墨汁に浸し、適度に水分を切り、それをタンポのように使って箱の上を叩いた。箱に被せたシーツの上に、見る間に文字のようなものが浮かび上がった。

「これは……」

「そうさ。〝魚拓（ぎょたく）〟の要領だよ。箱の表面に彫られている幾何学的な図形が数字や文字のように見えたんだけど、どうしても読めなかったんだ。でも、箱に触っているうちに図形の山の高さと溝（みぞ）の深さに微妙な段差があることに気が付いたんで、墨を使えば紙か布の上にその数字や文字が浮かび上がると思ったのさ。ほら、一枚できたぞ。次だ……」

ギャンブラーはそうやって、箱の上面と周囲の四辺の拓本を取った。箱の底には、何も紋様が彫られていない。

「よし、文字を読んでみよう……」

箱の上面には、こう書かれていた。

〈——1ヲ右、2ヲ下、3ヲ左、4ヲ右、5ヲ下、6ヲ右、7ヲ下、8ヲ左、9ヲ下、10ヲ右、③、⑩——〉

さらに側面の短い一辺に〈——①、②——〉、対面側に〈——④、⑤、⑥、⑦、⑧、⑨——〉の数字が浮かび上がった。側面の長い二辺は図形だけで、文字や数字は何も彫られていない。

「やはり、そうか……」

ギャンブラーが、頷く。

「いったいこれは、何なんだ」

　正宗が首を傾げる。

「箱根の民芸品の〝秘密箱〟と同じだよ。その少し複雑な〝一〇回仕掛け〟というやつを、寄木細工じゃなくてステンレス鋼か何かで作ったらしい。誰か、例の亜細亜産業とかの仲間に優秀な金属加工の職人がいたんだろうね」

「亜細亜産業は戦時中、軍需産業だったんだ。銃や鉄道の部品を作る工場をいくつか持っていたようだ。それで、その箱を開けられるのか」

　迦羅守がいった。

「いま、やってみる。爆発するかもしれないから、少し離れていてくれ……」

　ギャンブラーがいうと、他の三人が慌てて後ずさった。

「冗談だよ。まあ、見てな」

　ギャンブラーが箱を手に取り、まず側面の〝①〟と彫られている部分に親指を当てて右側に押した。古いグリスが固まっているのか、なかなか動かない。仕方なくナイフの柄で軽く叩くと、少しずつ、その部分がずれるようにスライドしはじめた。

「よし……。次だ……」

　他の三人は耳を塞ぎながら、ギャンブラーを見守っている。

　次に、〝②〟と書かれた同じ側面を、下にスライドさせる。これは、簡単に動いた。さらに〝③〟の天板全体を左にずらし、側面の〝④〟を軽く叩きながら右にスライドさせる。指示されたとおりに、次々と絡繰を解いていった。

「これが最後だ。開けるぞ……」

ギャンブラーが〝⑩〟と彫られた天板を右にスライドさせ、抜き取った。

「何だ、これは……」

他の三人が、ギャンブラーの周囲に集まってきた。箱の中には、ダイヤモンドらしきものは入っていなかった。そのかわりに、奇妙なものが入っていた。

まず、折り畳んだ紙が一枚。その下に、手榴弾がひとつ……。

「うわっ！」

ギャンブラーと迦羅守、長野老人が、その場から逃げた。座蒲団を頭から被り、蹲った。だが正宗だけは、何食わぬ顔で箱の中を覗き込んでいる。

「これは旧米軍の、マークⅡ型手榴弾だな。第二次世界大戦や朝鮮戦争で使っていたやつだ……」

呑気に解説を始めた。

「爆発しないのか……」

迦羅守が座蒲団を被ったまま訊いた。

「だいじょうぶだ。安全ピンは抜かれているが、レバーは外されていない。箱の中にベルトで固定されているから、取り出さなければ爆発しないようになっている。指示書に書いてあったとおり、もしこの箱を壊して開けようとしたら我々全員が吹き飛ばされていただろうけどね」

三人が、恐るおそる正宗の周囲に集まってきた。

「それで、その紙には何が書いてあるんだ……」

「開けてみよう……」

迦羅守が紙を手に取り、広げた。

「これは、新しい指示書だ……」

全員が、顔を見合わせた。

30

四万川ダムは、闇の中で眠っていた。

湖水の水面を流れる風が、かすかな水の匂いを運んでくる。どこからか水が落ちる音が聞こえてくるが、他に気配はない。

堰堤の上に、黒いメルセデス〝G〟が一台、駐まっていた。車はライトを消し、エンジンも止めている。車内では黒い服を着た男が二人、息を潜めていた。

「いま、何時になる」

運転席に座る〝サムソン〟がいった。

「一〇時五五分……。もうすぐ来るはずだわ……」

助手席の〝ヘルマ〟が、iPhoneの時計を見て答えた。

それから数分後だった。四万温泉から上がってくる道のあたりの山と空が、明るくなりはじめた。車のヘッドライトの光だ。

車は、こちらに向かってくる。間もなく道路上に、白いミニ・クロスオーバーが姿を現した。ダムの堰堤の手前で速度を落とし、こちらにゆっくりと曲がってきた。

「どうやら浅野迦羅守が来たようだ」

「そのようね……」

車が、一〇メートルほど手前で止まった。

「ここで待っていろ。ダイヤモンドを取り上げて、あの男をダムに放り込んでくる」

〝サムソン〟がメルセデス〝G〟のライトをつけ、ドアを開けた。

迦羅守はミニ・クロスオーバーをダムの堰堤の上に止めた。

相手の要求どおり、一人だった。山用のアノラックを着て、手には金属製の〝絡繰の箱〟を持っていた。

目の前に黒いメルセデス〝G〟が駐まっていた。奴らの車だ。迦羅守の車が着くのを待っていたようにライトが点灯し、左ハンドルの運転席側からゴリラのような大男が降りてきた。

あれがサムソン村上か……。

どうりで、正宗ほどの男がやられる訳だ。

迦羅守は車のライトもエンジンも、切らなかった。〝絡繰の箱〟を持って、ゆっくりと車から降りた。

お互いに、歩み寄る。三メートルほどの間を取って、立ち止まった。

「浅野迦羅守か」

大男が訊いた。

「そうだ」

迦羅守が答える。

「一人で来たのか」

「そうだ。一人で来た」

「山から掘り出したダイヤの箱は、持ってきたか」

「ここにある」

迦羅守は箱を持つ左手を掲げた。右手はアノラックのポケットに入れたままだ。

「その箱を渡してもらおう」

大男が、手を差し出した。

「待て。伊万里はどこにいる。交換する約束だ」

迦羅守が箱を背後に隠し、一歩下がった。

「そんなことは、知ったことか」

大男が一歩、間合を詰めた。

「伊万里と交換でなければ、この箱は渡せない」

「よこせ!」

突然、大男が飛び掛かってきた。

だが、迦羅守はその瞬間を待っていた。アノラックのポケットから熊避けのスプレーを出し、それを大男の顔に吹きつけた。

「ウワァァァァ……」

大男が顔を掻き毟(むし)りながら、逃げた。

「伊万里の敵(かたき)だ」

大男の背後に回り、股間(こかん)を力まかせに蹴り上げた。

「ギャッ!」

大男が倒れ、悶(もだ)え苦しむ。

「これは、正宗の分だ」

倒れたままの大男の右膝の上に、全体重を掛けて飛び乗った。

「ギャアァァァ……」

迦羅守は車に乗った。ギアをリバースに入れ、堰堤の上をバックした。道路まで戻ったところでブレーキングターンし、温泉街とは逆にダムの周回道路の方に車を向けた。


〝ヘルマ〟は助手席から、一部始終を見ていた。

〝サムソン〟が、やられた……。

ドアを開け、車から飛び出した。倒れている〝サムソン〟に、駆け寄った。

「〝サムソン〟、だいじょうぶ。しっかりして……」

苦しむ〝サムソン〟の体を揺すった。

「やられた……。目が見えない……。膝も、だめだ……」

「ちょっと待ってて。私がいま、ここに車を持ってくるから……」

〝ヘルマ〟が車に駆け戻り、運転席に乗った。エンジンを掛け、シートの位置を合わせた。ギアを入れ、助手席側が〝サムソン〟に寄るように前進させた。

運転席から降りた。車の反対側に回り、〝サムソン〟を助け起こす。だが、重くて動かない。

「〝サムソン〟……お願い……。起きて、車に乗って……」

〝ヘルマ〟はそういって、ダムの向こうを見た。浅野迦羅守の車は、なぜかダムの周回道路に出たところで止まっている。自分たちを、待っているのか……。

「〝ヘルマ〟……。肩を貸してくれ……」

〝サムソン〟が、やっと腕で体を支えながら上半身を起こした。

「お願い、助手席に乗って。私が運転するから……」

目の見えない〝サムソン〟の手を、車のステップに触らせた。これでやっと、車がどこにあるのかがわかったらしい。〝サムソン〟は車に摑まり、体を支えながら、〝ヘルマ〟の力を借りてやっと助手席によじ登った。

〝ヘルマ〟が運転席に乗った。

「行くわよ」

ギアを入れ、アクセルを踏み込んだ。五・五リットルのV8エンジンのトルクが一気に炸裂し、メルセデス〝G〟はタイヤを鳴らしながらロケットのように発進した。

「〝ヘルマ〟、何をする気だ……。この車は……」

「あなたは黙ってて。私だって免許くらい持ってるんだから！」

「〝ヘルマ〟、無茶はやめろ……」

だが〝ヘルマ〟は〝サムソン〟のいうことを無視し、さらにアクセルを踏んだ。

メルセデス〝G〟は、まるで怒る牡牛のように蛇行しながら加速した。

迦羅守は堰堤から周回道路に出たところに車を停め、その様子を見守っていた。

どうやら、あの〝小柄な美形の男〟——〝ヘルマ〟——に運転を代わったようだ。

熊避けのスプレーには、唐辛子のエキスがたっぷりと入っている。あの大男は、しばらく運転をするどころか目も開かないだろう。

迦羅守は黒いメルセデス〝G〟が堰堤の出口に差し掛かったところで、車を発進させた。小型で小回りの利くミニ・クロスオーバーは、山道ならばメルセデス〝G〟よりも遥かに速い。ついてこられるものなら、ついてくればいい。

バックミラーで相手の動きを見ながら、アクセルを踏んだ。案の定だった。メルセデス〝G〟の巨体は周回道路に出たところで大きく蛇行し、轟音と共に山側の木に激突した。だが、ハイビームにしたライト一つを壊しただけで道路に復帰し、そのまま加速して追ってくる。

やれやれ……。何という運転をするんだ。高級車がもったいない……。

それにしてもメルセデス〝G〟は、頑丈な車だ。

迦羅守は相手を一度引きつけ、またアクセルを踏んだ。距離を離されると苛立つのか、またむきになって追ってくる。あの〝小柄な美形の男〟は、自分を抑えることができないタイプのようだ。

まあ、いいだろう。これからしばらくは、カーチェイスだ。

迦羅守はバックミラーを見ながらパドルシフトでギアを落とし、ダムに沿ったタイトなコーナーに飛び込んだ。


〝サムソン〟は、助手席のアシストグリップに掴まったまま、叫んだ。

「〝ヘルマ〟、この車を何だと思ってるんだ。やめろ！」

だが、〝ヘルマ〟は〝サムソン〟を無視してさらにアクセルを踏んだ。

「あんたは黙ってなさい！　ダイヤを手に入れたら、新車を買ってあげるわよ！」

「そうじゃない。この怪物をそんな風に扱ったら、死ぬぞ！」

「うるさい！」

前方の白いミニ・クロスオーバーに続いて、同じ速度でコーナーに飛び込んだ。遠心力に堪えられなくなった巨体は一度山側に突っ込み、さらにバウンドして道路を横切り、ガードレールを突き破って闇の中に飛んだ。

「ウワアァァァ……」

「キャアァァァ……」

二人同時に、悲鳴を上げた。黒いメルセデス〝G〟はダムの斜面の樹木を薙ぎ倒しながら、奈落の底に落ちていった。

迦羅守は、車が激突する轟音を聞いた。

バックミラーの中に、ガードレールを突き抜けて宙を飛ぶ黒いメルセデス〝G〟が見えた。その後、何度も轟音が響き、最後に巨大なものが水に落ちる音が聞こえた。

車を止めた。ターンして、メルセデス〝G〟が落ちたあたりに戻った。ガードレールが大きくひしゃげ、その外側にある木が倒れていた。

呆気(あっけ)なかったな……。

LEDライトを手にして、車から降りた。車が落ちたあたりを二六〇ルーメンの強力な光で照らした。斜面の樹木の幹や枝が折れて、機関車でも通過したようなトンネルができていた。

トンネルの先に、暗い水面が見えた。LEDライトの光の中に、泡が浮き上がってきては消えた。どうやら車は、湖底に沈んでしまったらしい。

地形からして、このあたりの水深は深い。頑丈なメルセデス〝G〟の車内から脱出するのは難しい。あの〝ヘルマ〟という男もサムソン村上も、助からないだろう。

問題は、伊万里だ……。

迦羅守は車に戻り、その場から走り去った。

四万川ダムの堰堤まで戻ったあたりで、携帯が繋がるようになった。迦羅守はiPhoneのロックを解除し、正宗に電話を入れた。

「いま終わったよ……」

——無事か——。

「ああ、ぼくは無事だ。しかし、あの二人は車ごとダムに落ちた。死んだと思う」

——伊万里は——。

「やはり、奴らは連れてこなかったよ……」

——そうか——。

「詳しいことは、そこに戻ってから話す」

電話を切った。ギアを入れ、車を出そうと思った時、また電話が掛かってきた。連絡先のリストに、登録されていない携帯の番号からだった。

「はい……」

——浅野迦羅守さんの電話ですね——。

どこか、聞き覚えのある声だった。

「はい、浅野ですが……」

——先程お会いした、左利番です。いただいた名刺の携帯の番号にお電話させていただきました——。

「左利番先生でしたか。今日はお食事のお誘いをお断わりして、すみませんでした。何か、ありましたか」

――はい。実は、小笠原伊万里さんという女性を保護しておりましてね――。

伊万里が、保護された……。

「ありがとうございます。それで、伊万里は無事なんでしょうか」

――はい。少し怪我をしているようですが、無事です。お疲れのようでして、いま私の目の前で眠っておりますよ――。

どうも情況が、把握(はあく)できない。なぜサリヴァンが、伊万里を〝保護〟したのか……。

「左利番先生は、いまどこにいらっしゃるのですか。これからそこに、伊万里を迎えに行きたいのですが……」

――はい、それはかまいませんが、私も浅野さんにひとつお願いがあります――。

「どんなことでしょうか……」

――もう、栂ノ頭山からダイヤモンドを掘り出したのですか。もしお手元にあるのでしたら、それを伊万里さんと交換に頂戴(ちょうだい)したいのですが――。

力が抜けるように、迦羅守は溜息をついた。

一難去ってまた一難、か……。

31

ケイシー・サリヴァンから、メールが届いた。

〈――浅野迦羅守様。

先程は電話にて失礼いたしました。

つきましては小笠原伊万里さんと、〝D〟との交換の件です。私は浅野さんを騙したりはしませんし、浅野さんも私を騙したりしないと信じています。そこで、どうでしょう。お互いに紳士協定として、以下の3点を取り決めといたしたいのですが。

①小笠原伊万里の身柄と〝D〟――すなわち栂ノ頭山から掘り出したすべてのもの――との交換は、本日の午前4時とする。

②貴殿、浅野迦羅守は、ちょうどこの時刻に必ず1人で〝D〟を携え、四万川ダムの堰堤に現れること。

③私、左利番慶司は、ちょうどこの時刻に必ず1人で小笠原伊万里の居場所を記したメモを携え、四万川ダムの堰堤に出向くこと。

④両名は〝D〟とメモを交換し、浅野迦羅守はダムの北へ。左利番慶司は南へと別れるこ

と。交換が成立した後は両名ともすべてのことを忘れ、日常に戻ること。

以上です。もしこの紳士協定が守られない場合にはすべてがこの時点で終了し、浅野様は二度と生きた小笠原伊万里さんにはお会いできないこととなりましょう。私も〝D〟をあきらめます。

では、どちらも武田信玄にはなりませんことを。

左利番慶司　拝――〉

メールには、黒いショートパンツとニットを身に着けて車のリアシートに横たわる伊万里の写真が添付されていた。手足も、顔も、傷だらけだ。全身が、透き徹るように青白い。この写真だけでは、生きているのか死んでいるのかもわからない。

それにしても……。またしても四万川ダムの堰堤か……。

「迦羅守、どうするつもりだ。行くのか」

正宗が訊いた。

「行くしかないだろう……」

時刻はすでに、午前一時を回った。左利番の指定する時間まで、あと三時間を切った。策を巡らす余裕はない。

「この左利番という男のいうことを、信じるつもりなのか。こいつは伊万里がいる場所を記した、ただのメモとダイヤモンドを交換しようといってるんだぞ」

ギャンブラーは、メールの末尾に自分の先祖の武田信玄の名前が入っていることが気に入らないらしい。〝武田信玄〟は、他の武将との協定を破棄することで知られた裏切者の象徴だ。

「ぼくは、信じられると思う。左利番は大学は違うが同じ国文学の教授仲間だし、今回の一件の後も住み馴れた日本での平穏な生活を続けたいのだと思う……」

迦羅守がいった。

左利番は、利口だ。地位も名誉もある。ダイヤモンドが欲しかったとしても、現在の自分のすべてを失うような愚かなことはしないだろう。

メールの〈――メモを携え――〉という一言にも、左利番の慎重さが表われている。迦羅守からの、伊万里とダイヤモンドを直接交換しようという要求に気安く応じてきたあの〝美形の男〟とプロレスラー崩れの大男よりも、はるかに信用できる。

それに、こちらはまだ実際にダイヤモンドを手に入れたわけではない。左利番が〈――栂ノ頭山から掘り出したすべてのもの――〉というのなら、いま目の前にあるこの〝絡繰の箱〟をそのまま持っていくだけだ。

「まあ、お茶でも飲んで眠けを覚ましましょう。まだ三時間近くもあるのですから、それまでに良い考えが浮かぶかもしれません」

長野老人が茶櫃(ちゃびつ)の中から急須を取って四つの湯呑みに茶を淹れ、それを配った。

「それで、結論は?」

正宗がいった。

「とりあえず左利番に、そちらの要求を承諾(しょうだく)すると返信しておく……」

迦羅守がメール文を作成し、それを送信した。


ケイシー・サリヴァンは、浅野迦羅守からの返信を受け取った。

〈——左利番慶司様。
そちらの要求に従う。本日午前4時、栂ノ頭山から掘り出したすべてのものを持って、四万川ダムの堰堤に向かう。それまで小笠原伊万里の保護をお願いしたい。
浅野迦羅守——〉

左利番は車の運転席でメールを読み、笑みを浮かべた。

〝ヘルマ〟と〝サムソン〟の二人は死んだ。二人の乗った車が湖に落ちるところを、左利番はすぐ近くの〝栂の広場〟に駐めた車の中から見ていた。しばらくして現場にも行ってみたが、あれではいくらあの〝サムソン〟でも助からないだろう。

厄介者は消えた。残るは浅野迦羅守と、その一味だけだ。だが、ダイヤモンドさえ手に入れてしまえば奴らにも用はない。

そしてもう一人、小笠原伊万里……。

左利番は車のルームランプをつけ、リアシートで体を丸めて眠る小笠原伊万里を振り返った。強い麻酔薬を打ってあるので、しばらくは目覚めないだろう。問題は、この美しく魅惑的な女をどうするかだ。

手を伸ばし、伊万里の肌に触れた。そして、溜息をつく。

冷たい、滑(なめ)らかな感触……。

だが、仕方ない。小笠原伊万里は、組織の〝女〟だと聞いている。この女とダイヤモンドのどちらを優先するかは、組織が決めることだ。

左利番は溜息をつき、車のルームランプを消した。

32

午前三時四五分——。

迦羅守は一人でミニ・クロスオーバーに乗り、〝絡繰の箱〟を助手席に置いた。

「気をつけろよ」

正宗が、宿の外まで送ってきた。

「心配ないさ。左利番のことはよく知っているんだ」

それにもう、あの〝小柄な美形の男〟とサムソン村上は、この世にいない。

「だといいがな……」

「それじゃあ、行くよ」

迦羅守は車のドアを閉め、エンジンを掛けた。

約束の時間の少し前に、四万川ダムに着いた。

堰堤には、誰もいなかった。だが、午前四時ちょうどになった時に、ダムの入口の近くにある温泉施設の駐車場辺りで車のライトが点灯した。

車が一台、こちらに走ってくる。ごく普通の乗用車だった。

迦羅守は〝絡繰の箱〟を手に取り、ミニ・クロスオーバーから降りた。乗用車がそのすぐ手前で止まり、ドアが開いた。ケイシー・サリヴァンだった。

「左利番先生ですね」

迦羅守が、確認した。

「そうです、左利番です。浅野さんですね。栂ノ頭山から掘り出したものは、持ってきていただけましたか」

左利番が訊いた。

「はい、ここに……」

迦羅守が〝絡繰の箱〟を差し出した。

「では、私はこれを……」

左利番が歩みより、折り畳んだ紙片を見せた。お互いに手にしている箱と紙片を、交換した。

「それではまた、学会でお会いしましょう」

「ご機嫌(きげん)よう……」

それだけだった。二人はまた車に乗ると、ダムの出口に向かった。そこで別れ、迦羅守は約束どおりにダムの北へ、左利番は南へと走り去った。

迦羅守は左利番と別れた後、四万川ダム周回路を時計回りに一周した。

やはり、左利番はよく考えている。この周回路は一方通行だ。相手が一周する間に、自分が姿を消す時間を稼(かせ)ごうというわけか。もし迦羅守が道を逆走して戻れば、それは紳士協定が守られなかったとして伊万里の命は保証できないということだろう。

今回は、完全にやられた。だが左利番があの〝絡繰の箱〟を無事に開けられ、迦羅守とその仲間たちより先にダイヤモンドを発見できるかどうかは、また別問題だ。

あの〝小柄な美形の男〟とサムソン村上が湖水に落ちた所を通った時には、少し沈痛な気分になった。それにしてもあの二人は、何者だったのだろう。特に、あの〝美形の男〟

の方だ。いずれ機会があれば、調べてみなくてはならない。

湖を半周し、〝赤沢やすらぎ広場〟まで来たところで車を止めた。あたりは、まだ漆黒の闇だ。駐車場にも広場にも、誰もいない。

迦羅守は車のルームランプをつけ、左利番から受け取ったメモを開いた。

〈――小笠原伊万里殿は日向見薬師堂にあり――〉

日向見薬師堂か……。

ここに来る時にも、車ですぐ近くを通ってきた。まさか、そんな目と鼻の先に伊万里がいようとは……。

迦羅守は車のギアを入れ、湖から温泉街へと下った。

『日向見薬師堂』は、四万温泉の奥、日向見地区に薬師如来を祀る小さな薬師堂である。建造は永延三年（九八九年）ごろで、ここにも〝源氏〟に関連するいい伝えがある。源頼光の家来、碓井貞光が日向の地に立ち寄った時、谷川の音に耳を傾けながら一晩中読経を続けたところ、神のお告げがあり、夜が明けると枕元に四万の病を治す温泉が湧き出ていた。このめでたきを広く伝え残すために、薬師堂を建てたという。その薬師堂が、いまも温泉街の中に残っている。

迦羅守は〝御夢想の湯〟という共同浴場の駐車場に車を駐めた。車から降り、道を渡って薬師堂へと向かう。日向見地区は古い宿が何軒か肩を寄せ合う小さな温泉街だが、無人の集落のように寝静まっていた。

薬師堂は、集落のほぼ中央に位置していた。正面から入っていくと手前にお籠堂という門のようなお堂があり、その奥に茅葺きの薬師堂が建っている。

迦羅守は石段を上がってお籠堂を潜り、薬師堂の前に立った。正味六畳ほどはあるだろうか。古い、小さなお堂だった。

「伊万里……いるのか……」

LEDライトの光で照らしながら、小さな声で伊万里を呼んだ。だが、返事はない。

正面の障子に、手を掛けた。鍵は掛かっていなかった。障子が滑るように横に動いた。

室内を、ライトで照らした。板張りの床の上に、伊万里が倒れていた。

「伊万里……」

体を、抱き起こした。肌は冷たくなっていたが、体温は残っていた。生きている……。

「伊万里、しっかりするんだ」

迦羅守は自分のアノラックを脱ぎ、伊万里に着せた。

「迦羅守……。ここは、どこ……」

伊万里が目を開け、か細い声を出した。

「助けに来たんだ。さあ、もうだいじょうぶだ。一緒に帰ろう」

「うん……」

迦羅守は伊万里を背負い、立った。薬師堂の障子を閉め、参道を戻った。

見上げると、東の空がかすかに白みはじめていた。

33

ケイシー・サリヴァンは、一人で別荘に戻ってきた。

部屋の明かりをつけ、〝絡繰の箱〟をリビングのコーヒーテーブルに置いた。熾火になり、火が消えかけていた暖炉に新しい薪を焼べた。

やっと、一人になれた……。

ここは群馬県の野反湖にある古い別荘地だ。四万温泉から相ノ倉山の峠を隔てた西側のダム湖で、中之条町、長野原町、花敷温泉を迂回するとまったく別の土地のような錯覚を覚える。だが、林道で相ノ倉山の峠を越えれば、思ったほど遠くはない。

〝組織〟の〝会員〟が持つ別荘だ。左利番はこの別荘の持ち主の名を知らないし、もちろん持ち主も〝組織〟を通じて誰が使っているのかを知らされていない。〝ヘルマ〟と〝サムソン〟が死んだいまとなっては、ここに左利番がいることを知っているのはごく少数の

〝組織〟の日本支部の幹部だけだ。

　左利番はコーヒーを淹れ、カップを手にソファーに座った。コーヒーをひと口すすり、金属でできた奇妙な箱を手に取った。

　さて、この箱をどうするか……。

　箱には一枚、古い藁半紙（わらばんし）が輪ゴムで括（くく）りつけられていた。その紙を外し、開いた。

〈――コノ絡繰ノ箱ヲ手ニシタ者へ。
箱ヲ無理ニ開ケルベカラズ。壊スベカラズ。モシ指示ニ従ワザレバ、ソノ者ハ十中八九死ス。絡繰ヲ解キ明カシ手順ニ沿ッテ開ケヨ。ナラバ安全ナリ。賢明ナ判断ト好運ヲ祈ルモノナリ――〉

　絡繰の箱……。

　左利番は、以前、箱根に行った時に、寄木細工の〝秘密箱〟という小さな箱が売られているのを見たことがあった。この金属の箱には、その秘密箱と同じような仕掛けが施されているということだろうか。

　わからないのは〈――壊スベカラズ。モシ指示ニ従ワザレバ、ソノ者ハ十中八九死ス。――〉という一文だ。この箱に、爆発物でも仕掛けられているということか。その後に、

〈――絡繰ヲ解キ明カシ手順ニ沿ッテ開ケヨ。――〉とは書かれているが、ヒントらしきものは何もない。だが、この箱を開けなければ、どうもダイヤモンドは手に入らないということだけは確からしい。

待てよ……。

この箱の周囲には、何やら幾何学的な紋様が彫られている。どうやらこの紋様は、この箱の絡繰を隠すためだけに彫られたのではないらしい。所々に数字や文字らしきものが浮かんで見えるところを見ると、もしかしたらこの紋様が何らかのヒントになっているのかもしれない。

左利番は、このようなことが得意だった。パズルは、難しければ難しいほど面白い。絶対に、この〝絡繰の箱〟の謎を解いてみせる。

その時、ドアを叩く音が聞こえた。小さな音だ。誰だろう……。

気のせいか。それとも、風で小枝がドアに当たったのか。外では小鳥が鳴きはじめているので、キツツキでもいるのかもしれない。

そう思いながら、〝絡繰の箱〟の謎を解く作業を続けた。

こんこん――。

また、ドアを叩く音がした。誰か人がいるらしい。こんな朝早くに誰だろう。

「はい、いま開けます……」

左利番は箱をテーブルの上に置き、ソファーから立った。ドアの前に立ち、鍵を開け、チェーンを外した。

「何でしょう……」

次の瞬間、ドアが吹き飛ばされたような勢いで開いた。同時に、全身血まみれの巨大な〝怪物〟が飛び込んできた。

「サムソン⁉」

サムソンが雄叫(おたけ)びを上げながら左利番に襲いかかった。

「サムソン、止めなさい！」

だがサムソンは逃げようとする左利番に摑みかかり、抱え上げ、床に叩きつけた。

「ぎゃ……」

サムソンが血と水を滴(したた)らせ、足を引きずりながら部屋に入ってきた。

この人間離れした怪物は、あの事故でも死ななかったのか……。いったいどうやって、ここまで来たんだ……。

だがサムソンは蛙(かえる)のように叩きつけられて動けない左利番には目もくれず、部屋の奥へと入っていく。そしてテーブルの上に置いてある〝絡繰の箱〟を手に取った。

「ダイヤモンド……」

サムソンが、呟く。

——待て……それは——。

左利番は床に横たわったまま、言葉にならない呻きを発した。

サムソンはしばらく、箱を弄くり回していた。だが、箱は開かない。そのうちに苛立ちはじめ、箱を力まかせに壁に叩きつけた。

——や……め……ろ——。

だが、箱は開かなかった。壊れもしなかった。するとサムソンは暖炉の上に掛けてあった、薪割り用の斧を手に取った。

——たのむ……から……やめて——。

サムソンが斧を振りかぶる。その鈍く光る刃を、床にころがる箱に力まかせに叩き込んだ。それでも箱は、壊れない。

——やめ……て……くれ——。

サムソンがもう一度、斧を振りかぶる。〝絡繰の箱〟に、叩きつけた。次の瞬間、〝絡繰の箱〟が閃光を放ち、爆発した。

轟音！

サムソンと左利番の体は、爆風に吹き飛ばされた。

古い別荘の屋根から火柱が上がり、崩れ落ちた。

やがて暖炉の火が燃え広がり、すべてを焼き尽くした。

終章　竜の涙

1

年が明け、四月――。

三浦半島の海風は、まだ冷たかった。

だが、高い空にはかん高く鳴く海鳥が舞っている。燦々と降り注ぐ陽光は、確かな春の訪れを感じさせた。

この日、浅野迦羅守と小笠原伊万里、ギャンブラーの三人は、三崎町の小網代湾にある『シーボニアマリーナ』で新造したクルーザーのささやかな進水式を行なった。

船はジェリコの四五フィート。メインサロン、ダイニングルーム、オーナーズキャビンの他に、ツインゲストキャビンを持つ大型艇だ。共同船主となる四人の好みとしてはもっとシンプルで、実用的な船が欲しかったのだが、オーダーされた船がキャンセルされたという話を持ちかけられて、とりあえずこれを買い取ることにした。

「まあまあね……」

船体に〝源氏丸〟と書かれた大型クルーザーを見上げ、白いヨットパーカ姿の伊万里が頷いた。

「そうかな。このカラーリングの趣味がよくない……」

ギャンブラーは、船体の横に入っているダークブルーのラインが気に入らないらしい。

「ぼくは、本当は〝ジョーズ〟に出てくるクイント船長の〝オルカ号〟みたいな船が好きだったんだけどな……」

迦羅守がそういって、溜息をついた。

神主（かんぬし）が安全を祈禱（きとう）し、伊万里がドン・ペリニヨンを船体に振りかける。三人の他に立ち会いは、マリーナのマネージャーだけだ。その後、クルーザー用の大型クレーンで船が吊り上げられ、海に下ろされて、一時間足らずの進水式は終わった。

「正宗は、やはり来なかったな……」

ギャンブラーが呟くようにいった。

「あいつはまた、日本にいないんだろう……」

正宗は一度、姿を消すと、しばらくは連絡がまったく取れなくなる。生きているのか、死んでしまったのかもわからない。あいつは昔から、そういう奴だった。

進水式の後で、早速〝源氏丸〟で海に出た。

この船の船長と航海士は、一級小型船船免許を持っているギャンブラーが務める。新調したばかりの船長帽を被り、操舵輪を握る姿はどこか〝ジョーズ〟のクイント船長を小さくしたようで、妙に様（さま）になっていた。

「やっぱり、海はいいな……」

まだギャンブラーがIT関連会社を起業して景気が良かったころ、大きなクルーザーを持っていたと聞いたことがあった。その当時のことを、思い出しているのだろう。こんなに嬉しそうなギャンブラーを見るのは、久し振りだった。

海は静かだった。北からのかすかな風も止み、小網代湾の湾内は凪いでいた。

誰もいない入り江の奥に船を寄せ、投錨する。そして三人が、料理と飲み物が用意されているメインサロンに集まった。これからが本当の、三人だけの進水式だ。

この船の中は、〝クリーニング〟が徹底的に施されている。盗聴器が仕掛けられている心配はない。それに明日の夜までは、天候が崩れることもない。これから美味いものを食べ、美酒を飲み、この静かな海の上で夜を徹して語り明かすことができる。

「それで、〝例の件〟はどうなったのかしら。正宗は何かいってなかったの?」

伊万里が、ドン・ペリニヨンのグラスを傾けながらいった。

〝例の件〟というのは四万川ダムにメルセデスが落ちた事故と、野反湖の古い別荘地内で起きた謎の爆発、火災事件のことだ。

湖中の車の車内からは〝ヘルマ〟の溺死体が見つかり、野反湖の火災現場からも性別がわからないほど損傷した二つの遺体が発見された。後にこの遺体が有名大学教授のケイシー・サリヴァンと元プロレスラーのサムソン村上とわかり、テレビのワイドショーやネットを中心に大きなニュースとなった。

「正宗のところには、所轄の刑事から何度か連絡があったそうだよ。あの刑事の名前、何ていったかな……」

迦羅守がギャンブラーに訊いた。

「〝猪又〟じゃなかったかな」

「そうだ、〝猪又〟だった。猪又は正宗が、二つの事件に関与していると考えていたらしい……」

猪又が正宗を疑うのも、もっともだった。四万川ダムの堰堤から正宗が湖水に落ちるという〝事件〟の後に、同じダムに車が落ちるという死亡事故と別荘が一棟爆発して炎上するという火災が重なったのだ。刑事ならば、この三つの出来事を結びつけて考えるのはむしろ当然だ。

しかも後に、その遺体の中の二人は有名人であることが判明した。サムソン村上と死んだ〝ヘルマ〟と呼ばれていた男が愛人関係にあったこともわかっている。ダムに落ちたメルセデスは、そのサムソン村上の名義だった。

事故の数時間後には、現場のすぐ近くにある温泉施設からトラックが盗難にあうという事件も発覚していた。そのトラックは、野反湖の火災があった別荘のすぐ近くに乗り捨てられていた。二つの〝事件〟の関連性についても、テレビのワイドショーが競い合うように報じていた。

――三人は、男同士の三角関係ではなかったのか――。

「それにしても、よく正宗は警察の追及を振り切ったな……」

ギャンブラーが、ドン・ペリニヨンを美味そうに飲んだ。

「猪又という刑事は、正宗が内閣情報調査室の人間だと信じていたからね……」実際に、そうなのかもしれないが。「何度か電話があったけど、例の猪又に〝この件に関してはこれ以上捜査するな〟といったら簡単にあきらめたそうだよ」

迦羅守がいうと、伊万里とギャンブラーがおかしそうに笑った。

「それにしても、あの〝ヘルマ〟という男は何者だったのかしら……」

伊万里がキャビアを口に放り込む。

「それも、正宗が部下に調べさせたらしい……」

〝ヘルマ〟と呼ばれていた〝小柄な美形の男〟の本名は白木守（しらきまもる）、三二歳。父親が商社マンだったために赴任中のタイのバンコクで生まれ、その後は日本や東南アジア、北米を転々として成長した。ノーフォーク州立大学に留学していた二〇〇六年には地元の『フリーメイソン・アビー・レストラン』で約一年間、キッチンハンドとしてアルバイトをしていたことが確認されている。

「フリーメイソンとも接点があったわけか……」

ギャンブラーがオマール海老（えび）のビスクをすすり、満足そうに頷く。今回の料理はすべて地元のレストランに注文したものだが、どれも素晴らしい味だった。

「まぁ、フリーメイソンのレストランでアルバイトをしていただけで、それが接点といえるかどうかはわからないけれどね。しかし、他にも面白い話はあるんだ」

迦羅守がローストビーフを口に放り込み、ドン・ペリニヨンを飲んだ。

「どんな話だ」

「二〇〇八年から二〇一二年の三月まで、白木守はニューヨークに住んでたんだ。住所はニューヨーク州ニューヨーク市6thアベニュー……」

迦羅守がいうと、伊万里の表情が変わった。

「私がニューヨークにいた時の住所に近いわ。住んでいた時期もあまり変わらないし、ダウンタウンにあったアレックス・マエダの法律事務所もそれほど遠くない……」

伊万里はアメリカの弁護士資格を持っている。修士課程を終え、最初に就職したのがニューヨークの『アレックス・マエダ法律事務所』だった。

「まだあるんだ。白木守は、二〇一二年の三月に日本に戻ってきた。日本の住所は中央区銀座二丁目、〝レジデンス銀座〟というマンションに住んでいた」

「〝レジデンス銀座〟って、まさか……。それもアレックス・マエダが住んでいたマンションと一緒じゃない……」

そういうことだ。つまりアレックス・マエダと〝ヘルマ〟——白木守——は、何らかの関係があったということだ。

「もしそれが事実だとしたら、あの〝ヘルマ〟という男は死んだアレックス・マエダから
ダイヤモンドのことを聞いたんじゃないのか」

ギャンブラーがそういって、伊万里の方を見た。

「私は……」

伊万里が、目を逸らした。

「なあ、伊万里……」迦羅守が伊万里を見た。「君は以前、あのお父さんが持っていたダ
イヤのことをアレックス・マエダに話したことがあったんじゃないのか」

伊万里が叱られた子供のように、上目遣いに迦羅守を見た。

「だって……アレックスは私のボスだったんだし……昔は信頼していたし……もしかした
ら、話したことがあったかもしれないけども……」

迦羅守とギャンブラーが顔を見合わせ、溜息をついた。

「ところで迦羅守、例の〝指示書〟は解けたのか」

ギャンブラーがいった。

「それが、まだなんだ……」

迦羅守がグラスのシャンパンを開け、もう一杯ドン・ペリニヨンを注いだ。

「あの指示書を手に入れてから、もう半年近く経つのよ。どうして今回は、そんなに時間

が掛かってるの……」

　少し酔ってきたのか、伊万里の目が眠そうになってきた。

「今回の指示書は、これまでの暗号とはまったく違うんだ。だからギャンブラーではなくて、ぼくが解読を担当することになったんだが、まったく手懸(てがか)りすら摑めないんだ……」

「それなら、私が解いてあげるわ。見せてよ……」

　伊万里がうっとりとした目で、シャンパンを口に含む。

「わかった。ここに持ってきているから、見せよう」

　迦羅守がソファーから立った。マホガニーのキャビネットからファイルを出してきて、その中からＡ４のコピー用紙を数枚抜くとそれをテーブルの上に置いた。

　あの〝絡繰の箱〟から出てきた、おそらくこれが最後の指示書だ。原版は左利番に箱ごと渡してしまったので、あの火事で燃えてしまった。いま手元にあるのはタブレットで複写した原寸大のコピーだ。

　伊万里が、一枚目の指示書を手に取った。

「何これ……。どういう意味なのか、まったくわからない……」

　一枚目の指示書には、こう書かれていた。

〈――太陽暦ノ夏至(げし)ノ正午ヲ待テ。竜ノ涙ヲ三一〇度ニカザシ光ヲ当テヨ――〉

文章は、それだけだ。他には魚か鳥のような、絵とも染みともつかない図形と、右上に方位記号が入っているだけだ。

もう一枚の指示書は、さらに難解だ。指示書に文字や文章は書かれていない。ただ全体に〝☆〟のマークがちりばめられている。

〝☆〟の数は全部で一一個。この中で、二つだけが他よりも大きい。この指示書にも右上に方位記号が入っているが、その記号によると〝☆〟のマークはどちらかといえば左上――北西の方角――に片寄っている。そしてその一群の〝☆〟から少し離れた指示書の下の方に、ひときわ大きな〝✡〟――ダビデの星――がひとつだけ描かれている。

「まずは一枚目ね。この〝竜ノ涙〟って、何のことなのかしら……」

伊万里が首を傾げる。

「これは、伊万里のお父さんが持っていたあの二二・五カラットのブルーダイヤモンドのことを指すんじゃないかと思う」

迦羅守たちはあの巨大なダイヤモンドを、戦時中に亜細亜産業が日本に持ち帰った〝ダ－ミカラマの涙〟だと推理していた。だが、迦羅守や正宗、伊万里、ギャンブラーの祖父や曾祖父たちは〝竜の涙〟と呼んでいたのではなかったのか。

「わかった……。この〝竜ノ涙〟が私が持っているあのダイヤだとしましょう……。でも、〝太陽暦ノ夏至〟って……」

伊万里がさらに考える。

「六月二一日ごろだな。まだ二カ月以上も先だ」

ギャンブラーがそういって頷く。

「つまり、その日の正午にあのダイヤモンドを三一〇度の方向に傾けて、指示書の上にかざして太陽の光を当てろという意味じゃないのかな……」

迦羅守が説明する。

「でも、どこでそれをやるのかが書いてないわ……」

日時を夏至の正午と限定するならば、その〝儀式〟を行なう正確な場所も指定していなくてはおかしい。

「その場所を指定するのが、二枚目の星座のような指示書じゃないのか」

ギャンブラーがいった。

「そうね、私もそう思う……」

伊万里が二枚目の指示書を手に取り、シャンパングラスを片手に見つめる。目に近付けてみたり、遠ざけてみたり、自分の首を傾けてみたりといろいろ試している。

「いっておくが、これは天体図ではないんだ。最初は星座が描かれているんだと思っていろいろ調べてみたんだけど、該当する星座が存在しない……」

迦羅守が説明する。

「わかってる……。これは星座なんかじゃないわ……」

伊万里がシャンパンを口に含み、さらに指示書を見つめる。そして、しばらくして、奇妙なことをいった。

「この紙に、穴を開けてもいいかしら……」

「これはコピーだから、何をしてもかまわないけど……」

迦羅守がいうと、伊万里がアイスペールの中からアイスピックを手に取った。ソファーから立ち、キッチンに向かう。指示書のコピーを組板(まないた)の上に置くと、〝☆〟印のところにアイスピックで次々と穴を開けはじめた。

「伊万里、何をやってるんだ」

ギャンブラーがいった。

「いいから、見ていて。そこの壁に、海図が貼ってあったわね。それに、LEDライトがあると助かるんだけど……」

「ここにある」

迦羅守がベルトから、LEDライトを抜いた。

「それじゃあ迦羅守、お願い。その壁から少し離れて立って、LEDライトの光をその海図に当てていて……」

「わかった」

「そう、それでいいわ。ギャンブラー、お願い。明かりを消してくれるかしら……」

「了解……」

ギャンブラーが、リビングの明かりを消した。

「それじゃあ、行くわよ……」

伊万里が迦羅守と伊豆大島周辺の海図との間に立った。穴を開けた指示書をLEDライトの光にかざし、自分は少し移動しながら立つ位置を調整している。

「やっぱり、そうだわ……」

「そうだって、何がさ」

「これは、海岸線を消した地図なのよ」

「地図だって？」

迦羅守がLEDライトをギャンブラーに渡し、海図に歩み寄る。海図には、LEDライトの光が指示書の穴を通して鎌倉（かまくら）から伊豆半島の内部にかけて投影されている。

「それじゃあ、この光の当たっている部分は……」

「右の大きな光が、前に行ったことがある鶴岡（つるがおか）八幡宮。左の大きな光が、三島（みしま）大社。その他の星の位置も、たぶん源氏に関連する神社の位置を示しているんだと思う……」

なるほど、そうかもしれない。だが、ひとつだけ、大きな〝✡〟のマークだけは陸地から大きく外れた海洋上に位置していた。

「このダビデの星は、何だろうな……。ギャンブラー、明かりをつけてくれないか」

ギャンブラーが、明かりをつけた。海図を見る。ちょうど〝✡〟のマークがあった辺りに、小さな島があった。

「鵜渡根(うどね)島か……」

迦羅守がいった。

2

六月二一日、夏至。快晴——。

南西の風、秒速五メートルから六メートル前後——。

海は波の高さ一メートルと、この季節にしては比較的、穏やかだった。だが南の海上には梅雨(ばいう)前線があり、また西から迫る低気圧の影響もあって、午後からは荒れることが予想された。

浅野迦羅守、小笠原伊万里、ギャンブラーの三人はこの日、鵜渡根島への遠征を敢行(かんこう)した。夏至は、一年に一度しかない。もしこの機を逃せば、また一年待たなければならなくなる。

午前七時、三人を乗せた〝源氏丸〟はシーボニアマリーナを出港した。ジェリコの四五フィートは七一五馬力のエンジン二基を積み、最高速度四〇ノット、最高巡航速度三六ノットを誇る。

三浦半島の先端から相模湾の大島の内側の航路を取り、鵜渡根島まではおよそ七三海里。海の状態によって巡航速度が三〇ノット前後に落ちたとしても、二時間半から三時間で着く計算になる。接岸に手間取っても、午前一〇時から一〇時半までの間には島に上陸できる計算だ。

鵜渡根島は北緯三四度二八分二一秒、東経一三九度一七分三八秒。伊豆諸島の利島と新島のほぼ中間地点に浮かぶ面積〇・三平方キロの無人島である。明治時代には養蚕を営む半農半漁の人々が住んでいたこともあり、その意味では〝無人化島〟と呼ぶのが正しい。島内には当時の島民が祀った鵜渡根后明神がいまも残っているという。

また鵜渡根島の周辺は海流が速く、カンパチ、ヒラマサ、マグロ、大型のモロコやイシダイが釣れる好漁場として知られている。だが、一方でこの周辺は時化やすく、海流が速いこともあり、伊豆諸島でも随一の難所でもある。渡船により島に上陸できるのは年間に五〇日あるかないかともいわれている。

〝源氏丸〟は快調だった。まるで波をパワーで押さえ込むように、水飛沫を掻き立てて紺碧の海面を疾走した。

マリーナを出港してから五〇分ほどが過ぎ、ちょうど二〇海里ほど来て相模湾の中央辺りに差し掛かった時だった。左前方には大島が浮かび、右手の彼方（かなた）には伊豆半島の熱海（あたみ）のホテルやマンション群の街並が見えていた。コックピットで操舵輪を握り、前方の航路を見つめていたギャンブラーがぽつりといった。

「だんだん、荒れてきたな……」

「どうだ、行けると思うか」

迦羅守が訊く。

「まあ、鵜渡根島の辺りまで行くのは問題ないだろう。あの海域が時化ているかどうかは、行ってみるまでわからんさ……」

鵜渡根島の周辺は、時化ている時には漁師も近寄らない魔の海域だ。

だが、伊万里は気楽なものだ。布が付いているのかどうかわからないような白い小さなビキニを着て、後部デッキのベッドチェアに横になり、ビールを片手に日焼けを楽しんでいる。

迦羅守はリビングに戻り、冷蔵庫の中から冷えているペリエを一本出した。栓を開け、渇いた咽に流し込む。

それにしても、正宗はどうしたんだろう。今回の鵜渡根島行きも、様々なチャンネルを使って正宗には伝えていた。だが、〈——行ければ行く——〉という素っ気（そっけ）ないメールが一本返ってきただけで、とうとう今朝の出港時間になっても姿を現さなかった。

もちろん正宗には、すべてを伝えてある。

例の指示書に関しては、あれからいろいろなことがわかった……。

まず、二枚目の指示書に描かれた計一一個の〝☆〟印だ。その内の二つは鶴岡八幡宮と三島大社。さらに国土地理院の五万分の一の地図に当てはめて調べてみると、他の九個の〝☆〟印の位置にもそれぞれ何らかの神社が存在することが判明した。

地図の右から辿っていくと、まず鶴岡八幡宮とすぐ左にある葛原岡神社。伊豆半島に入って熱海市の伊豆山神社。伊東市の八幡宮来宮神社。伊豆市の八幡神社、同、熊野神社。修善寺の横瀬八幡神社。西伊豆の小土肥の八幡神社。東伊豆に戻って賀茂郡東伊豆町稲取の八幡神社。下田市の白浜にある伊古奈比咩命神社。そして最後の三島大社で全一一社となる。

この内、八幡神社系が半数以上の六社。伊豆市の熊野神社にも八幡神が祀られているので、正確には七社となる。

八幡神――八幡大菩薩――は、清和源氏の守護神として知られている。調べてみると、残りの四社もすべて源氏に所縁のある神社であることもわかった。つまり、全一一社が、源氏に関係のある神社だったことになる。

無関係だったのは、鵜渡根島の鵜渡根后明神だけだ。この神社だけは、いくら調べても源氏との関係が見つからなかった。

　もうひとつ、わかったことがある。一枚目の紙に描かれていた、魚とも鳥ともつかない染みのようなものの正体だ。これも地図を調べてみると、鵜渡根島の地形そのものであることが明らかになった。そして〈——竜ノ涙ヲ三一〇度ニカザシ——〉の〝三一〇度〟という角度も、地球の経線に対する鵜渡根島の傾きを表わしていることが判明した。

　それにしても、伊万里はなぜ一枚目の指示書の〝☆〟印の秘密を見抜くことができたのだろうか。これも後からわかったことだが、インターネット上に公開されているテストをやってみると、伊万里は一〇〇〇人に一人という空間識別能力を持っていた。伊万里自身は子供の時から自分の能力を意識していたらしく、あの〝☆〟印が点々と連なる指示書を見た時も、酔いが回った頭の中に直観的に神奈川県から伊豆半島にかけての海岸線の地形が浮かんできたらしい。

　左手に大島の三原山(みはらやま)を眺めながら、〝源氏丸〟はさらに南下した。前方には利島が浮かび、その後方には背後の新島の島影も見えてきた。この時点で、南西の風が毎秒七メートルから九メートル。予想どおり、海が次第に荒れはじめた。

　デッキで寝ていた伊万里も、船の揺れに耐えられなくなったようだ。

「私、もうだめ……。船酔いしそう……」

　リビングにふらふらと入ってくると、ソファーに倒れるように横になった。

「南西の風が強いな……。利島の東側を回ろう……」

ギャンブラーが僅かに、取舵(とりかじ)を切った。間もなく前方の利島の左手に、水平線から突き出る小さな島影が見えてきた。

「あれが、鵜渡根島だな……」

迦羅守が双眼鏡を鵜渡根島の島影に向けた。

3

一〇時五〇分、ほぼ予定どおりに鵜渡根島の海域に入った。

だが、波が高く、海流も速い。さらにこの日は中潮で、干潮(かんちょう)が午前九時前後だった。島の周囲には根（海の中の岩礁(がんしょう)地帯）も多いので、なかなか近寄れない。

「これは、接岸は無理だな……」

ギャンブラーが、大きなクルーザーを慎重に操船する。

「どうする、あきらめて戻るか」

迦羅守がいった。

「いや、一年は待てない。島の東側に、いくつか根があるな。その北側から、船を島に近付けてみよう。島と根の間の海域は、波も静かなはずだ……」

島の東側には沖の高島、二つ根、平根、オタイ根と呼ばれる四つの根が固まっている。さらにその北側には少し離れてタタミ根がある。これらの根が防波堤の役目をして、その内側にはあまり波が入ってこない。

ギャンブラーは、四五フィートもある〝源氏丸〟を巧みに操船した。以前から「船には自信がある……」といっていたが、そのとおりだった。海図とソナーをうまく利用し、海中の根のぎりぎりを通りながら、船を四つの根に囲まれた島陰に入れた。

根の内側は、やはり波が静かだった。ギャンブラーが島から一〇〇メートルほどのところで船を停め、投錨した。だが、この時点ですでに、一一時を一五分ほど過ぎていた。

迦羅守は急いで上陸する身仕度(みじたく)を整え、ゴムボート——アキレスＬＷ－３１０——に高速電動ポンプで空気を入れた。

「それじゃあ、行ってくる」

迦羅守が伊万里から預かったブルーダイヤモンドを、救命具の下の胸ポケットに入れた。背中のバックパックには万一に備えて、二日分の非常食と一リットルの水が入っている。

「おれは、ここに残る。何かあった時に、船を守らなくちゃならないからな」

ギャンブラーがいった。

「わかっている。一人でだいじょうぶだ」

情況を考えれば、伊万里を連れていくのも不可能だ。

「無事に帰ってきてね。ダイヤモンドと一緒に……」

どうやら伊万里は、ダイヤモンドの方が心配らしい。

「これから上げ潮になる。ここに碇泊していれば座礁する心配はないが、午後は風が強くなるし、海はどんどん時化てくる。待つのはあと二時間弱、午後一時までが限界だな。それまでに戻ってきてくれ」

「わかった。一時までには戻る」

迦羅守はリアデッキからゴムボートを海中に下ろし、乗った。セルを回して六馬力のエンジンを掛け、島に向かった。

島は、すぐ目の前に見えていた。時折、大きなうねりがゴムボートを底から持ち上げる。速い潮流に、流されそうになる。

いつまでたっても、島が近付いてこない。僅か一〇〇メートルほどの距離が、永遠とも思えるほど遠く感じられた。

島に、人影はない。いや、島の東端に近い岩の斜面に釣り人が一人、竿を構えていた。こんな日に、どうやってこの孤島にまで渡ってきたのだろう。

数分後、迦羅守は何とかゴムボートを鵜渡根島の北東部沿岸に接岸させた。奥行きのないゴロタ浜に上陸し、ゴムボートを引き上げた。手頃な岩を探し、ゴムボートを舫った。

振り返ると、〝源氏丸〟が波に揺れていた。デッキの上で、伊万里とギャンブラーがこちらを見ている。迦羅守は二人に向かって、大きく手を振った。

迦羅守は、空を見上げた。南に積乱雲が迫り、太陽がほぼ真上に輝いている。

時刻は、一一時三〇分を過ぎた。正午までまだ時間があるが、ゆっくりしてはいられない。

迦羅守は背中からバックパックを下ろし、ポケットから指示書のコピー、コンパス、ペン、そして国土地理院の〈――CKT－2000－10X(エックス)　三宅島Ⅱ地区空中写真標定図――〉を出して広げた。現存する鵜渡根島の最も正確な地図のひとつだ。

これを風に飛ばされないようにゴロタの石で押さえ、胸ポケットから御守り袋に入れたダイヤモンドを出した。コンパスで方角を測り、指示書の方位マークを北に合わせる。指示書に描かれた鵜渡根島の島影は、三一〇度に傾いている。迦羅守はその真上に洋梨形のダイヤモンドをかざし、距離を調節した。

やはり、思ったとおりだった。ダイヤモンドはまるでレンズのように太陽光を集め、指示書から二〇センチほどの距離で焦点が合った。ダイヤモンドの形がちょうど指示書に書かれた鵜渡根島に一致し、像を結んだ。

これは……。

像の中に、もうひとつの図形が現れた。その図形のある一点にさらに光が集中している。迦羅守はペンを出し、指示書に投影された図形をなぞり、光が集中した焦点に〝×〟印を描き込んだ。

ダイヤモンドを袋に戻し、改めて指示書を見た。やはり、そうだ。現れた図形は、フリーメイソンの〝コンパスと直角定規〟のシンボルマークそのものだった。

そのシンボルマークの円周の一部、島の海岸線の北の外れから少し内陸に入った所に〝×〟印がある。迦羅守はその位置を、国土地理院の地図で確認した。

これは、どういうことだ……。

地図を見ると、島で唯一（ゆいいつ）の神社である〝鵜渡根后明神〟は、二〇八・九メートルの最大標高地点の南南西約一〇〇メートルの地点にあった。もしこの〝鵜渡根后明神〟がダイヤモンドの隠し場所だとすると、いま迦羅守がいる島の北東側からは山頂付近の尾根を越えていくことになる。道もない急斜面を上るとなると、一時間以内に目標地点に到達するのは不可能だと思っていた。

だがダイヤモンドが示した光の焦点は、いま迦羅守が立っている島の北東側から、海岸線に沿って北西に約五〇〇メートルの位置にあった。それほど、遠くない。

ダイヤモンドをポケットに仕舞（しま）い、バックパックを背負いなおした。地図と指示書を手に持ち、海岸線を北西に向かって歩き出そうと思った時だった。背後から吹きつける風の中に、自分の名を呼ぶ声を聞いたような気がした。

――迦羅守！――。

振り返った。遠くに、サングラスを掛けた男が立っていた。島に上陸する途中、ボートから見えた釣り人だ。

「迦羅守、おれだ。わからないのか」

釣り人がこちらに歩きながら、サングラスを外した。

「正宗じゃないか……」

「そうだ、おれだ。やっとわかったか」

正宗が、迦羅守の前に立った。久し振りに会う正宗は日に焼け、髭を生やし、元気そうだった。迦羅守が右手を差し出し、正宗がそれを親指を絡ませて握った。

「なぜ、この島に？」

迦羅守が訊いた。

「行ければ行くといっておいただろう。今日、鵜渡根島に行くというから、先回りして釣りをしながら待っていた」

いかにも正宗らしい。迦羅守は正宗に、地図を見せた。

「おそらく、ここだ。いま我々がいるのがこのあたりだから、それほど遠くない」

「よし、行ってみよう。ゴムボートがあるなら、その方が早いだろう」

二人でゴムボートに乗り込み、エンジンを掛けた。スロットルを開けると、横波を受けて大きく揺れた。顔に被るスプラッシュが心地好い。

「迦羅守、覚えてるか。山中湖で二人でお前の祖父さんのボートに乗って、〝探検〟に行った時のことを……」

正宗がいった。

「ああ、覚えてるさ……」

まだ、二人が小学生のころの話だ。当時、迦羅守の祖父の別荘が山中湖の湖畔にあって、正宗も夏休みに母親の藤子と一緒にそこに遊びに来ていた。ある日、桟橋に舫ってあった祖父のボートに無断で乗り込み、対岸まで宝探しに行こうということになった。だが、ボートを出したのはいいが思ったように進まず、そのうちに暗くなって広い湖で迷子になり、戻れなくなった。

「あの時は、大騒ぎだったな。うちのお袋は、二人とも死んだと思っていたらしい」

二人が水上パトロールに発見されたのは、翌朝だった。

「ずいぶん、怒られたな。二人とも頭をバリカンで刈られて、正座させられた……」

「でも、あの夏は楽しかった……」

考えてみると、あれから三〇年以上が過ぎたいまも、二人は同じようなことをやっている。

「そろそろだな」

「この辺りに上陸しよう」

迦羅守は取舵を切り、北東に突き出した岬を迂回してゴムボートを島に向けた。高波に、煽られた。その波の力を利用して、ゴロタ浜に着岸した。

ボートから上陸し、岩に舫う。時計はちょうど、正午を指していた。

「もう一度、場所を確認してみよう……」

迦羅守はバックパックから指示書を出してかかげ、その上にダイヤモンドをかざした。光の焦点の位置を、国土地理院の地図で確認する。

「やはり、間違いないようだ。いまボートで迂回してきた根と岬はあれだから、この浜の少し上辺りだ」

「何を目印に探せばいい？」

「わからないが、このダイヤを光にかざすとフリーメイソンのシンボルマークのような図形が浮かび上がるんだ。もしかしたら、それに近いようなものがあるのかもしれない」

「わかった。探してみよう」

二人で手分けして、探した。

鵜渡根島は、地形が厳しい。島の周囲は人が上れる場所がほとんどないほど、切り立っている。よくこんな島に、人が住めたと思うほどだ。

しかも島は、〝岩〟でできている。ほとんど〝土〟というものがない。そのために樹木の類がほとんどなく、植物相はごく僅かの灌木と数種類のイネ科の植物、イソギクなどの草本類だけで成り立っている。

迦羅守は比較的斜面の緩やかな岩の斜面を見つけ、上った。一〇メートルほどの高さまで上り、周囲を眺めた。

北に利島の島影が浮かび、南の海上には新島が横たわっていた。こうして高台に上がってみると、二つの島は思っていたより近く感じられる。

島の周囲の海は、白波が立ちはじめていた。島と根の間には、海流の潮目がまるで生き物のように渦巻いている。根に囲まれた内湾に浮かぶ〝源氏丸〟の巨大な船体も、肉眼でかなり揺れているのがわかった。

だが、島のどこを見渡しても、フリーメイソンのシンボルマークを連想させるようなものは見つからなかった。迦羅守が上ってきたルートも、これ以上は進めない。仕方なく一度ゴロタ浜まで下り、また登れるルートを探した。

斜面を見上げると、岩から岩へ伝い歩く正宗の姿が目に入った。どうやって、あんな高い場所まで登ったのだろう。まるで、アクロバットのようだ。

正宗が迦羅守に気付き、手を振った。迦羅守も、手を振り返した。正宗が何かいったように見えたが、その声は南からの風に掻き消された。

時計を見た。〇時二〇分を過ぎた。あと、三〇分と少ししかない。

迦羅守も別のルートを見つけ、岩を登った。遥か前方の岩棚の草原が風になびき、生き物のように蠢く。その上に見える青空に、白い雲が急ぐように流れていた。

岩と草に摑まりながら、斜面を横に伝う。下を見ると、足が竦む。まだそれほど登ってきてはいないが、この高さからでも岩に叩きつけられれば助からないだろう。

ドローンを使うべきだったのかもしれない。もし次回、もう一度この島に来ることがあればドローンを用意してこよう……。

そう思った時だった。風の中に正宗の声が聞こえた。

「迦羅守！！！……」

振り返ると、正宗が先ほどよりもさらに高い岩にいた。

「どうした！！！……」

迦羅守も口に手を添え、叫んだ。

「向こうだ！！！……」

正宗の声が、返ってきた。右手で、南西の方角を指し示している。どうやら、何かを見つけたようだ。

迦羅守は、正宗が指す方に移動した。間もなく、灌木が行手を塞いだ。だが、その灌木の群生の中に、空洞があった。

森の中に、石畳のように石が敷き詰められていた。石と石の間は、コンクリートで目地が埋めてある。人が造った〝道〟だ――。

迦羅守は張り出した枝を手で避けながら、灌木の中に分け入った。しばらくして群生を抜けたが、道はその先にも残っていた。

古い道を辿って、歩く。道は、造られてから少なくとも数十年は経っているもののようだった。いつ、誰が造ったのか。石の路面は所々崩れ、草や木に埋もれながら、急な斜面に沿って続いている。

間もなく上から、正宗が合流した。

「見つけたのか」

迦羅守が訊いた。

「あったよ。あれだ……」

正宗が、右下の前方を指さした。斜面の草原の中に、トーチカの跡のようなコンクリートの残骸があった。草に埋もれかけたコンクリートの中に丸い台座のようなものがあり、そこに黒い塗料か何かで奇妙な図形が描かれていた。

迦羅守はバックパックから双眼鏡を出し、その丸い台座の図形に焦点を合わせ、拡大した。

「あれは、フリーメイソンのシンボルマークじゃないか……」

草に半分埋もれているが、確かにコンパスと直角定規、その中央にプロビデンスの目のようなものが見える。

「行ってみよう……」

正宗と共に、斜面を下った。石畳の道は、トーチカまで続いていた。その先は風雨に浸食されて崩れてしまったのか、切り立った断崖になっている。

トーチカのように見えたものは、小さな小屋の基礎か何かの残骸だった。丸い台座のようなものは太い土管を埋めたもので、その上に丸いコンクリートの蓋が載っていた。蓋には、風雨に晒(さら)されても消えないように、溶けた鉛(なまり)でフリーメイソンのシンボルマークとプロビデンスの目が描かれていた。

「よし、この蓋を開けてみよう……」

蓋は直径およそ七〇センチ、厚さが二〇センチほどあり、かなり重かった。だが、二人で力を合わせれば何とか動く。少しずつずらしていくと、その下の土管の中に深く暗い穴が現れた。

「かなり深いな……」

正宗がベルトからLEDライトを抜き、穴の中を照らした。深さは、一メートル以上あった。

「中に、包みのようなものが見えるぞ……」

だが、手は届かない。

「ぼくの方が体が小さい。入ってみるから、体を支えていてくれ」

迦羅守が手にLEDライトを持って草の上に横になり、上半身を土管の中に入れた。正宗が、その足を押さえる。

手を伸ばし、包みを摑んだ。

「引き上げてくれ……」

合図を送ると、正宗が両足を摑んで迦羅守の体を引き抜いた。

「何だ、これは……」

蠟引き(ろうび)のカンバス布の包みだった。布は、腐りかけていた。その布を解くと、中から取っ手の付いたクロームメッキの瓶(びん)のようなものが出てきた。

「古い魔法瓶のようだ……」

迦羅守はこの時、国庫から消えた莫大なダイヤモンドに纏(まつ)わる、重要なひとつの伝聞を頭に思い浮かべた。

──三井信託銀行の地下金庫に保管されていたダイヤモンドを、交易営団は九つの魔法瓶に詰め込んで某所に隠した──。

だがこのダイヤモンドは昭和二〇年一〇月一八日、CIC（米対敵諜報部）のジャック・キャノン大尉（当時）によって摘発されたという記録が残っている。つまりいまここにある魔法瓶は、その時の九つの内のひとつだということか……。

が入っていた。

を抜き取り、正宗に渡した。中を覗くと、魔法瓶の底から三分の一ほどまでダイヤモンド

劣化(れっか)したゴムの栓を開けた。中に、ハトロン紙の封筒が二枚、丸めて入っていた。それ

「開けてみよう」

魔法瓶を手に傾ける。数十個のダイヤモンドが手の平に、ガラス玉のようにころがり出てきて太陽の光に輝いた。瓶の中には、まだこの十数倍のダイヤが入っている。

「正宗、これを見てくれ。凄いぞ……」

だが正宗は、自分が手にした封筒の中に入っていた便箋(びんせん)に見入っていた。

「迦羅守、頼みがある。この魔法瓶の中に二つだけ、〝特別なダイヤ〟が入っている。そのダイヤだけは、〝あるべき所〟に戻してほしい……」

「それはかまわないが……」

「すまない。それよりも、波が高くなってきている。急がないと、戻れなくなるぞ」

時計はすでに、〇時五〇分を過ぎていた。ギャンブラーとの約束まで、あと一〇分もない。

「よし、帰ろう」

迦羅守が手の中のダイヤモンドを魔法瓶の中に戻し、バックパックに仕舞った。

ゴロタ浜に戻ると、もう潮が満ちはじめ波がかなり上まで打ち上げられていた。ゴムボ

ートが、いまにも波に流されそうだった。迦羅守がボートに飛び乗って押さえ、正宗が岩に舫ってあるロープを外した。

「正宗、どうした。お前も早く乗れ！」

だが正宗が、首を横に振った。

「このボートは小さい。この波の中で二人で乗るのは、無理だ」

正宗がいった。

「なぜだ。さっきは乗れたじゃないか」

「いや、三〇分前よりも、海がかなり荒れてきている。迦羅守、一人で行ってくれ」

「いや、だめだ。お前も乗れ！」

振り返ると、根の内側に浮かぶ〝源氏丸〟が見えた。内湾に大きな波が入り、突き上げられるように揺れた。デッキの上で、伊万里とギャンブラーが心配そうにこちらを見ている。

波がゴムボートに、叩き付けた。ボートがゴロタ浜に打ち上げられ、また波に引き戻された。その時、正宗が、握っていたロープを放した。

「正宗！」

迦羅守が叫んだ。だがボートは、一気に沖まで引かれて島を離れた。この波では、もう島に戻れない――。

「迦羅守、おれを信じろ！　心配するな！　気をつけて行けよ！」

仕方なかった。迦羅守はセルを回し、エンジンを掛けた。スロットルを開けてボートを反転させ、目の前に迫る次の波を越えた。

迦羅守は波飛沫を被りながら、伊万里とギャンブラーが待つ〝源氏丸〟を目指した。途中、一度だけ、鵜渡根島を振り返った。波が足元まで打ち上げるゴロタ浜に、正宗が手を振りながら立っていた。

それが正宗を見た最後だった。

エピローグ

魔法瓶の中には、大小合わせて三七九個のダイヤモンドが入っていた。

重さだけで単純に計算すると、〈——291(g)÷0.2＝1455(ct)——〉つまり一四五五カラットということになる。大きさは大小様々で、ほとんどが一カラットから三カラットの間に集中していたが、中には一〇カラット以上、数十カラットというものもあった。質の良いものもあまり良くないものも混在していたが、〝二乗・ザ・スクエア方式〟で計算すると時価にして一〇〇億円から一六〇億円といったところだろう。伊万里は「思っていたよりも少なかった……」と落胆していたが。

三七九個の内で最大のものは、五二・七カラットのイエローダイヤモンドだった。これは戦時中の交易営団の鑑定人だった松井英一が日銀に保管されていたダイヤモンドの鑑定と整理を行なった時に、〈——一斗マス一パイくらいあった——〉中で〈——一番大きいダイヤモンドは南方から買い付けたもので、五二・七カラット、色は薄い黄色の少しく変形ものでありました——〉と書き残したものとカラット数と特徴が一致した。

他にも五〇・四カラットもあるブリリアントカットのダイヤモンドも入っていた。これはやはり松井英一が書き残したダイヤモンドのリストの〝五七番〟、〝✡〟印が付けられた二つのダイヤモンドの内のひとつと完全に特徴が一致した。さらに、やはり松井英一のリストの〝四一番〟にある二八・三カラットのブリリアントカットと、まったく同じダイヤも入っていた。

この中で迦羅守、伊万里、ギャンブラーの三人が問題としたのは、〝松井リスト〟の〝五七番〟にある五〇・四カラットのダイヤモンドだった。この世界にいくつも存在しないであろう素晴らしいブリリアントカットのダイヤモンドは、いったい誰のものだったのだろうか。

前述の世耕弘一は、自らの手記に〈——営団買入れ分中に皇室よりの御下渡品大粒のダイヤ五個が行方不明である——〉と書き残している。また〝松井リスト〟には伊万里の父が持っていた二二・五カラットのダイヤと共に〝✡〟印が入っていた。つまり、この二つは、正宗がいっていた、「昭和一九年に塩月興輝がビルマから持ち帰り、亜細亜産業が天皇家から出たものとして交易営団に供出した……」ダイヤモンドではなかったのか——。

そういえば、正宗が鵜渡根島でいっていた。魔法瓶の中には二つだけ〝特別なダイヤ〟が入っているので、それだけは「〝あるべき所〟に戻してほしい……」と。その二つとは、

〝松井リスト〟で〝✡〟印が付けられたダイヤのことだったのだ。

これらのダイヤモンドは迦羅守、伊万里、ギャンブラーが契約している貸金庫に分散して保管した。中央銀行制度下における大手銀行は経済格差の元凶だが、このような時には便利に使うことができる。

さらに全一四五五カラットの内、一カラットから三カラットのダイヤ二〇個——約五〇カラット——を選び、四万温泉の長野老人に贈った。当初、長野は「自分はもう歳なので……」という理由で受け取ろうとしなかった。だが、協力者としての貢献と何より〝仲間〟の一人として、当然の取り分だろう。

〝松井リスト〟で〝✡〟印の付けられた二つの巨大なダイヤモンドは、正宗がいったとおり〝あるべき所〟に返すことにした。だが、どこに返していいのかわからない。そこで三人で相談し、正宗の実家がやっている赤坂の料亭『澤乃』の老女将、藤子に預けておくことにした。藤子ならば昭和から平成に掛けて代々の有名政治家から裏献金などの大金や金塊を預かり慣れているし、『澤乃』には大きな金庫もあるから安心だ。

そして、正宗だ。六月二一日の夏至の日に鵜渡根島で別れて以来、正宗とは連絡が取れていない。あの日以来、一週間以上も島には渡船さえ近付けない荒天が続いた。

迦羅守は、心配だった。正宗は、どうしたのだろう。だが、正宗を最後に見てからおよそ一カ月後の七月二一日、アジアの経済ネットニュースの大手『ＮＮＡ　ＡＳＩＡ』が、興味深い外電を伝えた。

〈――ミャンマーに伝説のダイヤモンドが戻る――。

第二次世界大戦中のバー・モウ政権下のビルマから紛失したとされていた二つのダイヤモンドが、七〇年以上の年月を経て日本政府からミャンマー政権に返還された。いずれもビルマ王朝に代々伝わるもので、一つは五〇・四カラットのダイヤモンド。もうひとつはビルマ国王の王冠に配(あしら)われていた〝ダーミカラマの涙〟と呼ばれる二二・五カラットの伝説のブルーダイヤモンドだ――〉

記事には現ミャンマー国家顧問のアウン・サン・スー・チー氏が特使からダイヤモンドを受け取るシーンの写真が添付されていた。その特使の男の顔をアップにしてみると、興味深いことに気が付いた。

眼鏡や付け髭で上手く変装はしていたが、その男は確かに南部正宗だった。

解　説――史実とフィクションの狭間(はざま)における柴田哲孝的ストイシズム

小説家　樋口明雄(ひぐちあきお)

ノンフィクションとフィクションというふたつの世界で、柴田哲孝はそれぞれ作品を書いている。

代表的なノンフィクションといえば、やはり『下山(しもやま)事件　最後の証言』であろう。

これは「三鷹(みたか)事件」「松川(まつかわ)事件」とともに、戦後史最大の謎(なぞ)といわれる「下山事件」に材を取った畢生(ひっせい)の力作である。何よりも彼自身の祖父が、その事件に関わっていた可能性――という動機が、柴田を熱のこもった取材に走らせ、命を賭(と)してまで真相に肉薄し、書き上げた。この作品で柴田は、第五十九回日本推理作家協会賞と第二十四回日本冒険小説協会大賞をダブル受賞している。

そしてこの「下山事件」こそが、実は本作品『Dの遺言』に深く関わる下敷きとしての素材となっている。

前作『Mの暗号』に続く、いわば〝暗号ミステリ小説〟とでも称するべきだろうか。東大教授にして歴史推理作家である浅野迦羅守を主人公に、ミステリアスなヒロイン小笠原伊万里、数学の天才〝ギャンブラー〟こと武田菊千代、そしてアメリカの情報工作員だった南部正宗の四人が、それぞれの特技を駆使し、入手した地図や、そこから導き出された暗号を解読しながら事件の真相に迫っていく。

　まるでＲＰＧ（ロールプレイングゲーム）のような謎解き、暗号の解読。そして謀略あり、活劇場面ありの、わくわくする冒険小説としても読めるわけだが、特徴的なことは、柴田がもっとも得意とする、戦後史の裏側に隠された日米の特秘工作がストーリーの下敷きになっているところだろう。

『下山事件　最後の証言』、そして小説となった『下山事件　暗殺者たちの夏』に、重要なキーワードとして出てくるのが亜細亜産業という会社だ。そしてもうひとつは――秘密結社であるフリーメイソン。ともに柴田ワールドの回転軸であり、作品の狂言回し的存在といえる。柴田の多くの小説やノンフィクションの背後には、しばしば亜細亜産業とフリーメイソンの影がちらつく。

　かつて都内日本橋三越の目と鼻の先にあったというライカビル。その中に、この謎めいた会社、亜細亜産業は実在した。戦中から戦後にかけて児玉誉士夫や白洲次郎など政財界人、右翼の大物などの姿がここに見られ、のみならずＧＨＱ（連合国軍司令部）や、Ｇ２（参謀第二部）、ＣＩＣ（ＣＩＡの前身）など在米諜報機関のメンバーたちが出入りをしていた。

一方、フリーメイソンは戦後、日本の政治に関わる閣僚の半数がメンバーだったといわれるほど、昭和史を語るときに欠かせない秘密組織。今でも政治家、著名人など世界じゅうに六百万人のメンバーがいるといわれている。

定規とコンパスを重ねた中央にGの文字があるマークは有名。さらにピラミッドに描かれた神の全能の目〝プロビデンス〟、これは一ドル札紙幣の裏面にもデザインされている。つまり欧米の近代史はおろか、アメリカという国そのものにも関わりがあり、日米開戦の発端となった真珠湾攻撃にも、実はフリーメイソンの陰謀があったことは、柴田の著作『ＩＳＯＲＯＫＵ　異聞・真珠湾攻撃』に詳しい。

――（ライカビルの）三階から上には、お化けが出る……

当時、亜細亜産業に勤めていた柴田の祖父が、彼の娘（すなわち作者の母）にそういったという。そんな奇怪な逸話が似合うほど、ビルの三階、四階のフロアには、さまざまな秘密が隠されていた。中でもすさまじい噂というのが、戦時中、このライカビル四階の床下に金の延べ棒が大量に隠されていたという話。取材のために柴田が訪ねていったある右翼の大物は、彼のインタビューに対して、こう証言している。

――あったあった。百本どころじゃない。もっとあったさ（『下山事件　最後の証言』

より）。

戦時中の物資調達として、国が国民から指輪やネックレスなどの貴金属を供出させた。それを潰して金の延べ棒にしたものが、なんと政府の管理下ではなく、亜細亜産業という会社の中に秘匿されていたというのである。そしてこれこそが、戦後のミステリのひとつとして知られる〝M資金〟の一部だった！

ところが、ライカビルにあったのは金塊だけではなかった。

戦後、日銀に秘匿されていたダイヤモンドがあった。その多くは戦時中に貴金属回収令で供出されたものの他、軍部や特務機関がアジア諸国から持ち帰ったものもあったという。それをGHQの将校らが持ち出し、アメリカに運んだが、なおも大量のダイヤが行方不明。その一部はライカビルにもあったという。

前作で金塊を人目につかぬ場所に隠していたのは、四人の祖父や曾祖父たち。すなわち、自分たちの子孫が力を合わせて困難を打開し、報酬を得るように、巧妙に仕向けられたカラクリだった。そして『Dの遺言』も、ストーリーは前作とほぼ同じかたちで進行する。

〈――遺言
我々ノ子孫ニ告グ。失ワレタダイヤモンドヲ探セ――〉

金塊とともに発見された手書きの暗号文は、彼らの先祖による次の〝指令〟だった。

迦羅守たちが宝物を探求する行動の意味は、自分たち自身の過去を知ることで、祖父や曾祖父たちを理解してゆくことである。それが四人の行動のモチベーションとなり、ゆえに見事なチームワークで難関を突破してゆく。そこに大蛇伝説という伝奇的要素が深く関わり、柴田の独擅場（どくせんじょう）である亜細亜産業の謎が巧妙にからんでくる。

今回の敵は〝ヘルマ〟と〝サムソン〟と渾名（あだな）されるふたり。かたや美貌（びぼう）の〝男〟、かたや元プロレスラーという偉丈夫（いじょうふ）。彼らが迦羅守たちの行動を阻（はば）み、ダイヤモンドを横取りしようと巧妙に画策（かくさく）する。一癖も二癖もある悪役にくわえ、さらにふたりを陰から操る謎の人物。この強敵たちが実に個性的で狡猾（こうかつ）、しかも思いがけぬ行動に出るから読者は冷や汗を掻（か）く。

のっけからギャンブラーがスタンガンで倒され、伊万里が拉致（らち）され、凄腕（すごうで）の元ＣＩＡ工作員の南部すら行方不明となってしまう。鉄壁のタッグを組んでいたはずの四人が、各個撃破されていくのである。

そうした逆境の中で、彼らが出会った長野幸太郎（ながのこうたろう）なる老人。彼の存在こそが今回の切り札といえるだろう。七十半ばにして矍鑠（かくしゃく）とし、威風堂々（いふうどうどう）。これが四人に負けず劣（おと）らずの策士で、思わぬ活躍をするところが読みどころのひとつといえる。読者諸氏はこの長野老人にぜひ注目していただきたい。

最後に記したいことがひとつ。

柴田の小説の主人公は、多くが正義感に突き動かされている。それは作者本人が主人公たちのモデル、あるいは分身だからだと推察される。

『黄昏の光と影』に登場する刑事・片倉康孝の名はいうに及ばず、『渇いた夏』に始まる私立探偵シリーズの主人公、神山健介もキャラクター的に作者本人によく似ている。とりわけいちばん近いのが、UMAシリーズのルポライター有賀雄二郎だと柴田自身がいっていた。そして本作品の浅野迦羅守もご多分に漏れず。何しろ、彼が著したノンフィクションのタイトルが『下山事件　最後の真相』――読者はここでニヤリとするはず！

柴田の祖父が亜細亜産業に出入りをし、下山事件に関わっていた可能性。ゆえに彼が生み出した主人公、すなわち柴田の分身である迦羅守たちもまさに、亜細亜産業の血脈の末裔として、本作の謎の解明に奔走することになる。

熱い作品である。

そして、この小説を執筆した柴田哲孝もまた、主人公に負けず劣らずの熱い男である。

（この作品は平成二十九年十一月、小社より四六判『Dの遺言』として刊行されたものです）

Dの遺言

一〇〇字書評

切り取り線

購買動機（新聞、雑誌名を記入するか、あるいは○をつけてください）	
□（　　　　　　　　　　　）の広告を見て	
□（　　　　　　　　　　　）の書評を見て	
□ 知人のすすめで	□ タイトルに惹かれて
□ カバーが良かったから	□ 内容が面白そうだから
□ 好きな作家だから	□ 好きな分野の本だから

・最近、最も感銘を受けた作品名をお書き下さい

・あなたのお好きな作家名をお書き下さい

・その他、ご要望がありましたらお書き下さい

住所	〒				
氏名		職業		年齢	
Eメール	※携帯には配信できません		新刊情報等のメール配信を 希望する・しない		

この本の感想を、編集部までお寄せいただけたらありがたく存じます。今後の企画の参考にさせていただきます。Eメールでも結構です。

いただいた「一〇〇字書評」は、新聞・雑誌等に紹介させていただくことがあります。その場合はお礼として特製図書カードを差し上げます。

前ページの原稿用紙に書評をお書きの上、切り取り、左記までお送り下さい。宛先の住所は不要です。

なお、ご記入いただいたお名前、ご住所等は、書評紹介の事前了解、謝礼のお届けのためだけに利用し、そのほかの目的のために利用することはありません。

〒一〇一‐八七〇一
祥伝社文庫編集長　坂口芳和
電話　〇三（三二六五）二〇八〇

祥伝社ホームページの「ブックレビュー」からも、書き込めます。

www.shodensha.co.jp/bookreview

祥伝社文庫

Dの遺言（ゆいごん）

令和 元 年 11 月 20 日　初版第 1 刷発行

著　者　柴田哲孝（しばたてつたか）
発行者　辻　浩明
発行所　祥伝社（しょうでんしゃ）
東京都千代田区神田神保町 3-3
〒 101-8701
電話　03（3265）2081（販売部）
電話　03（3265）2080（編集部）
電話　03（3265）3622（業務部）
www.shodensha.co.jp
印刷所　萩原印刷
製本所　ナショナル製本
カバーフォーマットデザイン　芥 陽子

Printed in Japan ©2019, Tetsutaka Shibata ISBN978-4-396-34584-6 C0193

〈祥伝社文庫　今月の新刊〉

岩室　忍
天狼　明智光秀　信長の軍師外伝（上・下）
光秀と信長。天下布武を目前に、同床異夢の二人を分けた天の采配とは？　超大河巨編。

今村翔吾
黄金雛（こがねびな）　羽州ぼろ鳶組　零
大人気羽州ぼろ鳶組シリーズ、始まりの物語。十六歳の新人火消・源吾が江戸を動かす！

新堂冬樹
医療マフィア
白衣を染める黒い罠――。大学病院の教授をハメる、「闇のブローカー」が暗躍する！

沢村　鐵
極夜2　カタストロフィスト
警視庁機動分析捜査官・天埜唯
警視総監に届いた暗号は、閣僚の殺害予告？刑事隼野は因縁の相手「蜂雀」を追う。

辛酸なめ子
辛酸なめ子の世界恋愛文学全集
こんなに面白かったのか！　古今東西四十人の文豪との恋バナが味わえる読書案内。

柴田哲孝
Dの遺言
二十万カラット、時価一千億円！　戦後、日銀から消えた幻のダイヤモンドを探せ！

南　英男
奈落　強請屋稼業（ゆすりや）
カジノ、談合……金の臭いを嗅ぎつけ、一匹狼の探偵が悪逆非道な奴らからむしり取る！

樋口有介
変わり朝顔　船宿たき川捕り物暦
目明かしの総元締が住まう船宿を舞台に贈る、読み始めたら止まらない本格時代小説、誕生。

稲田和浩
女の厄払い（やく）　千住のおひろ花便り
楽しいことが少し、悲しいことが少し。すれ違う男女の儚い恋に、遣り手のおひろは……。